Noch nicht fünfundvierzigjährig, starb der große Erzähler im Mai 1939 in einem Armenhospital in Paris. Er hinterließ ein breitgefächertes Erzählwerk, dessen bemerkenswerte Charaktere, phantasievolle Handlungen und dichte Zeitschilderungen ihn als einen der bedeutendsten österreichischen Schriftsteller der ersten Hälfte unseres Jahrhunderts ausweisen.

Die fünf hier zusammengestellten Erzählungen sind in den Jahren der Emigration entstanden. Um seiner Sehnsucht nach echter Menschlichkeit, Liebe und einer wirklichen Heimat Ausdruck zu verleihen, schildert er die merkwürdigsten Schicksale an den verschiedensten Schauplätzen: So gestaltet er den langsamen, aber unaufhaltsamen Untergang eines kleinen Beamten der k. u. k. Monarchie, der in einem gottverlassenen Winkel Ostgaliziens als Eichmeister eingesetzt wird, unter Menschen, die er nicht versteht und denen er nicht gewachsen ist – oder die seltsame, ergreifende Liebesgeschichte des Stationschefs Fallmerayer, eines kleinen pflichtbewußten Eisenbahners, zu der ihm zufällig begegnenden russischen Gräfin Walewska. Aber ob in der ironischen Betrachtung des weiblichen Charakters aus dem Blickwinkel eines Frauenarztes, ob im Spiegelbild des alten Grafen Morstin, der mit ganzer Seele am alten Österreich hängt, oder in der ahnungsvollen Gestaltung der Legende vom heiligen Trinker, seiner letzten Erzählung – in allem wird ein Stück Leben des Autors lebendig.

Joseph Roth

Das falsche Gewicht

und andere
Erzählungen

25.11.91

Verlag der Nation Berlin

Mit einem Nachwort von Joachim Schreck

ISBN 3-373-00415-2

Das falsche Gewicht

Geschichte eines Eichmeisters

I

Es war einmal im Bezirk Zlotogrod ein Eichmeister, der hieß Anselm Eibenschütz. Seine Aufgabe bestand darin, die Maße und die Gewichte der Kaufleute im ganzen Bezirk zu prüfen. In bestimmten Zeiträumen geht Eibenschütz also von einem Laden zum andern und untersucht die Ellen und die Waagen und die Gewichte. Es begleitet ihn ein Wachtmeister der Gendarmerie in voller Rüstung. Dadurch gibt der Staat zu erkennen, daß er mit Waffen, wenn es nötig werden sollte, die Fälscher zu strafen bedacht ist, jenem Gebot getreu, das in der Heiligen Schrift verkündet wird und demzufolge ein Fälscher gleich ist einem Räuber ...

Was nun Zlotogrod betrifft, so war dieser Bezirk ziemlich ausgedehnt. Er umfaßte vier größere Dörfer, zwei bedeutende Marktweiler und schließlich das Städtchen Zlotogrod selbst.

Der Eichmeister benützte für seine Dienstwege ein ärarisches, einspänniges, zweiräderiges Wägelchen samt einem Schimmel, für dessen Erhaltung Eibenschütz selbst aufzukommen hatte.

Der Schimmel besaß noch ein ansehnliches Temperament. Er hatte drei Jahre beim Train gedient und war nur infolge einer plötzlichen Erblindung am linken Auge, deren Ursache auch der Veterinär nicht erklären konnte, dem Zivildienst überstellt worden. Es war immerhin ein stattlicher Schimmel, vorgespannt einem hurtigen goldgelben Wägelchen. Darin saß an manchen Tagen neben dem Eichmeister Eibenschütz der Wachtmeister der Gendarmerie Wenzel Slama. Auf seinem sandgelben Helm glänzten die goldene Pickel und der kaiserliche Doppeladler. Zwischen seinen Knien ragte das Gewehr mit dem aufgepflanzten Bajonett empor. Zügel und Peitsche hielt der Eichmeister in der Hand. Sein blonder und weicher, mit Sorgfalt emporgewichster Schnurrbart schimmerte ebenso golden wie Doppeladler und Pickelhaube. Aus dem gleichen Material schien er gemacht. Von Zeit zu Zeit knallte fröhlich die Peitsche, und es war, als lachte sie geradezu. Der Schimmel galoppierte dahin, mit ehrgeiziger Eleganz und mit dem Elan eines aktiven Kavalleriepferdes. Und an heißen Sommertagen, wenn die Straßen und Wege des Bezirkes Zlotogrod ganz trocken und beinahe durstig waren, erhob sich ein gewaltiger, graugoldener Staubwirbel und hüllte den Schimmel, das Wägelchen, den Wachtmeister und den Eichmeister ein. Im Winter aber stand dem Anselm Eibenschütz ein kleiner zweisitziger Schlitten zur Verfügung. Der Schimmel hatte den gleichen eleganten Galopp, Sommer wie Winter. Kein graugoldener mehr, sondern ein silberner, ein Schneewirbel hüllte den Wachtmeister, den Eichmeister, den Schlitten in Unsichtbarkeit, und den Schimmel erst recht, da er fast so weiß war wie der Schnee.

Anselm Eibenschütz, unser Eichmeister, war ein sehr stattlicher Mann. Er war ein alter Soldat. Er hatte seine zwölf Jahre als längerdienender Unteroffizier beim elften Artillerieregiment verbracht. Er hatte, wie man zu sagen pflegt, von der Pike auf gedient. Er war ein redlicher Soldat gewesen. Und er hätte niemals das Militär verlassen, wenn ihn nicht seine Frau in ihrer strengen, ja unerbittlichen Weise dazu gezwungen hätte.

Er hatte geheiratet, wie es fast alle längerdienenden Unteroffiziere zu tun pflegen. Ach, sie sind einsam, die längerdienenden Unteroffiziere! Nur Männer sehen sie, lauter Männer! Die Frauen, denen sie begegnen, huschen an ihnen vorbei wie Schwalben. Sie heiraten, die Unteroffiziere, sozusagen um wenigstens eine einzige Schwalbe zu behalten.

Also hatte auch der längerdienende Feuerwerker Eibenschütz geheiratet, eine gleichgültige Frau, wie jeder hätte sehen können. Es tat ihm so leid, seine Uniform zu verlassen. Er hatte Zivilkleider nicht gern, es war ihm zumute wie etwa einer Schnecke, die man zwingt, ihr Haus zu verlassen, das sie aus ihrem eigenen Speichel, also aus ihrem Fleisch und Blut, ein Viertel Schnecken-Leben lang gebaut hat. Aber anderen Kameraden ging es beinahe ebenso. Die meisten hatten Frauen: aus Irrtum, aus Einsamkeit, aus Liebe. Was weiß man! Alle gehorchten den Frauen: aus Furcht und aus Ritterlichkeit und aus Gewohnheit und aus Angst vor der Einsamkeit. Was weiß man! Aber kurz und gut: Eibenschütz verließ die Armee. Er zog die Uniform aus, die geliebte Uniform; verließ die Kaserne, die geliebte Kaserne.

Jeder längerdienende Unteroffizier hat ein Recht auf einen Posten. Eibenschütz, der aus dem mährischen Städtchen Nikolsburg stammte, hatte längere Zeit versucht, in seine Heimat als Sequester oder Konzipist zurückzugelangen, wenn er schon, dank seiner Frau, gezwungen war, die Armee, sein zweites und vielleicht sein eigentliches Nikolsburg, zu verlassen. Man brauchte aber um jene Zeit in ganz Mähren weder Sequester noch Konzipisten. Alle Gesuche des Eibenschütz wurden abschlägig beschieden.

Da ergriff ihn zum ersten Mal ein echter Zorn gegen seine Frau. Und er, ein Feuerwerker, der so vielen Manövern und Vorgesetzten standgehalten hatte, gelobte sich selbst, daß er von Stunde ab stark gegen seine Frau sein würde; Regina hieß sie. In seine Uniform hatte sie sich dereinst verliebt – fünf Jahre war es im ganzen her. Jetzt, nachdem sie ihn in vielen Nächten nackt und ohne Uniform gesehen und besessen hatte, verlangte sie von ihm Zivil und Stellung und Heim und Kinder und Enkel und was weiß man noch alles!

Aber der Zorn nutzte gar nichts dem Anselm Eibenschütz, nachdem er die Nachricht erhalten hatte, daß der Posten eines Eichmeisters in Zlotogrod frei sei.

Er rüstete ab. Er verließ die Kaserne, die Uniform, die Kameraden und die Freunde.

Er fuhr nach Zlotogrod.

2

Der Bezirk Zlotogrod lag im fernen Osten der Monarchie. In jener Gegend hatte es vorher einen faulen Eichmeister gegeben. Wie lange war es her – die Älteren erinnerten sich noch daran –, daß es überhaupt Maße und Gewichte gab! Es gab nur Waagen. Nur Waagen gab es. Stoffe maß man mit dem Arm, und alle Welt weiß, daß ein Männerarm, von der geschlossenen Faust bis hinauf zum Ellenbogen, eine Elle mißt, nicht mehr und nicht weniger. Alle Welt wußte ferner, daß ein silberner Leuchter ein Pfund, zwanzig Gramm wog und ein Leuchter aus Messing ungefähr zwei Pfund. Ja, in jener Gegend gab es viele Leute, die sich überhaupt nicht auf das Wägen und auf das Messen verließen. Sie wogen in der Hand und sie maßen mit dem Aug. Es war keine günstige Gegend für einen staatlichen Eichmeister.

Es hatte, wie gesagt, vor der Ankunft des Feuerwerkers Anselm Eibenschütz noch einen anderen Eichmeister im Bezirk Zlotogrod gegeben. Aber, was war das für ein Eichmeister gewesen! Alt und schwach und dem Alkohol ergeben, hatte er niemals die Maße und die Gewichte im Städtchen Zlotogrod selbst geprüft, geschweige denn in den Dörfern und Marktflecken, die zum Bezirk gehörten. Deshalb hatte er auch, als er begraben wurde, ein außerordentlich schönes Leichenbegängnis. Alle Kaufleute folgten seinem Sarge: die mit den falschen Gewichten wogen, mit dem silbernen und messingnen Leuchter nämlich, jene, die mit dem Arm von der geschlossenen Faust bis zum Ellenbogen maßen und viele andere, die es ohne Eigennutz und lediglich gewissermaßen aus Prinzip bitter beklagten, daß ein Prüfer der Gewichte dahingegangen war, der selber kaum eines besessen haben konnte. Denn die Leute in dieser Gegend betrachteten alle jene, welche die Forderungen an Recht, Gesetz, Gerechtigkeit und Staat unerbittlich vertraten, als geborene Feinde. Vorgeschriebene Maße und Gewichte in den Geschäften zu halten war bereits eine Sache, die man kaum vor dem eigenen Gewissen verantworten konnte. Was aber bedeutete erst die Ankunft eines neuen gewissenhaften Eichmeisters! Genau so groß, wie die Trauer gewesen war, mit der man den alten Eichmeister zu Grabe getragen hatte, war das Mißtrauen, mit dem man Anselm Eibenschütz in Zlotogrod empfing.

Man sah nämlich auf den ersten Blick, daß er nicht alt, nicht schwächlich, nicht trunksüchtig war, sondern, im Gegenteil, stattlich, kräftig und redlich; vor allem: allzu redlich.

3

Unter solch ungünstigen Bedingungen trat Anselm Eibenschütz sein neues Amt im Bezirk Zlotogrod an. Er kam im Frühling, an einem der letzten Märztage. In der Bosnischen

Garnison des Feuerwerkers Eibenschütz hatten schon die Eichkätzchen linde geschimmert, der Goldregen zu leuchten begonnen, die Amseln flöteten bereits auf dem Rasen, die Lerchen trillerten schon in der Luft. Als Eibenschütz nach dem nördlichen Zlotogrod kam, lag noch der weiße dichte Schnee in den Straßen, und an den Rändern der Dächer hingen die strengen, die unerbittlichen Eiszapfen. Eibenschütz ging die ersten Tage einher wie ein plötzlich Ertaubter. Er verstand die Sprache des Landes zwar, aber es ging ja gar nicht so sehr darum, zu verstehen, was die Menschen sagten, sondern was das Land selber sprach. Und das Land redete fürchterlich: Es redete Schnee, Finsternis, Kälte und Eiszapfen, obwohl der Kalender den Frühling erzählte und in den Wäldern der bosnischen Garnison Sipolje schon längst die Veilchen blühten. Hier aber, in Zlotogrod, krächzten die Krähen in den kahlen Weiden und Kastanien. In ganzen Büscheln hingen sie an den nackten Zweigen, und es sah aus, als wären sie gar keine Vögel, sondern eine Art geflügelter Früchte. Der kleine Fluß, Struminka hieß er, schlief noch unter einer schweren Eisdecke, und die Kinder glitschten fröhlich über ihn dahin, und ihre Fröhlichkeit machte den armen Eichmeister noch trauriger.

Plötzlich, in der Nacht, vom Kirchturm hatte es noch nicht Mitternacht geschlagen, hörte Eibenschütz das große Krachen der geborstenen Eisdecke. Obwohl es, wie gesagt, mitten in der Nacht war, begannen auf einmal die Eiszapfen an den Dachrändern zu schmelzen, und die Tropfen fielen hart auf den hölzernen Bürgersteig. Ein linder süßer Wind aus dem Süden hatte sie zum Schmelzen gebracht, er war ein nächtlicher Bruder der Sonne. An allen Häuschen gingen die Läden auf, die Menschen erschienen an den Fenstern, viele verließen auch ihre Häuser. An einem hellblau leuchtenden Himmel standen kalt, ewig, prächtig die Sterne, die goldenen und die silbernen, und es sah aus, als lauschten sie auch von der Höhe dem Krachen und Poltern. Viele Einwohner zogen sich eilig an, wie man sich sonst nur bei Feuersbrünsten anzieht, und zogen zum Fluß. Mit Windlichtern und Laternen stellten sie sich an seinen beiden Ufern auf und sahen zu, wie das Eis barst und wie der Fluß aus seinem Winterschlaf erwachte. Manche hüpften in kindischer Freude auf eine der großen dahintreibenden Schollen, schwammen eilig mit ihr davon, die Laterne in der Hand, Grüße noch winkten sie mit ihr den am Ufer Zurückbleibenden, und erst nach einer langen Weile sprangen sie wieder ans Ufer. Alle benahmen sich ausgelassen und töricht. Zum ersten Mal seit seiner Ankunft begann da der Eichmeister mit dem und jenem Einwohner des Städtchens zu sprechen. Der und jener fragte den Eibenschütz, woher er komme und was er hier zu machen gedenke. Er gab Auskunft, freundlich und zufrieden.

Die ganze Nacht blieb er wach, mit den Einwohnern des Städtchens. Am Morgen, als er heimkehrte und sich das Krachen des Eises schon besänftigt hatte, fühlte er sich wieder traurig und einsam. Zum ersten Mal verspürte er jenen Schauder, den Ahnung allein bereiten kann. Er fühlte, daß sich hier, in Zlotogrod, sein Schicksal erfüllen sollte. Zum ersten Mal auch in seinem ganzen tapferen Leben hatte er Angst. Und zum ersten Mal, als er im grauenden Morgen heimkam und sich aufs Bett legte, fand er keinen Schlaf. Er weckte seine Frau Regina. Seltsame Gedanken kamen ihm, er mußte sie aussprechen. Er hatte eigentlich fragen wollen, warum der Mensch so allein sei. Aber er schämte sich und sagte nur: «Regina, jetzt sind wir ganz allein!»

Die Frau saß aufgerichtet in den Kissen, in einem lila Nachtgewand. Der Morgen sickerte spärlich durch die Ritzen der Fensterläden. Die Frau erinnerte Eibenschütz an eine Tulpe, die während dieser ersten Frühlingsnacht in Zlotogrod zu welken begonnen hatte. «Regina», sagte Eibenschütz, «ich fürchte, ich hätte niemals die Kaserne verlassen sollen!»

«Für mich sind drei Jahre Kaserne gerade genug», sagte die Frau, «laß mich jetzt schlafen!»

Sie fiel auch sofort in die Kissen zurück. Eibenschütz stieß einen Fensterladen auf und sah hinaus in die Straße. Aber auch der Morgen war welk. Welk war der Morgen. Sogar der Morgen war welk.

4

Ringsherum gab es Kinder. Kinder gab es ringsherum. Der Wachtmeister der Gendarmerie Wenzel Slama hatte sogar zweimal hintereinander, innerhalb von zwanzig Monaten,

Zwillinge bekommen. Es wimmelte ringsherum von Kindern. Überall, wo Eibenschütz hinblickte, sah er Kinder. Sie spielten im Rinnstein mit dem schmutzigen Wasser. Sie spielten Murmeln im Trockenen. Sie spielten auf den alten Bänken des kümmerlichen Parks in Zlotogrod, ein schwindsüchtiger Park, ein Park, im Sterben begriffen. Sie spielten im Regen und im Sturm. Sie spielten Ball und Reifen und Kegel. Überall, wo der Eichmeister Eibenschütz hinblickte, sah er Kinder, lauter Kinder. Die Gegend war fruchtbar, es war kein Zweifel.

Wenn der Eichmeister Eibenschütz Kinder gehabt hätte! Es wäre alles anders gewesen: ihm zumindest schien es so.

Sehr einsam war er, und er fühlte sich fremd und heimatlos in der ungewohnten Zivilkleidung, nachdem er zwölf Jahre in seiner dunkelbraunen Artillerie-Uniform gehaust hatte. Seine Frau: Was war sie ihm? – Zum ersten Mal fragte er sich, warum und wozu er sie geheiratet hatte. Darüber erschrak er gewaltig. Er erschrak darüber gewaltig, weil er sich selbst niemals zugetraut hätte, daß er überhaupt erschrecken könnte. Es kam ihm vor, daß er, wie man sagt, aus der Bahn geworfen sei – und dabei hatte er doch immer wieder und ständig seinen rechten Weg eingehalten! Aber, immerhin, soldatischer Disziplin getreu und aus Furcht vor der Furcht, ergab er sich seinem Dienst und seinen Pflichten. Niemals vorher hatte man einen dem Staat, dem Gesetz, dem Gewicht und dem Maß so ergebenen Eichmeister gesehen in dieser Gegend.

Er entdeckte plötzlich, daß er seine Frau nicht liebte. Denn nun, da er allein und einsam war, in der Stadt, im Bezirk, im Amt, unter den Menschen, verlangte er Liebe und Zutraulichkeit zu Hause, und da sah er, daß nichts davon vorhanden war. Manchmal in der Nacht richtete er sich im Bett auf und betrachtete seine Frau. Im gelblichen Schimmer des Nachtlämpchens, das oben auf dem Kleiderkasten stand und nicht nur die Finsternis nicht vertrieb, sondern sogar an eine Art leuchtenden Kerns der Nacht im Zimmer erinnerte, erschien die schlafende Frau Regina dem Eichmeister Eibenschütz wie eine trockene Frucht. Er richtete sich im Bett auf und betrachtete sie ausführlich. Je länger er sie ansah, desto einsamer fühlte er sich. Es war, als ob ihr Anblick allein ihm Einsamkeit bereitete. Zu ihm, zu Anselm Eibenschütz, gehörte sie gar nicht, so wie sie dalag, mit schönen Brüsten, mit dem ruhigen Kindergesicht und den kühn geschwungenen Augenbrauen und dem lieben halboffenen Mund und dem kleinen leichten Schimmer der Zähne zwischen den dunkelroten Lippen. Keine Begierde mehr trieb ihn zu ihr, wie einst, in früheren Nächten. Liebte er sie noch? Begehrte er sie noch?

Er war sehr einsam, der Eichmeister Anselm Eibenschütz. Bei Tag und bei Nacht war er einsam.

5

Nachdem er vier Wochen im Bezirk Zlotogrod verbracht hatte, schlug ihm der Wachtmeister Wenzel Slama vor, dem Sparverein der älteren Staatsbeamten beizutreten. Diesem Verein gehörten Sequester, Konzipisten und sogar Gerichtsadjunkte an. Alle spielten Tarock und Bakkarat. Zweimal in der Woche versammelten sie sich im Café Bristol, dem einzigen Kaffeehaus im Städtchen Zlotogrod. Alle Mitglieder des Vereins begegneten dem Eichmeister Eibenschütz mit Mißtrauen, und zwar nicht nur deshalb, weil er ein Fremder und Neuangekommener war, sondern auch, weil sie in ihm einen durchaus Redlichen und noch nicht Verlorenen vermuteten.

Sie selbst nämlich waren durchwegs Verlorene. Sie ließen sich bestechen und bestachen andere. Sie betrogen Gott und die Welt und die Vorgesetzten. Aber auch die Vorgesetzten betrogen wieder ihre höheren Vorgesetzten, die in den weiten größeren Städten saßen. Im Verein der älteren Staatsbeamten betrog einer den andern beim Kartenspiel; und nicht etwa aus purer Gewinnsucht, sondern einfach so, aus Lust am Betrügen. Anselm Eibenschütz aber betrog nicht. Und was seine Freunde noch stärker gegen ihn aufregte, war nicht sosehr die Tatsache, daß er selbst nicht betrog, sondern vor allem, daß er einen Betrug, dem er anheimgefallen war, gleichgültig aufnahm. Also sonderte er sich von den anderen geradezu böswillig ab. Also war er in der Mitte der anderen noch einsamer.

Die Kaufleute haßten ihn – mit Ausnahme eines einzigen, von dem aber erst später die Rede sein soll. Die Kaufleute haßten ihn, weil sie ihn fürchteten. Wenn sie ihn ankommen sahen, in seinem goldgelben Wägelchen, den Gendarmen an der Seite, wagten sie selbst, ihre Türen zu schließen. Wohl wußten sie, daß sie gezwungen sein würden, die Läden zu öffnen, sobald der Gendarm dreimal angepocht hatte. Aber nein! Sie schlossen die Türen lediglich, um den Eichmeister Eibenschütz zu ärgern. Denn er hatte schon mehrere Kaufleute angezeigt und vor Gericht gebracht.

Wenn er spät abends nach Hause kam, im Sommer verschwitzt, halb erfroren im Winter, erwartete ihn mit finsterer Stirn seine Frau. Wie hatte er nur so lange Zeit mit einer so fremden Frau zusammenleben können! Es war ihm, als hätte er sie erst vor kurzem erkannt, und immer, eine Minute, bevor er ins Haus trat, hatte er Angst, sie würde sich seit gestern verändert haben können und wieder eine andere, neue, aber ebenso finstere sein. Gewöhnlich saß sie strickend unter dem Rundbrenner, in emsiger, gehässiger und erbitterter Demut. Doch war sie hübsch anzusehen mit ihrem schwarzen glatten Scheitel und ihrer trotzigen kurzen Oberlippe, die einen kindlichen Mutwillen vortäuschte. Sie hob nur den Blick, ihre Hände strickten weiter. «Sollen wir jetzt essen?» fragte sie. – «Ja!» sagte er. Sie legte das Strickzeug hin, einen gefährlichen, giftig grünen Knäuel mit zwei dräuenden Nadeln, und ein angefangenes Stückchen Strumpf, das eigentlich aussah wie ein Überrest, ein noch nicht geborenes und schon zerstükkeltes Werk. Trümmer, Trümmer, Trümmer! Eibenschütz starrte darauf, während er die peinlichen Geräusche vernahm, die seine Frau in der Küche verursachte und die grelle und gemeine Stimme des Dienstmädchens. Obwohl er hungrig war, wünschte er, die Frau möchte möglichst lange in der Küche bleiben. Warum gab es keine Kinder im Haus?

6

Ein paarmal in der Woche erhielt er eine umfängliche Post. Gewissenhafter Beamter, der er war, klassifizierte er alle Briefe säuberlich. Die Eichmeisterei war in der Bezirkshauptmannschaft untergebracht, im Hoftrakt, in einem halbdunklen Zimmerchen. Eibenschütz saß dort an einem schmalen grünen Tisch, ihm gegenüber ein junger Schreiber, ein sogenannter Vertragsbeamter, der sehr blond war, geradezu aufreizend blond und sehr ehrgeizig. Er hieß Josef Nowak, und Eibenschütz konnte ihn schon des Namens wegen nicht leiden. Denn genau so hatte ein verhaßter Schulkollege geheißen, dessentwegen Eibenschütz das Gymnasium in Nikolsburg hatte verlassen müssen. Dessentwegen hatte er sich so früh zum Militär gemeldet. Dessentwegen – dies aber bildete sich der Eichmeister nur ein – hatte er auch geheiratet, und gerade diese Frau Regina. Der Vertragsbeamte war freilich ganz unschuldig am Schicksal des Eibenschütz. Er war nicht nur aufreizend blond und ehrgeizig, sondern auch rachsüchtig. Hinter biegsamen und schmeichlerischen Manieren verbarg er eine, dem Eichmeister Eibenschütz aber wohl erkenntliche Sucht, seinem Vorgesetzten zu schaden. Unter den Briefen, die an das Eichmeisteramt kamen, befanden sich auch die seinen, mit verstellter Hand geschriebenen. Es waren Droh- und Denunziationsbriefe. Sie verwirrten den Eichmeister Eibenschütz. Denn seine peinliche Bedachtsamkeit gebot ihm, jeder Anzeige nachzugehen und jede Drohung dem Gendarmeriekommando anzuzeigen. Im stillen gestand er sich selbst, daß er nicht dazu geschaffen war, Beamter zu sein und gar in dieser Gegend. In der Kaserne hätte er bleiben müssen, ja, in der Kaserne. Bei den Soldaten war alles geregelt. Man bekam keine Drohbriefe und keine Denunziationen. Die Verantwortung eines jeden Soldaten für alles, was er tat, und für alles, was er unterließ, lag irgendwo hoch über ihm, er wußte selber gar nicht, wo. Wie leicht und frei war das Leben in der Kaserne gewesen!

Eines Tages nahm er ein paar Drohbriefe in seiner Aktentasche nach Hause, obwohl er das Gefühl hatte, daß er eine Unredlichkeit begehe. Aber es drängte ihn, die Briefe seiner Frau zu zeigen, und er konnte diesem Drang nicht widerstehen. Er kam also zum Mittagessen, pünktlich, wie er nur an den Tagen war, an denen er keine Fahrten in die Dörfer des Bezirks unternahm. Je näher er seinem Häuschen kam (es lag neben dem des Gendarmerie-Wachtmeisters Slama am Rande der Stadt), desto heißer wurde sein Zorn, und nahe vor der Tür war es bereits eine kochende Wut. Als er gar seine Frau erblickte – sie saß wie gewöhnlich am Fenster mit einem giftgrünen Strickzeug beschäftigt –, erwachte in ihm auch noch ein Haß, der ihn selbst erschreckte. Was will ich eigentlich von ihr? fragte er sich. Und da er keine Antwort geben konnte, wurde er noch zorniger, und als er eintrat, warf er die Briefe auf den bereits gedeckten Tisch und sagte mit unheimlich leiser Stimme – es war, als schrie er lautlos: «Da lies, was du mir angerichtet hast!» Die Frau legte das Strickzeug weg. Mit gewissenhaften Gebärden, als wäre sie selbst ein Staatsbeamter, öffnete sie einen Brief nach dem andern. Indessen saß der Eichmeister Eibenschütz in Hut und Mantel, wie bereit zu einer sofortigen Abreise, wütend auf seinem Stuhl, und je schweigsamer und gewissenhafter seine Frau las, desto heißer wurde seine Wut. Er beobachtete ihr Gesicht. Er glaubte deutlich zu sehen, daß seine Frau ein hartes, ein leidendes, aber dennoch böses Gesicht bekam. In manchen Augenblikken glich sie ihrer Mutter. Er erinnerte sich genau an seine Schwiegermutter. Sie lebte in Sternberg in Mähren. Als er sie zuletzt gesehen hatte, es war bei der Trauung, hatte sie ein grauseidenes Kleid getragen, es war ein Panzer. Ihren dürren und welken Leib umschloß es bis zum Halse, als hätte sie Pfeile und Lanzen zu befürchten. Ein Lorgnon trug sie vor den Augen; wenn sie es ablegte, glich sie einem Ritter, der ein Visier fallen läßt. Auch seine Frau ließ ein unsichtbares Lorgnon, ein unsichtbares Visier fallen. Sie erhob sich, nachdem sie gewissenhaft alle Briefe gelesen hatte, und sagte: «Du hast doch keine Angst? Oder hast du etwa Angst?»

So wenig bekümmern sie also die Gefahren, die mich bedrohen, dachte da der Eichmeister. Und er erwiderte: «So wenig bekümmern dich also die Gefahren, die mir drohen? Wozu hast du mich gezwungen, die Kaserne zu verlassen? Wozu? Warum?»

Sie antwortete nicht. Sie ging in die Küche und kehrte mit zwei Schüsseln dampfender Suppe zurück. In schweigsamem Groll, aber nicht ohne Appetit, aß der Eichmeister Eibenschütz sein gewohntes Mittagessen. Aus Nudelsuppe bestand es, aus Spitzfleisch und aus Zwetschkenknödeln.

Ohne ein Wort zu sagen, verließ er das Haus und ging ins Amt. Er vergaß allerdings nicht, die Drohbriefe wieder mitzunehmen.

7

In dem Dorf Szwaby, das zum Bezirk Zlotogrod gehörte, war Leibusch Jadlowker mächtiger als der Wachtmeister der Gendarmerie selbst. Man muß wissen, wer Leibusch Jadlowker war: von unbekannter Herkunft. Man munkelte, daß er vor Jahren aus Odessa gekommen und daß sein Name eigentlich nicht der richtige sei. Er besaß die sogenannte Grenzschänke, und man wußte nicht einmal, auf welche Weise er in ihren Besitz gekommen war. Auf eine geheimnisvolle, niemals erforschte Weise war der frühere Besitzer, ein alter silberbärtiger Jude, umgekommen. Man hatte ihn eines Tages erfroren aufgefunden, im Grenzwald, halb schon von Wölfen zerfressen. Kein Mensch, auch der Diener Onufrij nicht, hätte sagen können, warum und wozu der alte Jude mitten im Frost durch den Grenzwald gegangen war. Die Tatsache allein bestand, daß er, der keine Kinder hatte, einen einzigen Erben besaß, nämlich seinen Neffen Leibusch Jadlowker.

Von Jadlowker ging das Gerücht, er sei aus Odessa geflüchtet, weil er einen Mann mit einem Zuckerhut erschlagen hatte. Im übrigen war es kaum ein Gerücht, es war beinahe eine Wahrheit. Leibusch Jadlowker erzählte selbst die Geschichte jedem, der es hören wollte. Er war – so erzählte er – Hafenarbeiter gewesen, und er hatte einen Feind unter seinen Kameraden. Und ihn, der ein bärenstarker Kerl gewesen sein sollte, erschlug eines Abends, während sie gemeinsam Zuckerhüte von einem Warenschiff abluden, Jadlowker mit einem jener Zuckerhüte, infolge eines Streits. Deswegen auch wäre er über die Grenze Rußlands geflüchtet.

Man glaubte ihm alles: daß er ein Hafenarbeiter gewesen war und daß er gemordet hatte. Man glaubte ihm nur eines nicht, nämlich seinen Namen: Leibusch Jadlowker – und man nannte ihn deshalb im ganzen Bezirk Zlotogrod einfach «Leibusch, den Wilden».

Es gab Grund genug, ihn so zu nennen. Denn seine Grenzschänke war der Sammelplatz aller Taugenichtse und Verbrecher.

Dreimal in der Woche lud selbst der berüchtigte russische Agent für die American-Line die Deserteure der russischen Armee in der Grenzschänke Jadlowkers ab, damit sie von da aus weiter nach Holland, nach Kanada, nach Südamerika kämen.

Wie gesagt: Taugenichtse und Verbrecher verkehrten in der Grenzschänke Jadlowkers; Landstreicher, Bettler, Diebe und Räuber beherbergte er. Und dermaßen schlau war er, daß ihm das Gesetz nicht beikommen konnte. Immer waren seine Papiere und die seiner Gäste in Ordnung. Nichts Nachteiliges, nichts Unsittliches konnten über seinen Lebenswandel die beruflichen Spitzel berichten, die an der Grenze herumwimmelten wie Mücken. Es ging von Leibusch Jadlowker das Gerücht herum, daß er der Urheber aller Verbrechen im ganzen Bezirk Zlotogrod sei – und es waren nicht wenig Verbrechen: Morde kamen vor, Raubmorde, und auch Brandlegungen, von Diebstählen nicht zu reden. Österreichische Deserteure, die nach Rußland, russische, die nach Österreich flüchteten, tauschte er gewissermaßen aus. Jene, die ihn nicht bezahlten, ließ er – so hieß es – wahrscheinlich erschießen, von den österreichischen oder von den russischen Grenzposten; je nachdem!

Jadlowker hatte nicht nur auf eine rätselhafte Weise seine Konzession für die Grenzschänke bekommen, sondern auch eine für einen Spezereiwarenladen. Und unter «Spezereien» schien er etwas ganz Besonderes zu verstehen. Denn er verkaufte nicht nur Mehl, Hafer, Zucker, Tabak, Branntwein, Bier, Karamellen, Schokolade, Zwirn, Seife, Knöpfe und Bindfaden, er handelte auch mit Mädchen und mit Männern. Er verfertigte falsche Gewichte und verkaufte sie den Händlern in der Umgebung; und manche wollten wissen, daß er auch falsches Geld herstelle: Silber, Gold und Papier.

Natürlich war er der Feind des Eichmeisters Anselm Eibenschütz. Er begriff überhaupt nicht, wieso und warum ein sonst gesunder und vernünftiger Mann sich um Staat, Recht und Gesetz kümmern konnte. Er haßte den Eichmeister Eibenschütz, nicht weil dieser ein Eichmeister, sondern weil er ein unbegreiflich Ehrlicher war. Jadlowker war untersetzt, vierschrötig, kräftig, unbedenklich. Es wäre ihm keineswegs schwergefallen, den Eichmeister und den Gendarmen, wenn sie zu ihm kamen, um seine Maße und Gewichte zu prüfen, hinauszuwerfen. Dies aber nicht zu tun, gebot ihm sein sündhaftes Gewissen. Vielmehr trat er dem Eichmeister sehr freundlich entgegen, den Haß unterdrückend und ihn sogar zeitweilig ausschaltend. Man hätte dem Leibusch Jadlowker schwerlich so viel Kunst der Verstellung zugetraut – bärenstark und vierschrötig, wie er einmal war. Die Natur wollte es so, daß er schlau sei und auch stark.

Immer, wenn der Eichmeister Eibenschütz das Wirtshaus in Szwaby betrat, gab es Wurst und Rettich und Met und Schnaps und gesalzene Erbsen. Der neunziggrädige Schnaps war gesetzlich verboten, dennoch trank ihn der Wachtmeister mit emsigem Genuß. Franz Slama, der Wachtmeister der Gendarmerie, wurde leider leicht besoffen. Es war im Grunde gleichgültig, ohnehin verstand er ja nichts von Maßen und Gewichten. Und selbst, wenn er etwas davon verstanden hätte: man konnte die falschen Maße und Gewichte bei Leibusch Jadlowker niemals zu sehen bekommen. Er ließ sie rechtzeitig verschwinden, auf eine unfaßbare Weise erfuhr er immer von der Ankunft des Eichmeisters einen Tag früher.

In jenen Tagen gerade erfuhr der Eichmeister Eibenschütz eine seltsame Veränderung im Benehmen seiner Frau Regina. Sie gab nicht nur ihre Lust zu Zwistigkeiten auf, sie wurde zusehends zärtlicher. Er erschrak einigermaßen darüber. Denn wenn er sie auch immer noch liebte, gewissermaßen, weil sie bereits zu ihm gehörte und wie seinen neuen Beruf, an den er sich so schnell gewöhnt hatte, so begehrte er sie doch längst nicht mehr. Zu deutlich hatte sie ihm und zu lange Zeit gezeigt, daß er ihr gleichgültig war und zuweilen sogar verhaßt. Seit langem schon war er gewohnt, in der Nacht sofort einzuschlafen, wenn sie in die hart aneinandergerückten Betten stiegen, und längst mehr hatte er keinen Blick für ihren nackten Körper, wenn sie sich vor dem Spiegel auszog, vielleicht in der Hoffnung, er würde sie noch begehren. Manchmal fragte sie ihn, nackt, wie sie dastand, ob er sie liebe. Sie meinte eigentlich, ob er sie schön finde. «Ja, gewiß!» sagte er und ergab sich dem Schlaf, gleichsam, um den Gewissensbissen zu entgehen, die ihm seine Lüge noch hätte bereiten können.

Deshalb überraschte, ja erschreckte ihn die Zärtlichkeit, die plötzlich wiedererwachte, seiner Frau. Er schlief mit ihr wie in früheren Jahren. Am Morgen dann war seine Unlust stark, und er gab ihr fast mit Widerwillen einen Kuß, bevor er fortging. Sie stellte sich schlafend, und er wußte genau, daß es ein

Spiel war. Aber das Spiel gehörte zu ihr, und er liebte sie immer noch. Er sagte es ihr nicht.

Vergeblich grübelte er darüber nach, was sie wohl zu solch erneuter Leidenschaft gebracht haben mochte. Eines Tages sollte er die Wahrheit erfahren.

8

Eines Tages nämlich befand sich unter seinen vielen anonymen Denunziationsbriefen ein ungewöhnlicher, der folgendermaßen lautete:

«Geehrter Herr Eichmeister, obwohl eines der Opfer Ihrer Strenge und demzufolge in einen Prozeß verwickelt, und das wegen eines einzigen Zehn-Kilo-Gewichtes, erlaube ich mir, Ihnen mitzuteilen, daß Ihre Frau Sie auf hinterhältige Weise hintergeht und schändlich. Und zwar mit Ihrem Herrn Schreiber, Herrn Josef Nowak. Verehrungsvoll ergebenst

X.Y.»

Anselm Eibenschütz war ebenso langsam, wie er redlich war. Zu oft hatte er überdies erfahren, daß viele Denunziationen falsche Angaben enthielten. Er steckte den Brief in die Tasche und ging nach Hause. Zärtlich, wie gewohnt seit einigen Tagen, empfing ihn seine Frau. Sie hing sogar noch eine Weile länger an seinem Hals. «Ich habe dich heute besonders sehnsüchtig erwartet», sagte sie flüsternd. Arm in Arm gingen sie an den Eßtisch. Während des Essens betrachtete er sie genau, und er bemerkte, was ihm offenbar bisher entgangen war, daß sie einen ihm unbekannten Ring am kleinen Finger trug. Er nahm ihre linke Hand und fragte: «Woher hast du den Ring?» – «Von meinem Vater», sagte sie, «ich habe ihn nie getragen.» Es war ein billiger Ring, ein Männerring, mit einem künstlichen Saphir. Er fragte weiter: «Wozu hast du ihn plötzlich angezogen?» – «So, damit er uns Glück bringe», sagte sie. «Uns?» – «Uns beiden!» bestätigte sie.

Plötzlich sah er auch, wie sie sich verändert hatte. Ein neuer großer Schildpattkamm hielt ihren dichten, schwarzblau schimmernden Haarknoten zusammen. Große goldene Ohrringe, die sie lange nicht mehr getragen hatte, Ohrringe, an denen winzige feine Goldplättchen hingen, zitterten sacht an ihren Ohrläppchen. Ihr dunkelbraunes Angesicht hatte seine ganz jugendliche, geradezu eine jungfräuliche rötliche Tönung wiedergefunden. Eigentlich sah sie wieder aus wie einst, wie als Mädchen, als er sie kennengelernt hatte, in Sarajewo, wo sie im Sommer bei ihrem Onkel, dem Waffenmeister, eingeladen war.

Mitten in diese seine Betrachtungen, die ihn ohnehin schon erschreckten, fiel ihr Wort unmittelbar, sozusagen ohne Sinn und Verstand. Es lautete: «Ich möchte endlich ein Kind haben.» «Von wem?» wollte er fragen, denn er dachte natürlich sofort an den Brief. Aber er sagte nur: «Warum jetzt? Du hast dir nie eins gewünscht. Du hast immer gesagt, eine Tochter würde keine Mitgift haben, und ein Sohn würde bestenfalls ein Eichmeister werden müssen wie ich.»

Sie senkte die Augen und sagte: «Ich liebe dich so sehr!»

Er stand auf und küßte sie. Er ging ins Amt.

Es war ein ziemlich weiter Weg, und er erinnerte sich unterwegs, oder er glaubte, sich plötzlich erinnert zu haben, daß er den Ring mit dem künstlichen Saphir einmal, lange war es her, an der Hand des Schreibers Josef Nowak gesehen hatte. Ihm, dem Eichmeister, waren tückische und schlaue Verhandlungen zuwider. Dennoch beschloß er jetzt, tückisch und schlau vorzugehen.

Der Schreiber erhob sich wie gewohnt, als der Eichmeister eintrat. Mit ungewohnter Freundlichkeit sagte der Eichmeister: «Guten Tag, lieber Nowak! Nichts Neues vorgefallen?» – «Nichts Neues!» sagte Nowak und machte dabei einen Bückling. Er blieb stehen, bis sich Eibenschütz gesetzt hatte.

Eibenschütz las eine Weile in Papieren, dann sagte er, mit einem Blick auf die Hände Nowaks: «Wo ist denn Ihr Ring mit dem Saphir geblieben, Herr Nowak? Es war ein sehr schöner Ring!»

Nowak schien nicht im geringsten verlegen. «Ich habe ihn versetzen müssen, leider versetzen müssen!»

«Warum, Geldschwierigkeiten?» fragte der Eichmeister. Da verließ zum ersten Mal die Vorsicht den blonden und ehrgeizigen Vertragsbeamten, und er sagte: «Wegen einer Frauengeschichte!»

«Ja, ja», sagte der Eichmeister, «als ich so alt war wie Sie, gab es auch noch Frauensachen!»

Zum ersten Mal sah der Schreiber seinen Vorgesetzten so freundlich. Aber er zweifelte nicht daran, daß man ihn nicht ertappt hatte.

Diesmal täuschte er sich. Denn mit der Gründlichkeit, die ihm eigen war und die ihn zu einem so ausgezeichneten Prüfer der Gewichte und Maße machte, beschloß Eibenschütz, der Sache genau nachzuspüren. Sein Herz war nicht mehr daran beteiligt. Er hatte nur eine flüchtige Vorstellung davon, daß seine Ehre beschädigt war – aber auch diese Vorstellung stammte lediglich aus der Militärzeit her und aus der Erinnerung an die Ehrbegriffe seiner Vorgesetzten, der Herren Offiziere. Es war nur, wie gesagt, eine flüchtige Vorstellung. Ihn, den Redlichen, trieb es vor allem, die ganze Wahrheit zu erforschen, man könnte sagen: Maß und Gewicht der Begebenheiten festzustellen und zu prüfen.

Infolgedessen ging er auch ganz langsam und mit gesenktem Haupt nach Hause. Und wenn ihn die Leute unterwegs grüßten, tat er so, als sähe er sie nicht, aus Angst, sie könnten ihn ansprechen und stören.

Kurz bevor er sein Haus erreichte, hatte er bereits einen ganz bestimmten, sehr methodischen Plan. Und so, wie er nun einmal war, stand es fest, daß er genau nach den Plänen handeln mußte, die er sich zurechtgelegt hatte.

9

Eine Woche später bemerkte er, daß seine Frau den Ring mit dem falschen Saphir nicht mehr trug. Er sagte seiner Frau gar nichts.

Eine Woche lang schwieg er, gegen seine Frau und gegen den Josef Nowak. Dann aber sagte er unvermittelt zu diesem: «Haben Sie den Ring eingelöst?»

«Ja», antwortete der Schreiber, er heuchelte frohe Genugtuung.

«Sie bräuchten sich nicht zu schämen», sagte Eibenschütz. «Ich täte Ihnen gern das Geld vorstrecken!»

«Offen gestanden», murmelte der Schreiber, und er spielte jetzt ebenso Verwirrung wie vorher Freudigkeit.

«Aber mit Vergnügen, mit Wonne!» sagte der Eichmeister.

Er gab dem jungen Mann ein hartes Fünfkronenstück, nachlässig, wie etwa einen Bleistift oder eine Zigarette. Dann hub er leutselig an: «Unter uns Männern, Herr Nowak, sagen Sie, wo treffen Sie denn in solch einem kleinen Städtchen die Dame? Das muß man doch sehen?»

Erheitert und aufgefrischt durch so viel Freundlichkeit seines Vorgesetzten, erhob sich der Vertragsbeamte vom Stuhl. Vor ihm saß Eibenschütz, nicht unähnlich einem Schüler. Es war Spätherbst und später Nachmittag. Zwei ärarische Petroleumlampen, gestellt von der Bezirkshauptmannschaft, brannten milde unter ihren grünen gütigen Schirmen.

«Sehen Sie, Herr Eichmeister», begann der Schreiber, «im Frühling und im Sommer ist es sehr leicht. Man trifft sich da im Grenzwald. Ach, wenn ich Ihnen erzählen wollte, Herr Eichmeister, mit welchen Frauen ich da zusammengekommen bin! Aber, Sie wissen, daß nirgends so sehr Schweigen geboten ist wie in diesen Affären. Im Herbst und im Winter ist es schwieriger, aus dienstlichen Gründen. Im ganzen Bezirk ist nur die Grenzschänke des ‹wilden Leibusch› als Aufenthaltsstätte für Liebende geeignet. Und Sie wissen selbst, Herr Eichmeister, daß er ein sehr gefährlicher Mann ist und daß ich Sie oft dort vertreten muß. Das Amtsgewissen vor allem, das Amtsgewissen geht voran!»

«Das ist sehr brav», sagte der Eichmeister Eibenschütz. Und er vergrub sich in seinen dienstlichen Papieren. Am Abend, um sechs Uhr, als der Dienst zu Ende war, sagte der Eichmeister zu seinem Schreiber: «Sie können gehen! Und viel Glück bei den Damen!»

Der Schreiber machte eine Verbeugung, die beinahe wie der Knicks eines kleinen Schulmädchens aussah, und verschwand.

Der Eichmeister aber blieb noch länger sitzen, allein mit den zwei grünbeschirmten Lampen. Es schien ihm, als könnte er mit ihnen sprechen. Wie Menschen waren sie, eine Art lebendiger milder leuchtender Menschen. Er hielt eine stille Zwiesprache mit ihnen. «Halte deinen Plan ein», sagten sie ihm, grün und gütig, wie sie waren. «Glaubt ihr wirklich?» fragte er wieder. «Ja, wir glauben es!» sagten die Lampen.

Der Eichmeister Eibenschütz pustete sie aus und ging nach Hause. Er ging durch einen spätherbstlichen kalten Regen, der ihn noch einsamer machte, als er war, in ein Haus, in dem ihn eine Lüge erwartete, die noch düsterer war als dieser Abend, als dieser Regen.

Als er ankam, war zum ersten Mal sein Haus finster. Er schloß die Tür auf. Er setzte sich auf das giftgrüne Plüschsofa im sogenannten Salon und wartete, im Dunkeln. In diese Gegend kamen keine Zeitungen von gestern und vorgestern, sondern Zeitungen, die mindestens eine Woche alt waren. Eibenschütz kaufte sie niemals. Die Vorgänge in der Welt gingen ihn gar nichts an.

Das Dienstmädchen hatte ihn kommen gehört. Jadwiga hieß sie. Sie kam herein, breit, selbstgefällig und mütterlich, in das Dunkel des Zimmers. Sie berichtete ihm, während sie die Tischlampe entzündete – gegen seinen Willen, aber er war zu müde, um es ihr zu verbieten –, daß die Frau einkaufen gegangen war und bald zurückkommen würde. Und sie hätte auch hinterlassen, er möchte geduldig warten.

Er drehte den Docht der Lampe ab, so klein, daß es beinahe im Zimmer aussah wie Finsternis. Er dachte an seinen Plan.

Als seine Frau zurückkam, erhob er sich, küßte sie und sagte ihr, er wäre sehr unruhig gewesen, weil er sie so lange erwartet hatte. Sie hatte Pakete in beiden Armen. Sie legte sie ab. Sie setzten sich beide an den Tisch.

Sie aßen in einer scheinbar freundlichen und friedlichen Gemeinschaft. Der Frau Regina erschien es wenigstens also. Sie benahm sich gefällig, diensteifrig sogar. Von Zeit zu Zeit lächelte sie ihrem Mann zu. Er bemerkte, daß sie wieder ihren Ring mit dem falschen Saphir am Finger hatte.

«Du hast deinen Ring wieder!» sagte der Eichmeister. «Das freut mich!»

«Ich glaube», sagte die Frau Regina und beugte sich über den Teller, «ich kriege endlich ein Kind!»

«Endlich?» sagte der Eichmeister Eibenschütz. «Du wolltest es ja nie! Weshalb jetzt?»

«Gerade jetzt!» sagte sie und schälte dabei sehr vorsichtig eine Orange.

«Ich habe heute», begann er, während sie noch den Kopf über Messer und Frucht gesenkt hielt, «mit meinem Schreiber, dem Josef Nowak gesprochen. Er ist ein Schürzenjäger, bekannt im ganzen Bezirk. Er behauptet, er hätte im Frühling und im Sommer viele Frauen hier gehabt, im Grenzwald, natürlich sagt er nicht, welche. Im Herbst und im Winter, sagt er, sei es gefährlich für ihn, das Gasthaus Jadlowkers aufzusuchen, weil er mich amtlich dort oft vertritt.»

Die Frau aß gerade ihr letztes Viertel Orange. Sie erhob ihren Blick nicht. Sie sagte: «Schrecklich, die Frauen in dieser Gegend!»

«Er schenkt allen Ringe!» erwiderte der Eichmeister.

Sie ließ das letzte Stück Orange fallen und sah auf ihren Ring am linken Zeigefinger. Es entstand ein langes Schweigen.

«Dieser Ring stammt von Josef Nowak», sagte plötzlich der Eichmeister. «Ich kenne ihn, ich habe ihn an seiner Hand gesehen.»

Auf einmal begann die Frau Regina heftig zu weinen. Sie streifte dabei, mitten im Schluchzen, den Ring vom Finger ab und legte ihn vor sich auf den Tisch und sagte: «Du weißt also alles?» – «Ja», sagte er. «Du bist von ihm schwanger. Ich werde meine Maßregeln treffen.»

Er stand sofort auf, zog den Mantel an und ging hinaus. Er spannte das Wägelchen ein und fuhr los: nach Szwaby, zu Jadlowker.

10

Es war spät nachts, als er dort ankam. Und man verwunderte sich nicht wenig darüber. Denn noch nie hatte der Jadlowker den Eibenschütz später als am Nachmittag gesehen. Auch war niemals noch der Eichmeister so aufgeräumt und deshalb so absonderlich erschienen. «Welche Ehre!» rief Jadlowker aus, und er tänzelte trotz seinem ziemlichen Gewicht hinter der Theke hervor. «Welche Ehre!» Zwei Taugenichtse, die an einem Tisch in der Ecke saßen, jagte Jadlowker davon. Er breitete ein rotblau geblümtes Tuch über das Tischchen und rief, ohne den Eichmeister nach seinen Wünschen zu fragen, zur Theke hinüber: «Met, ein Viertel, ein Teller Erbsen!»

Es herrschte ein großer Lärm in der Grenzschänke Jadlowkers. Russische Deserteure saßen da, eben erst von dem Grenzschmuggler Kapturak angebracht. Sie steckten noch in ihren Uniformen. Obwohl sie ungeheuerliche Mengen Tee und Schnaps tranken und große Handtücher um die Schultern gehängt bekommen hatten, um sich den Schweiß abzuwischen, machten sie dennoch den Eindruck von Frierenden – so heimatlos fühlten sie sich bereits, kaum eine Stunde entfernt von der Grenze ihrer Heimat. Der kleine Kapturak – man nannte ihn den «Kommissionär» – betreute sie mit Alkohol. Er bekam von Jadlowker fünfundzwanzig Prozent von jedem russischen Deserteur. Die unverhoffte Ankunft des Eichmeisters störte den Wirt Jadlowker gar sehr. Er hatte eigentlich die Absicht gehabt, den Deserteuren, die doch den Wunsch hatten, ihre russischen Uniformen zu wechseln, Stoffe und Anzüge anzubieten, für deren Verkauf er keine Lizenz hatte. Einerseits ärgerte ihn also die Anwesenheit des Eichmeisters, andererseits aber freute sie ihn. Endlich hatte er ihn, den Strengen, in der Nacht bei sich – und die Nacht war die große Freundin des Leibusch Jadlowker. Er rief seine kleine Freundin herunter.

Seit langen Jahren lebte er mit ihr. Es hieß, auch sie käme aus Rußland, aus Odessa, und sie hätte teilgehabt an mehreren Missetaten Jadlowkers. Ihrer Sprache, ihrem Wesen und ihrem Aussehen nach stammte sie ebenfalls aus der südlichen Ukraine. Schwarz, wild und sanft zugleich sah sie aus. Jung war sie, das heißt eigentlich: ohne irgendein Alter. In Wirklichkeit – was aber niemand in der Gegend wissen konnte – war sie eine Zigeunerin und stammte aus Jaslova in Bessarabien. Jadlowker hatte sie eines Nachts aufgetrieben und behalten. Eifersüchtig war er zwar von Natur, aber der Liebe der Schwarzen sicher und allzu sicher auch seiner eigenen Gewalt über Frauen und Männer. Viele Menschen gehorchten ihm in dieser Gegend, diesseits und jenseits der Grenze. Kapturak sogar, der allmächtige Kommissionär, der die Männer verkaufte wie Rindvieh, an die Reisegesellschaften für Auswanderer nach Kanada, Java, Jamaika, Porto Rico, Australien gar; auch Kapturak gehorchte dem Jadlowker. Gekauft hatte er die meisten Beamten, die ihm jemals hätten schaden können. Erworben hatte er lediglich noch nicht den Eichmeister Eibenschütz. Deshalb auch führte er seit Eibenschütz' Ankunft einen Kampf gegen ihn. Nach der Meinung Jadlowkers hatte jeder Mensch nicht nur eine schwache, sondern auch eine verbrecherische Stelle. Er konnte überhaupt nicht glauben – und wie hätte er auch anders leben können! –, daß irgendein Mensch in der Welt anders dachte und empfand als er, Jadlowker. Er war überzeugt, daß alle Menschen, die ehrlich lebten, verlogen waren, und er hielt sie für Komödianten. Die hervorragendsten Komödianten waren die Beamten, dann kamen die gewöhnlichen anständigen Menschen, die ohne Amt. Ihnen allen gegenüber mußte man Komödie und Anständigkeit spielen. So hielt es Jadlowker mit aller Welt. So hielt er es besonders, und mit einer ganz besonderen Anstrengung, mit dem Eichmeister Eibenschütz.

11

Die Frau kam. Die Treppe, über die sie hinunterstieg, lief seitwärts neben der Theke. Sie bahnte sich einen Weg durch das lärmende Gewimmel der Deserteure. Das heißt, der Weg bahnte sich eigentlich vor ihr selbst. Am äußersten Ende des Schankraums, neben dem Fenster, der Treppe gegenüber, saß der Eichmeister Eibenschütz. Er erblickte die Frau, als sie auf der ersten Stufe der Treppe stand. Und sofort wußte er, sie würde zu ihm kommen. Er hatte sie nie gesehen. Im ersten Augenblick schon, da er sie auf der obersten Treppenstufe gesehen hatte, verspürte er eine Trockenheit in der Kehle, dermaßen, daß er nach dem Glas Met griff und es in einem Zuge austrank. Es dauerte ein paar Minuten, bevor die Frau an seinen Tisch gelangte. Die betrunkenen Deserteure wichen vor ihrem zarten Schritt auseinander. Dünn, schlank, schmal, einen zarten weißen Schal um die Schultern, den sie mit den Händen festhielt, als ob sie fröre und als ob dieser Schal sie wärmen könnte, ging sie sicher, mit wiegenden Hüften und straffen Schultern. Ihre Schritte waren fest und zierlich. Man hörte das leise Aufschlagen ihrer hohen Stöckel einen Augenblick lang, während die lärmenden Männer verstummten und die Frau anstarrten. Ihr Blick war gleich, von der obersten Stufe an, auf den Eichmeister Eibenschütz gerichtet, als schritte ihr Auge ihren Füßen voraus.

Als sie auf ihn zutrat, war es ihm, als erführe er zum ersten Mal, was ein Weib sei. Ihre tiefblauen Augen erinnerten ihn, der niemals das Meer gesehen hatte, an Meer. Ihr weißes Angesicht erweckte in ihm, der den Schnee sehr gut kannte, die Vorstellung von irgendeinem phantastischen, unirdischen Schnee, und ihr dunkelblaues schwarzes Haar ließ ihn an südliche Nächte denken, die er niemals gesehen, von denen er vielleicht einmal gelesen oder gehört hatte. Als sie sich ihm gegenüber niedersetzte, war es ihm, als erlebte er ein großes Wunder; als setzten sich das unbekannte Meer, ein merkwürdiger Schnee, eine seltsame Nacht an seinen Tisch. Er erhob sich nicht einmal. Er wußte wohl, daß man vor Frauen aufsteht; aber er erhob sich nicht vor einem Wunder.

Dennoch wußte er, daß dieses Wunder ein Mensch war, eine Frau, und er wußte auch, daß es die Freundin des Leibusch Jadlowker war. Natürlich hatte auch Eibenschütz alle Geschichten von der Freundin Jadlowkers gehört. Er hatte nie in seinem Leben eine bestimmte Vorstellung von dem gehabt, was man «die Sünde» nennt, aber jetzt glaubte er, er wüßte, wie die Sünde aussehe. So sah sie aus, genau so wie die Freundin Jadlowkers, die Zigeunerin Euphemia Nikitsch.

«Euphemia Nikitsch», sagte sie einfach und setzte sich und spreizte ihren vielfach gefältelten Rock. Er knisterte leise und eindringlich durch den Lärm der Deserteure.

«Sie trinken nichts?» fragte sie, obwohl sie das frisch geleerte Metglas vor Anselm Eibenschütz stehen sah.

Er hörte gar nicht ihre Frage. Er starrte sie an, mit großen offenen Augen, und dachte, daß er eigentlich zum ersten Mal die Augen wirklich geöffnet hatte.

«Sie trinken nicht?» fragte sie noch einmal, aber es war jetzt, als wüßte sie schon, daß Eibenschütz keine Antwort geben könne. Deshalb schnalzte sie kräftig und knallend mit den Fingern. Onufrij kam, der Hausknecht. Sie befahl eine Flasche.

Er brachte eine Flasche Neunziggrädigen und eine neue Schüssel trockener Erbsen. Der Eichmeister Eibenschütz trank, aber nicht, weil es ihn danach gelüstete! Keineswegs! Er trank nur, weil er seit den paar Minuten, in denen die Frau dasaß, vergeblich nach einem passenden Wort suchte und weil er hoffte, das Wort würde ihm kommen, wenn er nur tränke. Er trank also, und es brannte gewaltig in seiner Kehle, und er aß daraufhin noch die gesalzenen Erbsen, die das Brennen noch verstärkten. Vor ihm saß indessen die Frau, unbeweglich. Mit den schlanken, dunkelbraunen Fingern, von denen jeder einzelne aussah wie eine winzige, schlanke, rosenköpfige, leicht gebrechliche und dennoch kräftige Frau, umklammerte sie das Gläschen. Auch ihre Augen waren nicht auf den Eichmeister Eibenschütz gerichtet, sondern auf den wasserklaren Schnaps. Eibenschütz sah ihre langen, aufwärts gebogenen, seidenen schwarzen Wimpern, die schwärzer waren als das Kleid der Frau.

«Ich habe Sie noch nie hier gesehen!» sagte er auf einmal, und er wurde rot dabei, und er zwirbelte mit beiden Händen den Schnurrbart, als könnte er auf diese Weise seine plötzliche, lächerliche Röte verbergen.

«Ich auch nicht», sagte sie, und es war wie die Stimme einer Nachtigall. In jungen Jahren, in den Wäldern rings um Nikolsburg, hatte er sie manchmal gehört. «Kommen Sie denn oft hierher?»

«Manchmal, im Dienst!» sagte er und hörte nicht auf, seinen weichen Schnurrbart zu zwirbeln. Er konnte einfach nicht mehr die Hände vom Gesicht wegnehmen.

«Im Dienst?» flötete sie, «was für Dienst?»

Er ließ die Hände fallen. «Ich bin Eichmeister», sagte er ernst.

«Ach so!» sagte sie, leerte ihr Glas, stand auf, nickte und ging wieder die Treppe empor.

Der Eichmeister Eibenschütz sah ihr nach, dem gefältelten Rock, der auf jedem Treppenabsatz ein zartes, sachtes Rad zu schlagen schien, und den schmalen Schuhen, die darunter erschienen.

Längst schon schnarchten die Deserteure. Einige hatten ihre Köpfe auf die harten Tische gelegt, andere lagen wie pralle atmende Säcke unter den Tischen. Alle schnarchten laut und etwas grausam.

Er ging zur Theke. Er wollte bezahlen. Hinter der Theke stand Leibusch Jadlowker, und er sagte so drohend und so freundlich: «Herr Eichmeister, heute sind Sie mein Gast. Sie zahlen gar nichts!», daß zum ersten Mal in seinem Leben den früheren Feuerwerker Eibenschütz der Mut verließ und daß er nur «Gute Nacht» sagte.

Nach Hause ging er sehr langsam. Er vergaß, daß er sein Wägelchen vor dem Wirtshaus stehengelassen hatte. Dennoch folgte ihm das Pferd, gehorsam wie ein Hund, und zog das Gefährt hinter sich her.

Es war schon heller Morgen, als er ankam. Das behäbige Dienstmädchen stellte ihm Tee und Brot auf den Tisch. Er schob alles weg.

Er hörte die Schritte seiner Frau. «Guten Morgen!» sagte sie.

Sie trat auf ihn zu, sie machte Anstalten, ihn zu umarmen. Er erhob sich sofort.

«Du schläfst von nun ab in der Küche!» sagte er, «oder du wirst das Haus verlassen!»

Er schwieg eine Weile, dann sagte er: «Wenn dein Bett heute nacht nicht in der Küche steht, schläfst du morgen nacht bei Nowak oder draußen.»

Er erinnerte sich plötzlich an seinen Wagen, an sein Pferd. Gehorsam warteten sie vor dem Gitter des kleinen Gartens. Längst war es schon wacher Tag.

Er fuhr zum Amt, in die Bezirkshauptmannschaft. Und er schrieb mit eigener Hand sehr langsam, mit Doppelrand, in der klaren, kindlich-kalligraphischen Schrift eines kaiser-königlichen Feuerwerkers, ein Gesuch an die Gemeinde, sie möchte den Schreiber Josef Nowak einer Nachbargemeinde abgeben. Er sei mit ihm nicht zufrieden. Er wünsche einen andern.

Es machte ihm einige Pein, einer Gemeinde ein Schreiben zu schicken. Er war immerhin zwölf Jahre Feuerwerker gewesen, und er hätte ein Anrecht auf einen richtigen, auf einen echten Staatsbeamtenposten gehabt. Dank seiner Frau aber hatte er diesen gewählt (er war eigentlich ein Gemeindebeamter, den allerdings der Staat bezahlte).

In dieser Stunde tat es ihm besonders weh, daß er nicht unmittelbar dem Staat unterstellt war.

Er war etwa eine Stunde vor dem Dienst gekommen. Als der Schreiber Nowak eintrat, sagte ihm der Eichmeister: «Sie werden diesen Posten verlassen. Ich bin mit Ihnen unzufrieden. Ich habe Ihre Entlassung oder Ihre Versetzung soeben beantragt.»

Der junge ehrgeizige hellblonde Mann sagte nur das eine Wort: «Aber . . .»

«Schweigen Sie!» rief Eibenschütz, wie er dereinst auf dem

Exerzierplatz geschrien hatte, als er noch Feuerwerker gewesen war.

Er tat so, als vertiefte er sich in Akten. In Wirklichkeit aber dachte er über sein Leben nach. Nowak, gut – so dachte er –, der wird also verschwinden. Mit meiner Frau habe ich nichts mehr zu tun. Sie wird in der Küche schlafen. Hinauswerfen werde ich sie nicht, ich liebe keine Skandale. Und was noch – und was noch? Ich will nicht mehr zu Jadlowker gehen – außer Dienst, versteht sich. Und wenn ich einmal außer Dienst hingehe, dann nur mit dem Wachtmeister Slama. – Nein, außer Dienst werde ich nicht mehr hingehen. Dabei bleibt es.

12

Dabei blieb es nicht. Zwar wurde der Schreiber Nowak nach Podgorce versetzt; zwar schlief, neben dem Dienstmädchen, in der Küche die Frau Eibenschütz: aber die dienstlichen Besuche in der Grenzschänke, in Begleitung des Wachtmeisters Slama allerdings, mehrten sich auffallend.

Der Winter kam, und es war ein unerbittlicher Winter. Die Spatzen fielen von den Dächern, überreifen Früchten ähnlich, die im Frühherbst von den Bäumen fallen. Sogar die Raben und Krähen schienen zu frieren, so dicht beieinander hielten sie sich auf den dürren Zweigen. Das Thermometer zeigte an manchen Tagen zweiunddreißig Grad. In solch einem Winter fällt es einem Menschen einfach schwer, ohne Heim zu sein. Allein, im großen Frost, stand der Eichmeister, wie der einsam kahle und frierende Baum im Hof der Bezirkshauptmannschaft vor dem Fenster des Amtszimmers. Es war ein neuer Schreiber gekommen, ein träger, dicker und gutmütiger Jüngling, der sehr langsam arbeitete, aber Behaglichkeit verbreitete. Am behaglichsten war es überhaupt im Amtszimmer. Das Ofentürchen strahlte rötliches Licht aus, die beiden Lampen grünes. Die Papiere sogar raschelten vertraulich. Aber was dann, wenn der Eichmeister Eibenschütz das Amt verläßt? In seinem kurzen Schafspelz, mit hochaufgeschlagenem Persianerkragen, in den hohen Kniestiefeln steht er da, neben einer der zwei Laternen, die vor der Bezirkshauptmannschaft brennen. Sie brennen sehr ärmlich und gelb, die Nachtlämpchen, dem leuchtenden Schnee im Park gegenüber. Lange Zeit steht der Eichmeister Eibenschütz so da und überlegt. Er überlegt, wie es jetzt aussehen wird, wenn er nach Hause kommt. Der Ofen ist geheizt, der Tisch gedeckt, der Rundbrenner leuchtet, auf der Ofenbank hockt die gelbe Katze. Verweint und finster geht die Frau sofort bei der Ankunft des Mannes in die Küche. Das Dienstmädchen, auch dieses finster und verweint, denn sie teilt Tränen und Klagen mit der Hausfrau, schneuzt sich mit dem Schürzenzipfel, mit der linken Hand stellt sie den Teller vor Herrn Eibenschütz. Nicht einmal die Katze kommt heran, wie einstmals, um sich streicheln zu lassen. Auch sie hegt Feindschaft gegen Eibenschütz. Aus ihren gelben Augen leuchtet der Haß. Trotz alledem beschließt der Eichmeister, nach Hause zu gehen. Er stampft entschlossen mit den schweren Stiefeln durch den knirschenden Schnee, durch die tote Nacht, die von unten her, vom Schnee, erhellt wird. Kein lebendiges Wesen wahrzunehmen. Man hat nichts zu befürchten, man braucht sich nicht zu schämen, wenn man gelegentlich eine kleine Weile vor einem der Häuschen stehen bleibt und durch die Ritzen der Fensterläden in die fremden Wohnungen hineinlugt. Es ist noch früh am Abend. Oft sitzen die glücklichen Leute noch zusammen. Manchmal spielen sie Domino. Väter, Mütter, Brüder, Schwestern, Kinder und Kindeskinder gibt es in den Häusern. Sie essen, sie lachen. Manchmal weint ein Kind, aber auch Weinen macht selig, ohne Zweifel! Manchmal bellt ein Hund aus dem Hof, denn er wittert den spähenden Eibenschütz. Auch dieses Kläffen hat noch etwas Heimliches, Liebliches beinahe. – Eibenschütz kennt nun schon alle Familien des Städtchens und, wie sie leben. Er bildet sich gelegentlich ein, es sei für einen Eichmeister gut, nützlich, ja sogar erforderlich, etwas Näheres über die Kaufleute zu erfahren, «Personalkenntnisse» nennt er das. Nun geht er weiter. Jetzt ist er vor dem Haus. Sein Schimmel hört ihn kommen und wiehert freundlich. Ein liebes Tier. Der Eichmeister kann sich nicht halten, er geht in den Stall, er will den Schimmel nur streicheln, er denkt an die glückliche Zeit beim Militär, an all die Pferde, rückwärts, im Hintergebäude der Kaserne, er erinnert sich noch an alle Namen und auch an ihre Gesichter. Jakob hat er seinen Schimmel genannt. «Jakob!» ruft er leise, als er in den Stall kommt.

Der Schimmel hebt den Kopf. Er stampft zwei-, dreimal mit dem rechten Huf auf das feuchte Stroh. Eibenschütz geht heran, eigentlich nur, um ihm gute Nacht zu sagen, aber plötzlich kehrt er um, sagt wie zu einem Menschen: «Einen Moment, bitte!» und geht in den Schuppen und holt den Schlitten und führt das Pferd hinaus und schnallt mit zitternden und dennoch sicheren Fingern das Riemenzeug um, und die warme Wollhaardecke rollt er um den Leib des Tieres und bindet sie fest. Er spannt den Schimmel vor den Schlitten. Er schnallt die Glocke um den Hals des Pferdes. Er setzt sich hin, er nimmt die Zügel in die Hand und sagt: «Jakob!» Noch einen hastigen gehässigen Blick wirft er auf die erleuchteten Fenster seiner Wohnung. Wie sehr haßte er die drei Frauen, die ihn drinnen erwarten: die Frau zuerst, das Dienstmädchen zunächst und schließlich die Katze. «Jakob!» sagt er, und der Schlitten gleitet auf seinen zuerst knirschenden, dann sanft und sanfter und lautlos werdenden Kufen dahin, zum Tor hinaus. Der Schimmmel weiß, wohin.

Der Frost saust um das Gesicht des Eichmeisters, der Frost ist ein stummer Sturm, und die Nacht ist klar, als wäre sie aus Glas, aus Kristall gar. Die Sterne sieht man nicht, denn man achtet wohl auf den Weg, aber man fühlt sie hart und klar, als wären auch sie alle aus Eis, über dem Kopf. Man fühlt sie so sehr, daß man sie beinahe sieht, obwohl man auf den Weg achten muß. Man saust dahin.

Wohin saust man so mit dem Schimmel Jakob? Er weiß den Weg allein. Er galoppiert nach Szwaby.

Und wohin, in Szwaby? In die Grenzschänke Jadlowkers. Es ist, als hätte er auch Sehnsucht, wie sein Herr, nach der Zigeunerin Euphemia Nikitsch.

13

In der Grenzschänke Jadlowkers war es warm und gut und fröhlich. Man trank, man spielte Karten, man rauchte. Der Rauch stand über den Häuptern der Männer. Es waren keine Frauen vorhanden, und das war gut. Der Eichmeister Eibenschütz hätte schwer die Anwesenheit einer Frau vertragen können, es sei denn die der Euphemia Nikitsch. Aber sie zeigte sich nicht. Eibenschütz wußte gar nicht, daß er hierhergekommen war, sie zu sehen. Erst als er Platz genommen und einen Schluck getan hatte, glaubte er zu wissen, daß er eigentlich hierhergekommen war, um die Frau wiederzusehen. Gelegentlich kam Leibusch Jadlowker an seinen Tisch und setzte sich für eine Weile hin, flüchtig, wie sich eine Biene auf Honig setzt, ein Schmetterling auf Blumen. Je ernster der Eichmeister Eibenschütz wurde – und er wurde immer ernster, je mehr er trank –, desto heiterer erschien ihm Jadlowker. Heiterer erschien er ihm und gehässiger. Er wußte wohl, der Eichmeister Eibenschütz, daß die meisten Denunziationsbriefe von der Hand Jadlowkers stammten. Sehr wahrscheinlich war es, daß Jadlowker die Aufmerksamkeit des Eichmeisters von sich ab und auf andere lenken wollte. Er wußte das, er glaubte es zu wissen, der Eibenschütz. Dennoch ertrug er die süßliche Freundlichkeit des Gastwirtes mit unerschütterlicher Geduld und sogar mit einer andächtigen Sanftmut. Er sah das widerliche, breite, stets grinsende Angesicht Jadlowkers an. Ein spitzes, rotblondes Bärtchen zierte es. Man kann sagen: zieren, nichts hätte es entstellen können. Es war blaß, von einer wächsernen Blässe. Zwei winzige grünliche Äuglein glommen darin, wie Lichter, die bereits erloschen sind, und dennoch immer noch Lichter; den Sternen ähnlich, von denen die Astronomen wissen, daß sie seit Jahrtausenden bereits erstorben sind und die wir trotzdem immer noch leuchten sehen. Das einzig Lebendige war noch der rote Spitzbart. Er sah aus wie ein dreieckiges Feuerchen, das etwa überraschender Weise einer längst tot geglaubten, erloschen geglaubten Materie entspringt.

«Gehorsamst! Herr Eichmeister!» sagte Leibusch immer wieder, sooft er an den Tisch herankam. Es war, als wollte er immer wieder, im Laufe eines einzigen Abends, den Eichmeister zum ersten Mal gesehen haben. Eibenschütz ahnte in diesem Verhalten eine gewisse Ironie. Eine gewisse Ironie mochte Eibenschütz auch aus der Tatsache ersehen, daß Jadlowker niemals an seinen Tisch kam, ohne eine volle Flasche in der Hand zu haben. Nun, das konnte noch zu den vorschriftsmäßigen Abzeichen eines Wirtes gehören. Aber wenn Jadlowker, von dem Eibenschütz genau wußte, daß er falsche Gewichte hatte, noch fragte: «Wie geht es Ihrer gnädigen

Frau?», so glaubte der Eichmeister es nicht mehr ertragen zu können, und um es ertragen zu können, bestellte er mehr Schnaps. Er trank, er trank, bis zum Morgengrauen. Längst schon schnarchten schwer und fürchterlich die Deserteure unter den Tischen und auf den Tischen. Der Morgen graute zwar noch nicht, aber er war schon zu ahnen, als sich der Eichmeister erhob. Onufrij gab ihm das Geleit. Immer in dem Augenblick, in dem er den Schlitten bestieg, fühlte er sich erleichtert und bedrückt. Wenn er die Stadtgrenze von Zlotogrod erreichte, graute schon der winterliche Morgen. Eibenschütz kehrte nicht nach Hause zurück. Er kehrte bei dem Barbier Leider ein, und er ließ sich rasieren und den Kopf kalt waschen. Er ging dann in das einzige Kaffeehaus der Stadt Zlotogrod, es nannte sich «Bristol». Er trank einen Kaffee und aß zwei Kipfel, die so frisch waren, daß sie noch nach dem Bäcker rochen. Hierauf fuhr er ins Amt, saß stumpf vor dem leeren Tisch, auf dem begreiflicherweise noch keine Post liegen konnte, und erwartete den trägen, fetten Schreiber mit Ungeduld. Er ging hinaus und wusch sich, so wie er war, in Pelz und Stiefeln, Gesicht und Hände unter der fürchterlich kalten Pumpe, die im Hof der Bezirkshauptmannschaft dastand, den Pferden der berittenen Gendarmerie zu dienen.

An solchen Morgen dachte der Eichmeister gar nichts oder nur sehr wenig. Er dachte daran, daß es acht Uhr vom Kirchturm schlagen und daß der neue Schreiber so bald wie möglich kommen müßte. Als es endlich acht Uhr vom Kirchturm schlug, ging Eibenschütz noch hinaus, einen Rundgang durch die Stadt zu machen. Der Rundgang konnte nicht lange dauern, die Stadt war winzig. Er wollte nur nicht vor dem Schreiber dagewesen sein. Auch dachte er daran, daß ihm eine Rundfahrt durch die Stadt und durch den Frost nicht nur das Aussehen, sondern auch das Gefühl eines Menschen geben könnte, der in normalen Verhältnissen die Nacht durchgeschlafen hatte.

Er fuhr also los mit dem Schlitten durch den morgendlich knirschenden Schnee. Er kehrte zurück. Er führte den Jakob und den Schlitten zuerst nach Hause. Dann ging er, nicht ohne einen gehässigen Blick gegen die noch geschlossenen Fensterläden seines Hauses zu werfen, zu Fuß ins Amt.

14

Auch im Amt noch konnte er sich nicht enthalten, an die Freundin Jadlowkers zu denken, an die Zigeunerin Euphemia Nikitsch. Auf eine seltsame Weise vermischte sich in ihm der berufliche und menschliche Ekel vor dem Gastwirt Jadlowker mit der schönen Sehnsucht nach der Frau Euphemia. Er wußte selbst nicht, der arme Eichmeister, was ihm da geschah. Es beunruhigte, ja, es erschütterte sein Gewissen, daß er dermaßen ständig, dermaßen unerbittlich, dermaßen gleichmäßig an die gesetzlichen Verfehlungen Jadlowkers denken mußte wie an die Schönheit Euphemias. Gleichermaßen dachte er an beides und auch gleichzeitig. Eins ging nicht ohne das andere.

Auch dieser harte Winter ging vorüber, und es kam eine Nacht, da krachte das Eis wieder über dem Fluß Struminka. Und genau wie im ersten Jahr, als er angekommen war, aber nunmehr, wie ihm selber schien, sehr gealtert und vollkommen verwandelt, erlebte er in einer Nacht im März das Krachen des Eises über dem Fluß und die Aufregung der Einwohner. Diesmal aber bedeutete ihm der Einbruch des Frühlings etwas anderes. Er kam sich sehr gealtert vor, während er so das Jahr und die Welt neu werden sah, und keinerlei Hoffnung erwachte in seinem Herzen, wie damals, im ersten Jahr seiner Ankunft. Auch heute noch, wie im ersten Jahr seiner Ankunft, standen die Leute da an beiden Ufern des Flusses, mit Fackeln und mit Laternen, und sie sprangen plötzlich auf die treibenden Eisschollen, und sie hüpften wieder ans Ufer. Es war Frühling. Frühling war es! –

Der Eichmeister Eibenschütz aber ging trostlos nach Hause. Was bedeutete ihm schon der Frühling? Was bedeutete ihm schon der Frühling? – Drei Tage später kam seine Frau nieder. In der Küche. Es war eine leichte Geburt. Kaum war die Hebamme gerufen worden, und schon war er da, der Sohn des Josef Nowak. Der Eichmeister Eibenschütz dachte, daß nur Bastarde so schnell und leicht zur Welt kommen.

Die Nacht, in der ihm der Sohn des Josef Nowak geboren wurde, verbrachte der Eichmeister in der Schänke Jadlowkers. An diesem Abend erschien auch wieder an seinem Tisch die Frau Jadlowkers. Wie beim ersten Mal sagte Euphemia: «Sie trinken nichts?» – «Wenn Sie wollen, daß ich trinke, so trinke ich», antwortete er. Sie schnalzte mit den Fingern, und der Diener Onufrij kam und schüttete das Glas des Eichmeisters voll.

Auch sie verlangte nach einem Glas. Man brachte es ihr. Sie trank den Neunziggrädigen in einem Zug aus.

Sie näherte ihr Angesicht dem Eichmeister, und ihm war es, als seien ihre Ohren mit den großen, leise klirrenden Ohrringen ihm beinahe näher als ihre hellen Augen. Er sah sehr wohl ihr schneeweißes Gesicht, aber wacher noch als sein Auge war sein Ohr. Er vernahm ganz deutlich das ganz leise Klingeln, das von dem sachten Anschlag der goldenen Münze an den Ohrring herkam, sobald die Frau eine Bewegung machte. Er dachte dabei, daß ihre Finger hart und stark und braun waren, seltsamerweise wußte er nicht mehr, weshalb er an ihre Finger denken mußte, dieweil er ihre Ohren ansah und das Klingeln der kleinen Goldmünzen vernahm.

Für die Dauer eines Augenblicks setzte sich auch Leibusch Jadlowker an den Tisch. Aber es dauerte nicht länger, als eben ein Schmetterling auf einer Blume sitzt. Im nächsten Moment war er weg. Euphemia beugte sich zu Eibenschütz hinüber und flüsterte: «Ich liebe ihn nicht! Ich hasse ihn!» – Hierauf lehnte sie sich zurück und nippte an ihrem Glase. Und an ihren Ohrläppchen klingelte es süß und sachte.

Eibenschütz konnte es nicht mehr aushalten. Er winkte dem Schankdiener Onufrij und zahlte und bestieg seinen Schlitten und fuhr nach Hause.

Er erinnerte sich nicht mehr, ob er der Frau Euphemia gute Nacht gesagt hatte oder nicht. Es erschien ihm plötzlich sehr wichtig.

Der Schnee war noch sehr hart, und der kleine Schlitten flog dahin, wie mitten im Winter.

Aber von oben her wehte es schon milde und fast schon österlich herunter, und blickte man zum Himmel empor, so sah man, daß die Sterne nicht mehr so kalt und strenge dastanden. Es war, als hätten sie sich der Erde ein wenig mehr genähert. Auch ein sehr gütiger, kaum spürbarer Wind gab sich zu erkennen.

Es gab schon eine ganz gewisse herbe Süße in der Luft. Der Schimmel raste dahin wie noch nie, und dabei hatte Eibenschütz kaum die Zügel gestrafft. Der Schimmel warf von Zeit zu Zeit den Kopf hoch, wie um zu sehen, ob die Sterne schon der Erde näher gekommen wären. Auch er fühlte, daß der Frühling nahe war.

Besonders aber fühlte es der Eichmeister Anselm Eibenschütz. Während er seinem tristen Heim entgegenglitt, durch den glatten Schnee, unter dem milden Himmel, dachte er daran, daß ihn zu Hause ein Bastard erwartete. Aber darüber war er im Grunde sehr froh. Denn noch stärker dachte er an das Wort, das ihm Euphemia gesagt hatte: «Ich liebe ihn nicht. Ich hasse ihn!»

Er hörte das Klingeln ihrer Ohrringe!

15

Zu Hause schrie der Säugling. Was ein Wunder! Säuglinge schreien. Sie wissen nicht, ob sie Bastarde sind oder nicht. Sie haben ein Recht, zu wimmern und zu schreien. Übrigens übertönten in Eibenschütz' Ohren die leise klingenden Ohrringe der Euphemia auch das laute Schreien des Säuglings. Eibenschütz dachte gar nicht mehr an seine Frau und an das Kind des Josef Nowak.

Als er sein Haus betrat, dachte der Eichmeister nur daran, daß er der Hebamme nicht begegnen dürfte. Dies allein war seine Sorge. Aber es gelang ihm keineswegs. Sie hatte gehört und gesehen, wie er ankam. Und sie ging ihm entgegen mit der beruflichen Fröhlichkeit, die ihr eigen war, und berichtete ihm alles, was er nicht zu wissen wünschte: daß der Junge prächtig sei und daß sich die Mutter wohl befinde.

Eibenschütz dankte ihr gehässig. Immer noch klingelten in seiner Erinnerung und in seinem Herzen die goldenen Münzen an den goldenen Ohrringen. Er fühlte sich sehr unsicher, sehr unsicher fühlte er sich. Zuweilen war es ihm, als sei er kein Mensch mehr, sondern ein Haus, und er wäre imstande, seinen nahen Einsturz vorauszuahnen, als wäre er ein Haus oder eine Mauer. Es barst und bröckelte in ihm, und er fühlte kaum noch den Boden unter seinen Füßen. Er selbst schwankte, das ganze Haus schwankte, es schwankte auch der Sessel, auf den er sich setzte, um sein Frühstück einzunehmen. Der Hebamme wegen ging er jetzt hinein in das Schlafzimmer, in dem seine Frau Regina seit ihrer Niederkunft wieder untergebracht war. Skandale wollte er nicht. Der Hebamme wegen.

Er sagte zu seiner Frau flüchtig und gehässig: «Guten Morgen» und betrachtete den Säugling Josef Nowaks, den ihm die Hebamme mit beruflichem Diensteifer entgegenstreckte. Der Säugling wimmerte. Er roch zudringlich und säuerlich nach Muttermilch und Urin. Eibenschütz dankte Gott, daß es nicht sein eigener Sohn war. Er empfand ein wenig Schadenfreude darüber, daß es der Sohn des verhaßten Josef Nowak war. Aber lauter noch als die Schadenfreude tönten in seinem Herzen die klingelnden Ohrringe.

Am Nachmittag hatte er eine Dienstfahrt mit dem Wachtmeister Slama zu unternehmen, nach Slodky. Sie langweilte ihn, diese Dienstfahrt, warum ging es nicht nach Szwaby? Es klingelten sachte die Ohrringe der Euphemia.

Der Wachtmeister Slama kam, ihn abzuholen. Man spannte den Schimmel vor das Wägelchen. Es war April, kurz nach Ostern. Der Himmel mit seinen zartweißen Wölkchen und seinem hellen Blau war jugendlich. Das Windchen, das dem Eichmeister entgegenwehte, war geradezu neckisch und ausgelassen. Die Felder zu beiden Seiten der Landstraße begannen eben fröhlich zu grünen, und die Schneereste in den Gräben waren grau wie Asche.

«Heute oder morgen kommen die Schwalben!» sagte der Wachtmeister der Gendarmerie Franz Slama. Es kam dem Eichmeister Eibenschütz seltsam, aber auch anmutig vor, daß der Wachtmeister, trotz der Pickelhaube auf dem Haupt, trotz dem Gewehr mit dem aufgepflanzten Bajonett zwischen den Knien, von den Schwalben sprach.

«So spät kommen sie hierher?»

«Ja», sagte der Wachtmeister Slama, «es ist ein weiter Weg hierher.»

Und sie schwiegen. Und das Wägelchen rollte, und das Windchen wehte, und über der Welt wölbte sich der jugendliche Himmel mit seinen zartblauen Wölkchen.

Es war Freitag, ein Tag, den der Eichmeister nicht liebte; nicht aus Aberglauben, sondern weil es im ganzen Bezirk, in der Gegend überhaupt, ein Markttag war. Da gab es viel zu tun, nicht in den Läden, sondern auf den offenen Märkten. Die Kunden liefen einfach weg, wenn sie Gendarmen und Beamte kommen sahen.

Es entstand auch diesmal ein großer Schrecken auf dem Marktplatz von Slodky. Als das gelbe Wägelchen am Grenzrand des Marktfleckens erschien, schrie jemand, ein Junge, den man als Posten aufgestellt hatte: «Sie kommen! Sie kommen!» Die Weiber ließen die Fische, die sie eben hatten kaufen wollen, wieder in die Bottiche fallen. Die frischgeschlachteten, noch blutenden Hühner fielen mit hartem Schlag auf die Tische der Verkaufsstände zurück.

Das noch lebende Geflügel selbst schien zu erschrecken. Hühner, Gänse, Enten und Puten rannten zappelnd, krähend, kreischend, schnatternd, schwerfällig und hastig die Flügel schlagend, durch die breite kotige Fahrbahn, an deren beiden Seiten die Verkaufsstände aufgestellt waren. Während die Käufer, die doch gar keinen Anlaß hatten, vor der Behörde zu fliehen, es lediglich aus Torheit taten, aus Haß und Mißtrauen und aus unbestimmter Furcht, überlegten die Händler, die ihre Standplätze nicht verlassen durften, weil sie sich ja sonst erst recht verdächtig gemacht hätten, was zu unternehmen sei. Zuerst schmissen sie ihre Gewichte in die Straßenmitte, in den silbergrauen Schlamm. Es sah fast aus wie eine Schlacht und als bekämpften sie sich zu beiden Seiten der Marktgasse mit ihren schweren Gewichten.

Als der einzige unter den Händlern benahm sich kaltblütig nur der Leibusch Jadlowker. Er hatte zwar keine Konzession, in Slodky Fische zu verkaufen. Dennoch verkaufte er Fische in Slodky. Stark und breit stand er da, neben seinem Bottich, beinahe so breit wie der Bottich. Zwar hatte er keine Konzession, aber auch keine falschen Gewichte. Das Gesetz kannte er. Ein Eichmeister hatte nichts mit Konzessionen zu tun. Mochte er nur kommen. Er beobachtete indessen die Hechte und die Karpfen, die sich im Bottich tummelten. Dumme Fische, die wahrscheinlich glaubten, sie lebten immer noch in Flüssen. Was weiß ein armer Fisch?

Ach, und was weiß ein armer Mensch, Leibusch Jadlowker?

Und kennt er auch alle Gesetze und alle Sitten und Gebräuche und Charakteranlagen der Beamten; es kann ein Augenblick kommen, da steht plötzlich ein unbekannter Paragraph auf, und wenn es nicht auf den Paragraphen ankommt, so erwacht zum Beispiel eine ungeahnte Leidenschaft in einem Beamten. Beamte sind auch Menschen.

16

Der Eichmeister Eibenschütz war auch nur ein Mensch. Das leise Klingeln der Ohrringe Euphemias konnte er nicht loswerden. Manchmal hielt er sich die Ohren zu. Aber es klingelte ja drinnen, nicht draußen. Es war kaum noch auszuhalten. Man mußte ganz schnell und flüchtig sogar den Markt von Slodky kontrollieren, und dann war es vielleicht noch Zeit, nach Szwaby zurückzukutschieren.

Er fuhr durch den wüsten, verwüsteten Markt. Die Räder seines Wägelchens rollten munter über die fortgeworfenen Gewichte hinweg, und die Hufe Jakobs gruben sich noch tiefer in den Schlamm. In der Mitte des Marktes hielt Eibenschütz an. Stumm und steif, wie Wachspuppen in einem Panoptikum, standen die Händler hinter den Ladentischen. Von einem Laden zum andern ging Anselm Eibenschütz, neben ihm der Gendarm. Man zeigte ihm Waagen und Gewichte, echte Waagen, echte Gewichte. Ach, er wußte wohl, daß es die falschen waren, die niemals benutzt wurden. Er prüfte die Punzierungen, er untersuchte Kummern, Fächer, Schubladen, Winkel, Verstecke. Bei der Geflügelhändlerin Czaczkes fand er sieben falsche Pfund- und Kilogewichte. Er schrieb sie auf, sie tat ihm leid. Es war eine alte hagere Jüdin, mit geröteten Augen, einer harten Nase und einem zerknitterten, pergamentenen Angesicht. Man hätte sich eigentlich wundern müssen, wie es möglich war, daß so viele Runzeln auf so spärliche Wangenhäute geraten waren. Sie tat ihm leid, die arme Czaczkes. Dennoch mußte er sie aufschreiben. Offenbar waren ihre Hände zu kraftlos gewesen, um rechtzeitig die Gewichte hinauszuwerfen, wie es die andern getan hatten.

Sie begann sofort zu schreien: «Gewalt! Gewalt! Gewalt geschieht mir», so schrie sie sinnlos mit ihrer heiseren Stimme, es war etwas von Zirpen darin, von Krähen, von Schnattern. «Nicht aufschreiben, nicht aufschreiben!» rief sie, sie flatterte mit den Armen, raufte sich die braune Perücke, die über ihren silbergrauen Haaren saß, und begann sofort ihre mageren Hühner, ihre armselige Ware hinauszuschmeißen in die Straßenmitte, in den Schlamm. «Diebe, Räuber, Mörder!» schrie sie. «Nehmt mir alles, nehmt mir alles! Nehmt mir das Leben!» Aus dem Kreischen fiel sie unmittelbar in ein herzzerbrechendes Schluchzen. Es besänftigte sie aber keineswegs, im Gegenteil, es schien sie noch zu größerer Heftigkeit zu reizen. Denn während ihre Tränen aus den entzündeten Augen strömten und ihre hageren Wangen überströmten wie ein Regen, warf sie noch immer alles hin, was ihr in die Hände kam, ein Teeglas, den Löffel, den Samowar. Vergeblich bemühte sich da der Eichmeister Eibenschütz, sie zu besänftigen. Sie griff endlich nach dem Messer, mit dem sie das Geflügel zu zerschneiden pflegte. Sie stürzte aus ihrem Verschlag heraus mit dem gezückten, großen, sägeartig gezähnten Messer. Ihre Perücke verschob sich, man sah unter den falschen braunen Haaren die echten wirren Knäuel ihrer grauen Locken, und der Eichmeister wich einen Schritt zurück, nicht des Messers wegen, sondern wegen der Haare. Der Gendarmeriewachtmeister Slama, mit geschultertem Gewehr, stand noch immer regungslos.

«Man muß sie abführen!» sagte er. Er ergriff ihre hocherhobene Hand, in der das Sägemesser drohte. In diesem Augenblick stürzten alle Händler aus ihren Buden hervor. Ein ungeheures Geschrei erhob sich. Man hätte glauben können, die ganze lebendige Welt schrie und empörte sich gegen die Verhaftung der Frau Soscha Czaczkes.

Der Wachtmeister Slama tat ein übriges: Er fesselte die Alte. Und so, keifend, schreiend, krächzend unverständliche und sinnlose Flüche, ging sie dem Gefängnis entgegen, zwischen den beiden Männern, dem Gendarmen und dem Eichmeister.

Was den Eichmeister anbetrifft, so war er sehr aufgeregt. Er hatte nicht gewollt, daß man eine arme törichte jüdische Geflügelhändlerin einsperrte. Er selbst stammte von Juden ab. Er erinnerte sich noch an seinen Großvater, der einen großen Bart getragen hatte und der gestorben war, als er, Anselm, acht Jahre alt gewesen war. Auch an das Begräbnis erinnerte er sich. Es war ein jüdisches Begräbnis. Eingehüllt in die weißen Leichengewänder, ohne Sarg, fiel der alte Großvater Eibenschütz in das Grab, und sehr schnell wurde es zugeschaufelt.

Ach, er war in einer gar schlimmen Lage, der Eichmeister Eibenschütz. Weh, sehr weh tat ihm sein eigenes Schicksal. Das Gesetz einzuhalten, war er entschlossen. Redlich war er, redlich, und sein Herz war gütig und streng zugleich. Was sollte er machen mit der Güte und Strenge zugleich? Zu gleicher Zeit läutete in seinen Ohren das goldene Läuten der kleinen Ohrringe der Frau Euphemia.

Er schritt dahin, als wäre er selbst gefesselt. Er mußte sich trotzdem noch an dem und jenem Laden aufhalten. Indessen schrie die Frau Czaczkes fürchterlich, und der Gendarm hielt sie an der Kette fest, während Eibenschütz die Waagen und Gewichte kontrollierte an verschiedenen Ständen. Er kontrollierte flüchtig und hastig. Es widersprach seinem soldatischen und seinem beamtlichen Gewissen, aber was hätte er tun sollen? Die Frau schrie, das Volk der Händler benahm sich bedrohlich. Er wollte hurtig sein und dennoch gewissenhaft. Er wollte mitleidig, nachsichtig sein, und die Frau schrie dennoch, und außerdem läutete es fortwährend in den Ohren: die Ohrringe der Euphemia. Schließlich bat er den Wachtmeister Slama, die Frau Czaczkes freizulassen. «Wenn Sie nicht mehr schreien», sagte Slama zur alten Händlerin, «lasse ich Sie frei, wollen Sie?» Ja, freilich wollte sie. Sie wurde freigelassen. Und sie rannte davon, den Weg zurück, mit flatternden Armen. Sie glich einem Kranich.

Schließlich gelangte Eibenschütz vor den Bottich Jadlowkers. «Was machen Sie hier?» fragte er, «haben Sie auch eine Konzession, Fische zu verkaufen?» – «Nein», sagte Jadlowker, und sein ganzes breites Angesicht lächelte, es war, als lächelte irgendeine kleine, sehr häßliche Sonne, eine Sonne der Häßlichen. «Nein», sagte Jadlowker, «ich vertrete nur einen Freund, meinen Freund, den Fischhändler Schächer.»

«Papiere?» fragte der Eichmeister. – Er wußte nicht, weshalb ihn plötzlich ein so heftiger Zorn gegen den armen Leibusch Jadlowker ergriffen hatte.

«Sie haben nur Gewichte zu prüfen!» sagte Jadlowker, der sich in den Gesetzen auskannte. «Sie haben nicht das Recht, nach Papieren zu fragen!»

«Sie leisten Widerstand!» sagte der Eichmeister Eibenschütz. Er wußte nicht, weshalb er den Leibusch Jadlowker so haßte. Er wußte nicht, warum er immerfort im Herzen, im Gehirn, überall das gefährliche Klingeln der Ohrringe hörte.

Bei dem Worte «Widerstand» trat der Wachtmeister näher. «Wo kommen Sie her?» fragte er den Jadlowker.

«Ich habe die Grenzschänke in Szwaby», antwortete Jadlowker. «Das weiß ich», sagte der Wachtmeister Slama. «Ich war schon in Ihrer Schänke. Jetzt reden wir dienstlich. Keine Vertraulichkeiten. Verstanden?»

Er stand da, der Wachtmeister Slama, im Abendschein. Die Sonne schickte noch den letzten Rest ihrer Kraft über den Marktplatz. Sie vergoldete auch eine Wolke, die über dem Platz dahinschwebte, und erweckte zugleich ein gefährliches Funkeln in der Pickelhaube des Gendarmen. Auch sein Bajonett blitzte.

Man weiß nicht, was damals in Leibusch Jadlowker vorging. Er stürzte sich plötzlich auf den Gendarmeriewachtmeister, das Fischmesser in der Hand. Er stieß wüste Verschwörungen gegen den Kaiser, gegen den Staat, gegen das Gesetz und sogar gegen Gott aus.

Der Eichmeister Eibenschütz und der Wachtmeister Slama überwältigten ihn endlich. Der Wachtmeister holte diesmal die wirklichen Ketten aus der Diensttasche: brave, biedere Ketten.

So führten sie den Mann nach Zloczow, ins Bezirksgefängnis.

Von Szwaby war keine Rede mehr. Immer noch klang in den Ohren des Eichmeisters das sachte Klingeln der Ohrringe der Frau Euphemia.

17

In Zloczow hatten der Eichmeister Eibenschütz und der Wachtmeister Slama sehr viel und sehr Unangenehmes zu besorgen. Ganz ermattet von der Reise kamen sie an. Es war sehr schwer gewesen, den wilden und ziemlich gewichtigen Leibusch Jadlowker, obwohl er gefesselt war, in den Wagen zu bringen. Der Gendarm mußte ihm auch die Füße fesseln. Unterwegs spie Jadlowker bald dem Gendarmen, bald dem Eichmeister ins Gesicht. Er saß eingeklemmt zwar zwischen den beiden, aber er war kräftiger als beide Männer, und er stieß gegen sie mit dem Ellenbogen dermaßen heftig, daß sie beide fürchten mußten, von dem kleinen Wägelchen hinunterzufallen. Nach drei Stunden solch mühseliger Fahrt kamen sie endlich in Zloczow an. Der Gendarm Slama pfiff, und zwei Gemeindepolizisten und noch ein Gendarm kamen, um die Einlieferung des Leibusch Jadlowker zu bewerkstelligen. Es war bereits sechs Uhr abends, als sie alle keuchend, verschwitzt das Bezirksgericht erreichten. Der Untersuchungsrichter war schlechter Laune und hatte gerade Schluß gemacht und wollte nach Hause gehen. Er nahm trotzdem ein flüchtiges Protokoll auf. Er bestellte den Wachtmeister Slama und den Eichmeister Eibenschütz für den nächsten Morgen. Sie verbrachten die Nacht schlaflos in einem Schuppen in der Herberge Zur goldenen Krone, wo alle Zimmer besetzt waren und wo man Beamte ohnehin nicht gerne sah und beherbergte.

Am nächsten und auch am übernächsten Tage gab es nichts anderes als Protokolle, Vernehmungen und wieder Protokolle. Es ging dem Eichmeister Eibenschütz nicht gut, gar nicht gut. Er hatte das Gefühl, daß er eine große und schwere Sache erlebt habe, und was hätte es ihn eigentlich bekümmern müssen? Was ging ihn eigentlich der Jadlowker an? Gewiß, man war ein Mensch, man brachte nicht gern jemanden ins Unglück! Das sagte sich auch der Eichmeister Eibenschütz, und das sagte er auch dem Wachtmeister Slama. War es nicht möglich, die ganze Angelegenheit noch ungeschehen zu machen?

Nein, es ist nicht möglich, sagte Slama. Die Protokolle, der Untersuchungsrichter, all die Verhöre und schließlich das Geständnis Jadlowkers selbst, daß er Gott gelästert hatte und, was noch schlimmer war, den Staat und seine Beamten.

Unterwegs, als sie so brüderlich zurückfuhren nach Zlotogrod, der Eichmeister und der Wachtmeister, stieg in Eibenschütz ein leiser Neid gegen den Gendarmeriewachtmeister Slama auf, der so selbstverständlich alles nahm, was ihm in den Weg gekommen war. Er kannte die Gesetze genau so gut wie der Eichmeister. Auch er, der Slama, mußte wissen, daß auf Gotteslästerung und Beamtenbeleidigung mindestens zwei Jahre Zuchthaus standen. Aber was machte sich der

Slama daraus? Und das Merkwürdige bestand eben darin, daß sich der Slama nichts daraus machte.

Der Abend dämmerte schon, als sie auf die breite Landstraße nach Zlotogrod einbogen. Ein sachtes Windchen wehte dem Wägelchen entgegen und kämmte die Mähne des Schimmels. Knapp drei Kilometer vor Zlotogrod gab es einen abzweigenden Landweg, der führte nach dem Grenzwäldchen. Nach dem Grenzwäldchen, das hieß auch nach Szwaby, zur Grenzschänke. Der Eichmeister, der die Zügel hielt, verlangsamte den Lauf. Er wartete, bis es ganz dunkel wurde, dann sagte er: «Wie wäre es, wenn wir nach Szwaby führen? Dann könnten wir der Euphemia berichten, was mit Jadlowker passiert ist. Es wäre eigentlich nur eine menschliche Tat.»

Dem Wort «menschliche Tat» konnte der Wachtmeister der Gendarmerie nicht widerstehen. Und obwohl er seine Frau wiedersehen wollte, und obwohl er morgen schon seinen neuen Dienstweg hatte, sagte er: «Gut, nach Szwaby also!»

Eibenschütz und Slama hatten sich gerade an den Tisch gesetzt, als Euphemia herankam. Sie blieb stehen, sie stützte sich mit beiden Fäusten auf den Tisch, sie sah abwechselnd den Eichmeister und den Wachtmeister an und sagte: «So habt ihr ihn also hingerichtet. Und Ihr kommt noch hierher!» — Sehr leise sagte sie das. Sie wandte sich um und ging weg, kehrte aber sofort um, setzte sich an den Tisch und schnalzte mit den Fingern und bestellte zu trinken. Von ungefähr begegnete ihr Knie unter dem Tisch dem Knie des Eichmeisters. Im Nu zog er es zurück, aber er wußte auch sofort, daß er damit nichts aus der Welt schaffte. Geschehen war geschehen! Jetzt hörte er deutlich das goldene Klirren der Ohrringe, es klingelte draußen, es klingelte auch drinnen in seinem Herzen. Er sagte laut: «Nun, jetzt sind Sie uns nicht mehr böse! Der Jadlowker wird Zuchthaus bekommen! Aber er ist selber schuld!» Es war ihm, während er so oben über dem Tisch daherredete, als wäre er zwei, ein oberer und ein unterer Eibenschütz. Oben trank und sprach er. Unten aber, im guten Dunkel unter dem Tisch und unter dem Tischtuch, suchte sein sehnsüchtiges Knie die neuerliche Berührung mit Euphemia. Er streckte zage einen Fuß vor, aber er traf nur den Stiefel des Wachtmeisters, sagte «Pardon!» und sah aus einem Augenwinkel, wie

Euphemia lächelte. Das verwirrte ihn zwar, gab ihm aber auch etwas Mut ein. Also sagte er: «Es tut uns beiden sehr leid, Frau Euphemia. Wir konnten aber nicht anders. Es tut uns besonders leid, weil Sie jetzt so allein bleiben!»

«Ich glaube nicht, daß ich lange allein bleibe», antwortete sie, «zumindest Sie beide werden sich meiner annehmen.» Dabei sah sie nur den Eichmeister an.

Sie erhob sich und ging der Treppe zu, die Treppe hinauf. Durch allen Lärm der Schenke hörte man noch das leise süße Rascheln ihres vielgefältelten, breiten, dunkelroten Rocks.

Es war späte Nacht, als sie nach Hause fuhren, nach Zlotogrod, der Eichmeister und der Gendarm.

Unterwegs sagte Slama: «Die hätte ich auch gerne!»

«Ich auch!» sagte Eibenschütz und bereute es sofort.

«Haben Sie sie denn noch nicht?» fragte der Gendarm.

«Was fällt Ihnen ein?» fragte der Eichmeister.

«Ach, und warum nicht?» sagte der Gendarm.

«Ich weiß nicht», sagte Eibenschütz.

«Auf jeden Fall», schloß der Gendarm, «ist es gut, daß wir ihn los sind, den Jadlowker. Ich schätze: zwei Jahre!»

Eibenschütz knallte aus Verlegenheit mit der Peitsche. Der Schimmel setzte sich in Galopp. Das Wägelchen glitt weich und hurtig durch den feuchten sandigen Boden des Landweges. Die Sterne glänzten mächtig und still. Das Windchen wehte. Der Schimmel schimmerte im Dunkelblau der Nacht vor den Augen des Eichmeisters Eibenschütz.

Zwei Jahre, dachte er, zwei Jahre Glück sind ein Leben wert, zwei Leben, drei Leben. Er hörte das sanfte Klingeln.

18

In Zloczow machte man dem Jadlowker keineswegs einen kurzen Prozeß, wie man sagt, sondern, im Gegenteil, einen sehr langen. Angeklagt war er wegen Ehrenbeleidigung, wegen Amtsbeleidigung, wegen gewalttätigen Widerstandes gegen die Staatsgewalt und, was das schlimmste war, wegen Gotteslästerung. Der Prozeß dauerte so lange, weil die Richter des Landesgerichts lange schon keinen so interessanten Prozeß gehabt hatten. Die Bezirksgerichte jener Gegend hatten viel zu tun, Lappalien und Prozesse. Der hatte jenem kein Geld gezahlt. Jener hatte den geohrfeigt. Die Bezirksgerichte in jener Gegend hatten viel zu tun. Denn es gab zum Beispiel Menschen, eine gewisse Sorte von Menschen, die sich ohrfeigen ließen, freiwillig und mit Wonne. Sie besaßen die große Kunst, ein paar Männer, die ihnen aus dem oder jenem Grunde böse gesinnt waren, so lange zu reizen, bis sie Ohrfeigen bekamen. Hierauf gingen sie zum Bezirksarzt. Der stellte fest, daß man ihnen weh getan hatte und manchmal auch, daß ihnen ein Zahn ausgefallen war. Das nannte man «Visum rapport». Hierauf klagten sie. Sie bekamen Recht und Entschädigung. Und davon lebten sie, jahrelang.

Dies nur nebenbei. Das war auch nur die Sache der Bezirksgerichte. Die Landesgerichte aber hatten beinahe gar nichts zu tun in jener Gegend. Wenn ein Mord oder gar ein Raubmord vorkam, so wurde er von der Polizei nicht aufgedeckt. Aber es gab überhaupt wenig Mörder oder gar Raubmörder in jener Gegend. Es gab nur Betrüger. Und da sie fast alle Betrüger waren, zeigte keiner den andern an. Das Landesgericht hatte also so wenig zu tun, daß es das Bezirksgericht nahezu beneidete. Also war es froh, als es den Fall Jadlowker zu behandeln hatte.

Vor allem galt es, viele Zeugen zu vernehmen. Denn alle Inhaber der Standplätze auf dem Markt meldeten sich als Zeugen. Sie bekamen nämlich die Hin- und Rückreise bezahlt und außerdem die Zeugengebühr, eine Krone, sechsunddreißig Heller.

Da sie der Meinung waren, daß sie die volle Zeugengebühr nicht erhalten könnten, wenn sie etwas Günstiges für den Angeklagten Jadlowker aussagen würden, sagten sie nur Ungünstiges. Sogar die Frau Czaczkes, die doch eigentlich den ganzen Prozeß verursacht hatte, sagte aus, sie sei vom Eichmeister Eibenschütz sowohl als auch vom Gendarmeriewachtmeister Slama äußerst gütig und menschlich behandelt worden.

Der Staatsanwalt erhob die Anklage wegen Widerstandes gegen die Staatsgewalt und wegen Gotteslästerung.

Der Eichmeister Eibenschütz und der Wachtmeister der Gendarmerie hatten es unter Diensteid bestätigt.

Der Verteidiger Jadlowkers dagegen gab den Geschworenen zu bedenken, daß ein Eichmeister, eigentlich ein Angestellter der Gemeinde, kein Recht hatte, den Jadlowker nach der Konzession zu fragen. Ferner hatte sich der Eichmeister an der Person des Jadlowker vergriffen, indem er sich anmaßte, ihn zu verhaften und ihn sogar zu fesseln. Drittens, ferner, hätte Jadlowker mit seiner Gotteslästerung gar nicht Gott im Allgemeinen, den allmächtigen Gott gemeint, sondern den Gott im Besonderen: nämlich den Gott der Beamten: «Euer Gott!» hätte er gesagt.

Es erwies sich aber leider außerdem, daß Jadlowker aus Odessa geflüchtet war und daß er einst, vor vielen Jahren, einen Mann mit einem Zuckerhut erschlagen hatte.

Für den Gang der Gerichtsverhandlung unbedeutend, wenn auch nicht ohne Eindruck, war die Zeugenaussage der Freundin Jadlowkers, des Fräulein Euphemia Nikitsch. Die Feierlichkeit des Gerichts verhinderte sie nicht, mit einer geradezu maliziösen Freundlichkeit auszusagen, daß sie ihren Freund, den Leibusch Jadlowker, immer schon für einen jähzornigen und vor allem ungläubigen Menschen gehalten hätte.

Ohnmächtig, zwischen zwei Wächtern, saß der arme Jadlowker auf der Anklagebank. Nicht nur, daß er sich nicht verteidigte, es fiel ihm auch gar nicht ein, daß er sich überhaupt verteidigen könnte. Man hatte sein ganzes Leben durchstöbert. Man hatte herausgebracht, daß er aus Rußland eingewandert war. Man hatte ferner herausgebracht, daß er einst, vor vielen Jahren, einen Mann in Odessa umgebracht hatte, mit einem Zuckerhut.

Er aber hatte mehrere und nicht einen umgebracht, und deshalb schwieg er. Er hieß auch gar nicht Jadlowker, sondern Kramrisch. Er hatte nur die Papiere und selbstverständlich auch den Namen eines seiner Opfer angenommen.

Man verurteilte ihn schließlich zu zwei Jahren Zuchthaus, verschärft duch einen Fasttag in der Woche, am Freitag, an dem er seine Missetat begangen hatte. Still und entschlossen ließ er sich abführen.

19

Dem Eichmeister Eibenschütz aber war es, als hätte man ihn und nicht den Leibusch Jadlowker verurteilt. Weshalb – das wußte er nicht, das wußte er keineswegs. Er nahm sich vor, niemals mehr nach der Grenzschänke zu gehen. Er sah sich trotzdem um nach der Frau Euphemia. Aber sie war verschwunden, auf eine merkwürdige Weise verschwunden.

Er fuhr sehr schweigsam mit dem Wachtmeister Slama nach Hause. Der Weg war weit, etwa dreizehn Kilometer. Unterwegs schwieg der Eichmeister, obwohl der Gendarm oft und oft Anstalten machte zu reden. Den Wachtmeister Slama nämlich hatte der Prozeß äußerst munter gemacht, den Eichmeister Eibenschütz indessen äußerst niedergeschlagen.

Er befand sich in einer seltsamen Verfassung, der Anselm Eibenschütz. Er gedachte mitleidig, ja mit wahrer Trauer des armen Jadlowkers; zugleich aber auch konnte er sich nicht verhehlen, daß ihn die zwei Jahre Zuchthaus, die Jadlowker bekommen hatte, eigentlich sehr froh machten. Er wußte nicht genau warum, oder er wußte eigentlich genau warum, und er wollte es sich nur nicht zugestehen.

Er kämpfte mit sich selbst darüber, ob er es sich, nämlich sein genaues Wissen, zugestehen sollte oder nicht. Allerhand törichtes Zeug schien unterwegs der Gendarmeriewachtmeister Slama zu reden. Niemals vorher – so schien es Eibenschütz – hatte Slama soviel Torheiten gesagt.

Der Abend war schon eingebrochen. Sie rollten dahin, auf der breiten, sandigen Landstraße, zwischen zwei Wäldern. Sie rollten dahin in westlicher Richtung. Die untergehende Sonne, rötlich und gütig, schimmerte ihnen geradewegs in die Augen und blendete sie. An beiden Seiten des Weges leuchteten die Tannen der Waldränder, gleichsam von innen aus, als hätten sie das rötliche Gold der Sonne getrunken und strahlten es jetzt aus. Man hörte das unermüdliche Pfeifen, das Trillern, das Zwitschern, das Flöten der Vögel, und man roch den scharfen Harzgeruch, den unerbittlichen süßen und herben, der den beiden unendlichen Wäldern entströmte. Dieser Duft war scharf und süß und bitter zugleich. Den Eichmeister Eibenschütz erregte er, und er streichelte sanft mit der Peitsche die rechte Flanke des Schimmels, um ihn anzutreiben.

Wozu antreiben. Wo jagte er dahin? Nach Hause? Hatte er ein Haus? Hatte er noch ein Haus? Kreischte nicht ein fremder Säugling durch sein Haus? Der Säugling Nowak? – Ach, was weiß ein armer Eichmeister! Nackt, ganz nackt kam sich Eibenschütz vor, es war ihm, als hätte ihn das Schicksal ausgezogen. Er schämte sich, und das Schlimmste war, daß er eigentlich nicht wußte, weshalb er sich schämte. Hatte er früher den Schimmel angetrieben, so bemühte er sich jetzt, seinen Galopp zu zügeln. Schon glänzten die Sterne am Himmel, sehr fern und ganz unverständlich. Von Zeit zu Zeit warf Eibenschütz einen Blick empor. Er versuchte sich einen Trost zu holen, er biederte sich ihnen an, gewissermaßen. In früheren Jahren hatte er sie niemals beachtet, geschweige denn geliebt. Jetzt war es ihm auf einmal, als hätten sie immer teilgenommen an seinem Leben, von ferne zwar, aber immerhin teilgenommen, wie manchmal sehr entfernte Verwandte.

Nun erreichten sie das Städtchen Zlotogrod.

«Soll ich Sie absetzen?» fragte Eibenschütz den Gendarmen.

«Ja gewiß», sagte der Wachtmeister, «ich bin müde.»

Der Gendarmeriewachtmeister Slama wohnte am Rande von Zlotogrod, dort, wo der Weg nach Szwaby abzweigte. Eine verwitterte Holztafel zeigte mit einem weißen Pfeil den Weg nach Szwaby an, der weiße Pfeil leuchtete, grell beinahe, durch die hellblaue Nacht.

Der Eichmeister Eibenschütz verabschiedete sich von dem Gendarmen.

Er wollte eigentlich nach Hause fahren, der Eichmeister. Aber der Pfeil, der Pfeil, der leuchtete zu sehr. Und also lenkte Eibenschütz sein Wägelchen nach Szwaby, in die Grenzschänke.

20

Auf die Grenzschänke hatte Jadlowker mehrere Hypotheken aufgenommen. Das stellte sich jetzt heraus. Sofort, nachdem er verurteilt worden war, erhob sich im Städtchen Zlotogrod und überhaupt im ganzen Bezirk die Frage, wer die Grenzschänke in Szwaby übernehmen sollte – vorübergehend, versteht sich, offiziell vorübergehend, in Wirklichkeit aber für immer. Denn die Grenzschänke war ein gutes Geschäft, und seit langem schon beneidete man den Leibusch Jadlowker um ihren Besitz. Heute abend versammelten sich die fünf Hypothekengläubiger, ohne daß sie sich verabredet hätten, in der Grenzschänke in Szwaby. Alle fünf kamen sie beinahe zu gleicher Zeit, alle fünf waren sie erschrocken, einander hier zu treffen. Der reichste unter ihnen war Kapturak.

Er war es, der die Deserteure heranführte, er handelte ja mit ihnen. Er allein wußte, was die Geschäfte der Schänke genau eintrugen, er war es auch, der jenseits der Grenze, auf dem russischen Gebiet, eine ebensolche Schänke besaß. Die anderen Hypothekengläubiger aber waren Laien: ein Koralenhändler namens Piczenik; ein Fischhändler namens Balaban; ein Droschkenkutscher namens Manes; und ein Milchhändler namens Ostersetzer.

Alle vier waren weit weniger klug als der kleine Kapturak. Fräulein Euphemia Nikitsch saß am Tisch, sie gehörte zum Gasthof, auch auf sie bezogen sich die Hypotheken. Alle fünf Gläubiger sahen sie zwar nicht an, während sie unterhandelten, aber alle fünf wußten, daß sie da sei, vorhanden sei und daß sie zuhöre. Alle fünf gefielen ihr nicht, nicht der allzudürre Piczenik, nicht der allzudicke Balaban; nicht der Grobian, der Kutscher Manes; und nicht der Ostersetzer, weil er pockennarbig war und sein Bart spärlich und kärglich wie der Bart eines Ziegenbocks. Am besten gefiel ihr noch, der Euphemia, der winzige Kapturak. War er auch klein und häßlich, so war er doch schlauer und reicher als die anderen. Neben ihn setzte sie sich. Man trank auf das Wohl des verurteilten Jadlowker. Alle stießen mit den Gläsern an.

In diesem Augenblick vernahm man das Klingeln eines Wagens, und Euphemia wußte sofort, daß es der Wagen des Eichmeisters war. Sie erhob sich. In Wahrheit liebte sie ihn. Sie liebte auch das Geld, die Sicherheit, die Schänke, den Laden, der an sie angeschlossen war, und auch den armen Jadlowker, der jetzt im Zuchthause saß, aber diesen nur in Erinnerung an die guten Stunden, die sie mit ihm genossen hatte. Denn ein dankbares Gemüt hatte sie, wie so viele leichtfertige Menschen. Erinnerungen machten sie überhaupt wehmütig und zärtlich. Sie sprang auf, als sie den Wagen des Eichmeisters hörte.

Schon trat er ein, groß und stattlich, wie er war, fast war es, als würden alle anderen ausgelöscht. Sein buschiger, blonder, geradezu wuchtiger Schnurrbart glänzte stärker als die drei Petroleumlampen in der Mitte des Zimmers. Auch alle fünf Gläubiger sprangen auf. Er begrüßte sie kaum. Er setzte sich einfach hin, bewußt seiner Macht und so, als stünde hinter ihm, unsichtbar, aber immer gegenwärtig, der Wachtmeister der Gendarmerie Slama, mit aufgepflanztem Bajonett und mit der schimmernden Pickelhaube.

Das Gespräch erlosch. Bald erhoben sich die Hypothekengläubiger und gingen. Sie sahen verprügelt aus, und sie erinnerten an Hunde.

21

Man muß wissen, daß die Grenzschänke in Szwaby keine gewöhnliche Schänke war. Um diese Grenzschänke kümmerte sich sogar der Staat. Es war offenbar für den Staat wichtig, zu wissen, wie viele und welche Deserteure aus Rußland jeden Tag ankamen.

Eines Tages kümmert sich der Staat um dieses und morgen um jenes. Er kümmert sich sogar um die Geflügelware der Frau Czaczkes; um die Gewichte des Balaban; um die schulpflichtigen Kinder Nissen Piczeniks; um die Impfungen kümmert sich der Staat, um die Steuern, um die Trauungen und um die Scheidungen, um die Testamente und Hinterlassenschaften, um die Schmuggelei und um die Goldfälscher. Weshalb sollte er sich nicht um die Grenzschänke Jadlowkers kümmern, in der alle Deserteure zusammenlaufen? Die Bezirkshauptmannschaft hatte ein politisches Interesse daran, die Grenzschänke wohl überwacht zu wissen. Sie wandte sich dessentwegen an die Gemeinde Zlotogrod. Und die Gemeinde Zlotogrod bestimmte als vorläufigen Verwalter der Grenzschänke den Eichmeister Eibenschütz.

Die Folge davon war, daß der Eichmeister Eibenschütz eine große Freude empfand und zugleich eine große Verlegenheit. Er freute sich, und er wußte nicht, warum. Er hatte Angst, und er wußte nicht, wovor. Als er das Papier erhielt mit der Aufschrift «Streng vertraulich», in dem er von der Gemeinde auf Veranlassung der politischen Behörde gebeten wurde, «während der Abwesenheit des Gastwirtes und Gemischtwarenhändlers Leibusch Jadlowker die Aufsicht über dessen Wirtschafts- wie sonstigen Betrieb zu übernehmen», glaubte er, ein Glück und ein Unglück hätten ihn zu gleicher Zeit betroffen, und ihm war zumute wie etwa einem Manne, der träumt, er stünde auf weitem, freiem Felde, ausgeliefert zwei Winden zugleich, einem Nordwind und einem Südwind. Das bittere Leid und die süße Freude atmeten ihn gleichzeitig und heftig an. Er konnte das Ansinnen der Gemeinde beziehungsweise der Bezirkshauptmannschaft freilich ablehnen. In dem Schreiben hieß es: «Es bleibt Ihnen anheimgestellt, auf den Vorschlag zustimmend oder ablehnend Bericht zu erstatten.» Dadurch war die Lage des Eichmeisters noch schwieriger geworden. Er war nicht gewohnt, sich zu entscheiden. Zwölf Jahre hatte er gedient. Er war gewohnt zu gehorchen. Wäre er doch nur in der Kaserne, bei der Armee geblieben!

Er ging ganz langsam, den Hut in der Hand und mit gesenktem Kopf, nach Hause. Er hatte lange Zeit, er bildete sich ein, der Weg sei länger als gewöhnlich. Merkwürdigerweise empfand er keinen Widerwillen gegen sein Haus und das, was es barg: seine Frau und den Bankert. Er hatte das Kind seit jenem Abend, an dem es ihm die Hebamme entgegengebracht hatte, nie mehr gesehen. Auch seine Frau zeigte sich nicht in den Stunden, in denen er zu Hause war. Er hörte nur manchmal durch die geschlossene Tür das Kreischen des Kindes. Es bereitete ihm eine besondere Freude, es störte ihn keineswegs, seltsamerweise. Er schmunzelte sogar vor sich hin, wenn er das Kleine so schreien hörte. Wenn er schrie, der Kleine, so war es ein Zeichen, daß er sich ärgerte. Auch seine Mutter ärgerte sich, auch das Dienstmädchen Jadwiga ärgerte sich. Sie sollten sich nur alle ärgern!

Heute abend drang kein Laut durch die geschlossene Tür. Das Dienstmädchen Jadwiga kam wortlos herein, sie brachte die Suppe und das Fleisch, gleichzeitig – denn Eibenschütz hatte ihr verboten, zweimal im Laufe eines Abends ins Zimmer zu kommen. Er aß hastig und ließ die Hälfte stehen. Er vermißte das Heulen des Kindes und den beruhigenden Gesang seiner Frau.

Er zog während des Essens das streng vertrauliche Schreiben aus der Tasche und überlas es noch einmal. Eine Zeitlang glaubte er, aus den Worten, aus den Buchstaben sogar würden neue Möglichkeiten, neue Deutungen kommen. Nachdem er aber das Schreiben ein paarmal gelesen hatte, mußte er sich sagen, daß es nichts Geheimnisvolles enthielt und keinen verborgenen Nebensinn.

Er mußte sich entscheiden, es war kein Zweifel. Noch standen die Teller vor ihm, halbgefüllt, zurückgeschoben und verschmäht. Schon erhob er sich. In den Schuppen ging er und rollte das Wägelchen in den Hof, hierauf in den Stall, um den Schimmel Jakob loszubinden.

Er spannte ein, er fuhr los. Er saß ruhig, die Hände im Schoß, auf dem Bock. Die Zügel lagen locker über dem Rükken des Gauls; ihr Ende war umgeschlungen um die Kurbel der Bremse. Die Peitsche lehnte links im ledernen Behälter.

Der Schimmel brachte ihn, ohne Zügel, ohne Peitsche, ohne Zuruf, in angemessener Zeit nach Szwaby, unmittelbar vor die Grenzschänke.

Eibenschütz fragte sofort nach der Frau Euphemia. Er setzte sich nicht, es erschien ihm notwendig, eine Art dienstlicher Haltung einzunehmen, als wäre er mit dem festen Entschluß hierhergekommen, die Leitung der Wirtschaft zu übernehmen. Dienstliche Haltung – sagte er sich – und er blieb am Ende der Treppe stehen, den Hut auf dem Kopfe. Es dauerte, bevor sie herunterkam. Nach einer langen Weile hörte er auf der Treppe ihren Absatz. Er blickte nicht empor, aber er glaubte deutlich ihren Fuß zu sehen, den schmalen langen Fuß in den schmalen langen Schuhen. Schon rauschte ihr vielgefälteltes weinrotes Kleid. Auf den harten, hölzernen, unbedeckten Stufen scholl ihr harter, fester, gleichmäßiger Schritt. Eibenschütz wollte nicht hinaufsehen. Viel lieber war es ihm, wenn er sich vorstellte, wie sie ging und wie sich die vielen, vielen zarten Falten ihres Kleides bewegten. Noch viel mehr Stufen hätte die Treppe haben müssen. Jetzt war sie unten, jetzt stand sie schon vor ihm. Er nahm den Hut ab.

Er sagte, ohne sie genau anzusehen, über ihren Kopf hinweg, aber so, daß er den blauschwarzen Schimmer ihrer Haare allzu deutlich wahrnahm: «Ich habe Ihnen etwas Besonderes zu sagen!»

«Sagen Sie es doch!»

«Nein, etwas ganz Besonderes! Nicht hier!»

«Gehn wir also hinaus», sagte sie und schritt voran, zur Tür.

Der Mond stand groß und milde über dem Hof.

Der Hund bellte unermüdlich. Der Schimmel stand da, an die Hoftür angebunden, und hielt den Kopf gesenkt, als dächte er nach. Es roch betäubend süß nach Akazien, und es war Eibenschütz, als kämen alle Gerüche dieser Frühlingsnacht von der Frau allein, als hätte sie allein dieser Nacht Düfte und Glanz und Mond zu vergeben und alle Akazien der Welt.

«Ich bin hier dienstlich heute», sagte er. «Ich vertraue Ihnen, deshalb sage ich es Ihnen – Euphemia», setzte er nach einer Weile hinzu. «Es darf keiner der Gläubiger in dieses Haus. Ich bin beauftragt, es zu verwalten und zu beaufsichtigen. Wenn Sie wollen, werden wir uns gut vertragen.»

«Natürlich», antwortete sie, «warum sollten wir uns nicht großartig vertragen?»

Es schien dem Eichmeister, daß ihre Stimme im silbernen Blau der Nacht anders klinge als in der Wirtsstube. Die Stimme war laut, klar und sanft, sie hatte gleichsam Wölbungen, Bögen, Eibenschütz glaubte, die Stimme sehen und beinahe greifen zu können. Bald hatte er die Empfindung, sie wölbte sich über seinem Kopfe und er stünde hart unter ihr.

Erst eine gute Weile, nachdem sie verklungen war, begriff er, was die Stimme gesagt hatte. Sie würden sich vertragen. Warum denn nicht?

«Es ist streng vertraulich», sagte er. «Verstehen Sie? Werden Sie keinem ein Wort sagen?»

«Niemandem ein Wort», sagte sie und streckte ihm die Hand entgegen, eine weiße schimmernde Hand. Es war, als schwämme sie durch die silberblaue Nacht.

Er wartete eine Weile, er sah die schimmernde Hand sehr lange an, bevor er sie nahm. Sie war kalt und warm zugleich, es schien ihm, sie sei innen heiß und ihr Rücken kalt. Er behielt das weiße schimmernde Ding eine längere Weile. Als er es losließ, lächelte Euphemia. Man sah deutlich im Blau der Nacht ihre blanken Zähne.

Sie wandte sich schnell um, und ihr vielgefältelter Rock rauschte, ganz sachte. Das Kleid hatte ein eigenes Leben, eine Art lebendiges Zauberzelt war es. Es säuselte, es rauschte.

Als der Eichmeister in die Schänke zurückkehrte, saßen der Wachtmeister Slama und der Gauner Kapturak an einem Tisch und spielten Tarock. Eibenschütz setzte sich zu ihnen.

«Armer Mann, der Jadlowker», sagte Kapturak, «was, Herr Eichmeister?»

Eibenschütz antwortete nichts, aber der Gendarm Slama sagte ungeduldig: «Sie werden wir auch noch erwischen, Herr Kapturak! Noch eine Partie gefällig?»

22

Die meisten sterben dahin, ohne von sich auch nur ein Körnchen Wahrheit erfahren zu haben. Vielleicht erfahren sie es in der anderen Welt. Manchen aber ist es vergönnt, noch in diesem Leben zu erkennen, was sie eigentlich sind. Sie erkennen es gewöhnlich sehr plötzlich, und sie erschrecken gewaltig. Zu dieser Art Menschen gehörte der Eichmeister Eibenschütz.

Der Sommer kam plötzlich, ohne Übergang. Er war heiß und trocken, und wenn er hie und da ein Gewitter gebar, so verging es schnell und hinterließ eine noch heftigere Hitze. Das Wasser wurde spärlich, die Brunnen versiegten. Das Gras auf den Wiesen wurde früh gelb und welk, und selbst die Vögel schienen zu verdursten. Sie waren zahlreich in dieser Gegend. Jeder Sommer noch, den Eibenschütz hier verbracht hatte, war erfüllt gewesen von ihrem heftigen schmetternden Gesang.

In diesem Sommer aber vernahm man sie nur selten, und der Eichmeister bemerkte zu seinem Erstaunen, daß er ihren Gesang vermißte. Wann hatte er jemals etwas auf den Gesang der Vögel gegeben? Warum empfand er auf einmal alle Veränderungen in der Natur? Was war ihm denn die Natur sein Leben lang gewesen, dem Feuerwerker Eibenschütz? Klare Sicht oder schwache Sicht. Ein Exerzierplatz. Mäntel anziehn oder umschnallen. Ausrücken oder nicht ausrücken. Die Läufe der Karabiner zweimal im Tag putzen lassen oder nur einmal. Warum nur fühlte der Eichmeister Eibenschütz plötzlich alle Veränderungen in der Natur? Warum genoß er jetzt das tiefe sommerliche Grün der großen, breiten, reichen

Kastanienblätter, und weshalb betäubte ihn jetzt der Duft der Kastanien so heftig?

Sein Kind, das heißt: das Kind des Schreibers Nowak, wurde jetzt im Kinderwagen spazierengeführt. Er begegnete manchmal seiner Frau im kleinen Stadtpark, wenn er ihn durchquerte, um vom Amt in die Wohnung zu gehen. Es war zu heiß, um auf den Steinen zu marschieren. Wenn er seine Frau traf, ging Eibenschütz eine Weile neben ihr dahin, hinter dem Kinderwagen, und sie sprachen kein Wort. Längst empfand er keinen Haß, weder gegen die Frau noch gegen das Kind, beide waren sie ihm gleichgültig, zuweilen fühlte er sogar Mitleid mit beiden. Er ging dahin, hinter dem Wagen, neben der Frau, einfach, weil er darauf bedacht war, die Leute im Städtchen glauben zu lassen, es sei alles in Ordnung. Plötzlich kehrte er um, ohne Wort, ohne Gruß und ging nach Hause. Das Dienstmädchen reichte ihm das Essen. Er aß hastig und unachtsam. Er dachte schon an den Schimmel, an das Wägelchen, an die Fahrt nach Szwaby, an die Grenzschänke.

Er ging hinaus in Schuppen und Stall, er spannte ein, und er fuhr los. In goldenen Wolken aus Staub und Sand fuhr er dahin, seine Kehle war trocken, die unbarmherzige Sonne stach mit tausend Lanzen auf seinen Kopf durch den breitrandigen Strohhut, aber sein Herz war fröhlich. Oft und oft hätte er vor einem Wirtshaus halten können, viele Wirtshäuser standen auf seinem Weg. Er hielt nirgends. Durstig und hungrig, wie seine Seele war, so wollte er in Szwaby, in der Grenzschänke ankommen.

Er kam an, es dauerte gute zwei Stunden. Der Schimmel Jakob war schon ungeduldig, er ließ die Zunge hängen, er lechzte nach Wasser, und seine Flanken zitterten in heißer Erregung. Der Knecht kam, ihn auszuspannen. Seitdem Jadlowker eingesperrt war, betrachtete der Knecht den Eichmeister Eibenschütz als den legitimen Besitzer der Grenzschänke. Es war ein alter Knecht, ein ruthenischer Bauer. Onufrij hieß er, und taub war er auch. Man hätte glauben können, er verstünde nichts, aber er begriff alles, vielleicht, weil er so taub und so alt war. Manche, die wenig hören, sind imstande, gar viel zu bemerken.

Der Eichmeister setzte sich an den Tisch am Fenster. Er trank Met, und gesalzene Erbsen aß er dazu. In untertäniger

Freundlichkeit näherte sich ihm Kapturak, zu gar keinem anderen Zweck, als um ihm guten Tag zu sagen. Der Eichmeister haßte diese untertänige Vertraulichkeit. Merkwürdigerweise mußte er selbst feststellen, daß ihn seine wachsende Empfindlichkeit gegenüber den Vorgängen der Natur auch empfindlicher machte gegen die Schlechtigkeit der Menschen. Es schien dem Eichmeister ungerecht, daß Jadlowker verurteilt war, während Kapturak frei herumlief. Schade, daß Kapturak keinen Anhalt bot, einer Gesetzesübertretung überführt zu werden. Er hatte keinen offenen Laden, keine Waagen, keine Gewichte. Eines Tages aber würde man ihn trotzdem noch fassen. – Eibenschütz trank noch eine Weile, dann erhob er sich und befahl der Schankmagd, Euphemia zu rufen. Er stellte sich am Ende der Treppe auf, um die Frau zu erwarten.

Immer noch brachte Kapturak jeden Tag, das heißt eigentlich jede Nacht, russische Deserteure in die Grenzschänke. Man verdiente viel an ihnen, denn sie waren Trostlose und Verzweifelte, und Verzweifelte und Trostlose geben Geld aus. Aber es gab auch Spitzel unter ihnen, die ihre Schicksalsgenossen anzeigten und auch sonst manches von den Zuständen an der Grenze anzeigten. Eine polizeiliche Überwachung zu üben, lag nun zwar keineswegs in der Aufgabe eines Eichmeisters noch in der Natur des Anselm Eibenschütz. Er aber gab acht und bemühte sich, Reden zu hören und Gesichter zu behalten. Widerlich war es ihm, und dennoch tat er es.

Euphemia befand sich nicht oben, in ihrem Zimmer, sondern nebenan, im offenen Laden, wo sie den Bauern Terpentin, Grütze, Tabak, Heringe, Sprotten, Lack- und Silberpapier und blaue Farbe zum Tünchen verkaufte. Nur an zwei Tagen in der Woche war der Laden geöffnet, am Montag und am Donnerstag. Heute war Donnerstag. Vergeblich wartete Eibenschütz am Fuß der Treppe. Euphemia kam, zu seiner Überraschung. Sie gab ihm die Hand, und er erinnerte sich, wie diese Hand, vor ein paar Wochen im Frühling, durch die silberblaue Nacht dahergekommen war, dahergeschwommen war.

Er faßte die Hand und hielt sie lange, länger, als ihm schicklich erschien, aber was sollte er tun?

«Was wollen Sie von mir?» fragte Euphemia.

Er wollte sagen, er sei pflicht- und dienstgemäß hierhergekommen, aber er sagte: «Ich wollte Sie wiedersehen!»

«Kommen Sie in den Laden», erwiderte sie, «ich habe keine Zeit, die Kunden warten.»

Er ging in den Laden.

Der goldene Sommerabend war schon angebrochen. Die Deserteure in der Schänke sangen. Sie tranken Tee und Schnaps und wischten sich den Schweiß von den Gesichtern, nach jedem Schluck. Jeder von ihnen hatte ein Handtuch um den Hals hängen. Einen Augenblick hielten sie im Singen ein, als Euphemia und der Eichmeister hinausgingen.

Viele Bauern und Juden warteten in dem kleinen Laden. Sie wollten Terpentin, Wachs, Apollokerzen, Schmergelpapier, Tabak, Heringe, Sprotten und blaue Tünche. Der Eichmeister Eibenschütz, der sooft hierhergekommen war, dienst- und pflichtgemäß, als Vollstrecker unerbittlicher Gesetze, um Waagen und Maße und Gewichte zu prüfen, befand sich unversehens hinter dem Ladentisch, neben Euphemia. Und als wäre er ihr Lehrling, befahl sie ihm, dies und jenes zu holen, dies und jenes zu wägen, dies und jenes zu füllen, diesen und jenen zu bedienen.

Der Eichmeister gehorchte. Was sollte er tun? Er wußte nicht einmal, daß er gehorchte.

Die Kunden gingen. Euphemia und der Eichmeister verließen den Laden. Sie hatten kaum drei Schritte bis zum Wirtshaus zurückzulegen. Aber es schien dem Eibenschütz, als brauchten sie eine sehr, sehr lange Zeit dazu. Die gute kühle Sommernacht war schon hereingebrochen.

23

Er blieb in dieser Nacht sehr lange in der Grenzschänke, bis zum frühen Morgengrauen, bis zur Stunde, in der der Gemeindepolizist Arbisch kam, um die Deserteure abzuholen. Zum ersten Mal seit vielen Wochen war der Himmel an diesem Morgen bewölkt. Die Sonne ging, als Eibenschütz aus dem Tor der Schänke hinausfuhr, rot und klein, einer Orange ähnlich, am Himmel auf. In der Luft roch es schon süß und heiter und naß nach dem längsterwarteten Regen. Ein lindes

Windchen wehte Eibenschütz entgegen. Obwohl er die ganze Nacht getrunken hatte, war er frisch und gleichsam gewichtlos. Sehr jung fühlte er sich, und es war ihm, als ob er bis zu dieser Stunde noch gar nichts erlebt hätte, überhaupt gar nichts. Sein Leben sollte erst beginnen.

Er war schon etwa eine Stunde gefahren und mitten auf dem Wege nach Hause, als der Regen, sachte zuerst, allmählich immer stärker zu fallen begann. Ringsum atmete alles nasse linde Güte. Alles unterwegs schien sich dem Regen willig zu ergeben. Die Linden am Wege neigten ihre Häupter. Die Weidensträucher zu beiden Seiten der gangbaren Pfade im Sumpf von Zubrowka gar schienen sich emporgerichtet zu haben und wollüstig im warmen Gerinn zu erschauern. Fast auf einmal setzte auch der Gesang der Vögel ein, den der Eichmeister so lange schon vermißt hatte. Am lautesten flöteten die Amseln. Seltsam – sagte sich der Eichmeister – und ungewöhnlich war es auch, daß die Vögel mitten durch den Regen pfiffen, zwitscherten und trillerten, wahrscheinlich begrüßen sie ihn – dachte er weiter – ebenso wie ich. Aber wie kommt es überhaupt, daß ich einen Regen begrüße? Was geht mich der Regen an? Ich muß mich stark verändert haben, in dieser Gegend! Was geht mich der Regen an? Was kümmern mich die Vögel?

Plötzlich, er wußte selbst nicht, warum, zog er die Zügel an, und der Schimmel hielt still. Da sitzt er nun auf dem Bock, der Eichmeister Eibenschütz, der Regen strömt auf ihn herab, der weiche Strohhut schlappt auf seinem Kopf wie ein nasser Lappen. Er hält still im Regen, statt weiterzufahren, wie es sich gehört.

Er kehrt plötzlich um. Er knallt mit der Peitsche. Der Schimmel setzt sich in Galopp. Kaum eine halbe Stunde später ist er wieder in Szwaby. Es regnet immer noch in Strömen.

Eibenschütz läßt sich ein Zimmer im Gasthof geben. Er erzählt Onufrij, daß unterwegs der Boden zu aufgeweicht sei und daß kein Mensch weiterfahren könne. So möchte er lieber hier den Regen überschlafen.

Man gibt ihm ein Zimmer. Er schläft leicht und traumlos und erwacht erst am Abend.

Längst hat der Regen aufgehört. Das Laub an den Bäumen vor den Fenstern ist trocken. Die Steine im Hof der Schänke sind trocken, die Sonne ist just im Begriff, im vollen Glanz unterzugehen. Der Himmel ist wolkenlos.

Der Eichmeister geht in die Wirtsstube.

24

Er wartet auf Euphemia, sie kommt nicht. Er sitzt da, den Kopf in die Hände gestützt. Er weiß auch gar nicht recht, was er hier soll. Durch den Lärm, den die anderen Gäste verursachen, hört er das unerbittliche harte Ticken der Wanduhr. Allmählich beginnt er zu glauben, daß er nicht freiwillig hierhergekommen ist, sondern daß ihn irgend jemand hierhergebracht hat. Er erinnert sich nur nicht, wer es gewesen ist, er weiß auch nicht, wer es gewesen sein kann.

Die Tür geht auf, man merkt es am Windzug, Kapturak tritt ein. Er geradewegs an den Tisch des Eichmeisters. «Eine Partie?» fragt er. – «Gut, spielen wir.»

Man spielt eine Partie Tarock, eine zweite und eine dritte. Man wartet vergeblich auf Euphemia. Man verliert alle drei Partien.

Verloren ist auch der Tag, verloren ist auch die Nacht. Man weiß nicht, was man machen soll. Man spricht kein Wort, auch nicht zu Kapturak. Man wartet auf Euphemia. Sie kommt nicht.

Gegen drei Uhr nachts begann ein Deserteur Ziehharmonika zu spielen. Er spielte das Lied: «Ja lubyl tibia» – und alle begannen zu weinen. Sie weinten nach der Heimat, die sie eben selbst aufgegeben hatten. Sie hatten mehr Sehnsucht nach der Heimat, in diesem Augenblick, als Sehnsucht nach der Freiheit.

Allen standen Tränen in den Augen. Trocken blieben nur die Augen Kapturaks. Auch eine Ziehharmonika konnte ihn nicht rühren. Er selbst brachte die Deserteure über die Grenze. Er lebte davon. Er lebte von dem Heimweh der Deserteure, von ihrer Sehnsucht nach der Freiheit.

Selbst der Eichmeister Eibenschütz wurde wehmütig. Er lauschte der Melodie: «Ja lubyl tibia» – und er fühlte seine Augen feucht werden.

Kapturak fragte, fast in dem Augenblick, in dem die Ziehharmonika zu spielen anfing, ob Eibenschütz nicht eine neue Partie spielen wolle. – «Ja», sagte Eibenschütz, «warum nicht?» Und sie spielten die vierte Partie Tarock. Eibenschütz verlor wieder.

Der Morgen graute schon, als Eibenschütz aufstand. Er ging die Treppe hinauf und mußte sich mit beiden Händen am Geländer festhalten.

Er torkelte in sein Zimmer. In den Kleidern legte er sich aufs Bett, wie einst während der Manöver. Er schlief traumlos und ganz ruhig. Das erste Vogelgezwitscher weckte ihn. Er erhob sich sofort, zugleich auch wußte er, wo er sich befand: in der Grenzschänke, und er verwunderte sich darüber keineswegs.

Er hatte keinerlei Zeug, sich zu waschen. Er konnte sich nicht rasieren. Es bekümmerte ihn. Er kam sich beschmutzt und auch verletzt vor. Dennoch ging er hinunter.

Der kräftige Sommermorgen strömte heftig durch die geöffneten Fenster. Auf dem Fußboden schliefen noch die Deserteure. Auch die Morgensonne vermochte nicht, sie zu wekken, und nicht der schmetternde Gesang der morgendlichen Amseln.

Mitten zwischen schlafenden Deserteuren, die zu seinen Füßen lagen, saß der Eichmeister Eibenschütz und trank Tee.

Onufrij bediente ihn. «Wo ist Euphemia?» fragte der Eichmeister. – «Ich weiß nicht», sagte Onufrij. – «Ich möchte sie sehen», sagte Eibenschütz. «Ich habe ihr etwas Wichtiges zu sagen.»

«Gut», sagte Onufrij, und Eibenschütz blieb sitzen. Sie kam auch bald, Euphemia. Er schämte sich vor ihr, ungewaschen, wie er war, und mit dem Bart von gestern.

«Ich habe die ganze Nacht auf Sie gewartet», sagte er.

«Nun werden Sie mich ja sehen können!» antwortete sie, «Sie bleiben ja hier?»

Er hatte gar nicht gewußt, daß er hierhergekommen war, um hier zu bleiben. Wie einfach war das. Natürlich! Was hatte er denn zu Hause zu suchen? «Ja, ja», sagte er, zur offenen Tür hinaus in den jungen Morgen. Die Männer auf dem Boden erwachten langsam. Sie hockten noch eine Weile stumpf da, dann rieben sie sich die Augen, dann erst schienen sie zu merken, daß es Morgen war. Sie erhoben sich und gingen, einer nach dem andern, hinaus in den Hof, zum Brunnen, um sich zu waschen.

Eibenschütz blieb allein mit Euphemia in der großen Schankstube, die sich plötzlich geweitet hatte. Es war, als dehnte sich der Morgen immer weiter aus. Es roch nach dem Morgen und auch nach dem Gestern, nach den Kleidern und dem Schlaf der Männer und nach Branntwein und Met und auch nach Sommer und auch nach Euphemia. Alle Gerüche stürmten jetzt auf den armen Eibenschütz ein. Sie verwirrten ihn, und er unterschied sie doch genau.

Gar vieles, sehr vieles ging in seinem Kopf durcheinander. Er begriff, daß er nichts mehr Vernünftiges sagen könnte, und er mußte doch etwas tun, und Euphemia saß neben ihm. Er umfing sie plötzlich und küßte sie herzhaft und heftig. Dann, als die Männer vom Brunnen sich wieder der Tür näherten, sagte er, schlicht und redlich: «Ich liebe dich!», und schnell stand er auf. Er ließ einspannen. Er fuhr heim, seine Sachen holen.

25

So lang der Sommer dauerte, war Eibenschütz glücklich. Er erfuhr die Liebe und alle seligen Veränderungen, die sie einem Manne bereitet. Bieder und einfach, wie er war, mit etwas schwerfälligem Gemüt, erlebte er die erste Leidenschaft seines Lebens gründlich, ehrlich, mit allen Schauern, Schaudern, Seligkeiten. Nicht nur nachsichtig, auch nachlässig übte er in dieser Zeit seinen Dienst aus. Die langen Sommertage waren nur kleine Zugaben zu den kurzen, ausgefüllten, starken Nächten. Was man bei Tage, ohne Euphemia tat, war ohne Belang.

Nach Hause zu seiner Frau kam Eibenschütz kaum einmal in der Woche. Er kam aus einer Art von sporadischem Pflichtgefühl und der Leute wegen. Sie wußten alle, daß er mit der Frau Jadlowkers lebte, aber da er so milde und nachlässig geworden war, sahen sie ihn auch mit milden oder mindestens mit gleichgültigen Augen an. Er kümmerte sich übrigens nicht um die Aufgabe, die man ihm aufgetragen hatte. Das Gasthaus und den Laden versorgte Euphemia allein, und auch um die Papiere der Leute, die über die Grenze kamen, kümmerte sie sich, und die Namen trug sie selbst mit ihrer hilflosen Schrift in das große Buch, in das die Gendarmen nur selten und flüchtig zu blicken pflegten.

Nun, es kam der Herbst. Und wie in jedem Herbst kam der Maronibrater Sameschkin nach Szwaby, Sameschkin aus Uchna in Bessarabien. Er war ein entfernter Verwandter Euphemias; sie sagte es jedenfalls. Es war ihr Geliebter, es war kein Geheimnis, alle Welt wußte es. Jadlowker hatte sich mit ihm gut vertragen. Sameschkin kam immer im Oktober. Er blieb über den Winter. Er kam mit vielen Säcken Kastanien und mit seinem kleinen Bratofen auf vier mageren schwarzen Füßen. Er sah sehr fremd aus und so, als hätte man auch ihn gebraten. Die Sonne von Bessarabien und vom Kaukasus und von der Krim hatte ihn so gebraten. Seine kleinen schnellen Augen erinnerten an die Holzkohlen, auf denen er seine Kastanien briet, und sein schmaler, langer Schnurrbart, der an eine schöngeschwungene Gerte aus Haaren gemahnte, war schwärzer noch als der eiserne Ofen. Hände und Angesicht waren braun wie Kastanien. Auf dem Kopf trug er eine hohe Pelzmütze aus Astrachan und um den Leib einen weißen, stark berußten und fettigen Schafspelz. Er hatte große, geradezu gewaltige Kniestiefel mit sehr weiten Schäften. In seinem Gürtel steckte ein schwerer Stock aus Weichselholz, unten mit einer vierkantigen Eisenspitze versehen. Also war er vollkommen ausgerüstet für einen harten Winter und für einen harten Beruf.

Er war ein gutmütiger, sogar weichherziger Mann. Er redete ein Gemisch von vielen Sprachen, das keiner in dieser Gegend verstand. Man nannte ihn hier einfach den «Zigeuner»; und nur wenige wußten, daß er Sameschkin hieß. Konstantin Sameschkin hieß er. Für einen Dreier verkaufte er zwanzig Kastanien, pro Stück verkaufte er seine Ware. Er lächelte oft, unter seinem schwarzen Schnurrbart erschienen groß und weiß seine Zähne. Sie erinnerten an weiße Klaviertasten.

Es gab im ganzen Bezirk noch zwei andere Maronibrater, einen sogar in Zlotogrod. Aber sie waren nicht so geschätzt wie Sameschkin, der Zigeuner. Aus der ganzen Gegend kamen viele Leute, Kastanien bei ihm zu kaufen, rohe und gebratene. Die rohen verkaufte er, das Pfund für einen Zehner.

Freilich wußte auch Eibenschütz, daß Sameschkin der Geliebte Euphemias war. Früher war Sameschkin mit seinen Kastanien durch andere Länder, andere Gegenden gezogen. Jeden Winter hatte er woanders erlebt. Aus biederer Treue zu Euphemia kam er nunmehr seit Jahren nach Szwaby. Im Sommer lebte er als Gelegenheitsarbeiter in Uchna, in Bessarabien. Einmal half er bei den Holzfällern aus, ein anderes Mal bei den Köhlern, manchmal grub er Brunnen, manchmal leerte er Mistgruben. Niemals noch hatte er eine größere Stadt gesehen als Kischinew. Harmlos, wie er war, glaubte er, daß im Euphemia treu sei. Während des Sommers erzählte er dem und jenem, jeden Herbst ginge er zu seiner Frau. Angestellt sei sie in der Grenzschänke in Szwaby und könne nicht überall mit ihm hin. Er freute sich herzlich auf den Herbst, wie andere auf den Frühling.

Es half dem armen Eibenschütz gar nichts, daß er Sameschkins Gutmütigkeit erkannte. Im Gegenteil: er hätte viel eher gewünscht, Sameschkin wäre ein Bösewicht gewesen. Ohnmächtig und mit herzlichem Kummer sah er zu, wie Sameschkin und Euphemia sich begrüßten. Sie fielen einander in die Arme.

Herzhaft und kräftig lagen die rostbraunen, großen, schlanken Hände des Zigeuners auf dem Rücken Euphemias und preßten sie, und mit wahrhaftigem Entsetzen dachte Anselm Eibenschütz an die guten Brüste Euphemias – sein waren sie ja!

Sameschkin hatte seine Geräte auf einem Karren mitgebracht wie jedes Jahr. Den Karren zog ein Pudel. Den Pudel und den Karren stellte Sameschkin im Schuppen des Gasthofs ab. Vor dem Gasthof stellte er sich selbst auf, mit seinem Ofen, mit seinen Kastanien. Es roch sofort im ganzen Ort nach Herbst. Es roch nach dem Schafspelz Sameschkins, nach verbrannten Kohlen, am stärksten nach den gebratenen Maroni. Ein Dunst, zusammengesetzt aus all den Gerüchen, zog durch den Flecken, wie ein Bote, Sameschkins Ankunft anzukündigen.

Eine Stunde später auch kamen die Leute aus Szwaby, gebratene Kastanien einzukaufen. Es sammelte sich ein Haufen um Sameschkin, und er verkaufte Kastanien, gebratene und rohe. In der Mitte des Haufens glühten die roten Kohlen, auf denen die Kastanien lagen. Es war kein Zweifel mehr, der Winter begann. Der Winter begann in Szwaby.

Der Winter begann. Und damit begann auch das Leid des Eichmeisters Eibenschütz.

26

Ja, damals begann das große Leid des Eichmeisters Anselm Eibenschütz.

«Du kannst nicht mehr hier wohnen bleiben», sagte ihm eines Nachts Euphemia, «Sameschkin ist gekommen, du weißt!»

«Was geht mich Sameschkin an, was geht dich Sameschkin an?» fragte er.

«Sameschkin», sagte sie, «kommt jeden Winter. Ihm gehöre ich eigentlich.»

«Deinetwegen», antwortete der Eichmeister Eibenschütz, «habe ich mein Haus, mein Weib und das Kind aufgegeben.» (Er wagte nicht zu sagen: mein Kind.) «Und jetzt», fuhr er fort, «willst du mich fortschicken?»

«Es muß so sein!» sagte sie.

Sie saß aufrecht im Bett. Der Mond leuchtete scharf durch die runden Luken der Fensterläden. Er betrachtete sie. Niemals hatte er sie so gierig betrachtet. Im Mondlicht erschien sie ihm begehrenswert, als hätte er sie noch niemals vorher nackt gesehen. Er kannte sie genau, jeden Zug an ihrem Körper noch besser als die Züge ihres Angesichts.

Warum jetzt? sagte er sich. Warum überhaupt? Ein großer Zorn gegen die Frau erhob sich in ihm. Aber je zorniger er wurde, desto kostbarer erschien sie ihm auch. Es war, als machte sie sein Zorn mit jeder Sekunde reizvoller. Er richtete sich ganz auf, faßte sie an den Schultern, ihr Körper leuchtete, er drückte sie mit übermäßiger Gewalt nieder. So hielt er sie eine Zeitlang fest, in den Kissen. Er wußte, daß es ihr weh tat, sie stöhnte nicht einmal, und das erbitterte ihn heftiger. Er stürzte sich über sie, er hatte das wonnige Gefühl, daß er sie zerstörte, während er sie liebte. Einen Laut des Schmerzes wollte er hören, er wartete darauf. Sie blieb still und kalt, es war, als schliefe er nicht mit Euphemia, sondern mit einem fernen Abbild von ihr. Wo war sie eigentlich? Sie lag schon unten, in den Armen Sameschkins. «Sag etwas», bat er sie. Sie schwieg, wie um seine Vorstellung, daß sie nur ein Bild sei, vollkommen zu machen. – «Warum sagst du nichts?» – «Ich weiß nicht, ich habe schon alles gesagt!» – «Willst du wirklich mit Sameschkin leben?» – «Ich muß!» – «Warum mußt du?» – «Ich weiß nicht.» – «Soll ich fortgehen?» – «Ja!» – «Liebst du mich nicht?» – «Ich weiß nicht.» – «Liebst du Sameschkin?» – «Ich gehöre ihm.» – «Warum?» – «Ich weiß nicht.»

Sie wandte sich von ihm ab. Sie schlief sofort ein. Es war, als sei sie weit weggefahren, ohne Abschied.

Er lag lange wach und sah den Mond durch die Luke und kam sich sinnlos und töricht vor. Sein ganzes Leben war sinnlos. Welch ein böser Gott hatte ihn zu Euphemia gebracht? Bald glaubte der Eichmeister Eibenschütz, daß er irre geworden sei, nur weil ihm der Satz eingefallen war: «Wer regiert denn überhaupt die Welt?» – Seine Furcht war so groß, daß er, wie um ihr zuvorzukommen und sein Schicksal selbst zu erfüllen, sich im Bett aufrichtete und laut den Satz aussprach: «Wer regiert eigentlich die Welt?» – Er war ähnlich einem Menschen, der aus Angst vor dem Tode einen Versuch unternimmt, sich zu töten. Aber er lebt weiter und fragt sich: Bin ich eigentlich schon tot? Bin ich eigentlich schon wahnsinnig?

Er erhob sich sehr früh, Euphemia schlief noch. Er betrachtete sie noch einmal lange, das schlafende Abbild der fernen Euphemia. Sie schlief, die Hände über dem Nacken verschränkt, in einer ungewöhnlichen Lage, und sah beinahe so aus, als wüßte sie, daß er sie betrachte.

Er wusch und rasierte sich gewissenhaft, wie jeden Morgen. Er war gewohnt, von seiner Dienstzeit her, des Morgens eine halbe Stunde an nichts anderes zu denken als an die Zubereitung seines Gesichts. Er putzte Rock, Weste und Hose. Er benahm sich dabei sehr behutsam, um Euphemia nicht zu wecken. Er ging daran, seinen Koffer zu packen. Aber mitten in dieser Arbeit fiel ihm ein, daß er hier doch noch zu tun haben werde. Er ließ den Koffer. Aus dienstlichem Pflichtgefühl, wie er glaubte. Auf den Zehen ging er hinaus.

Unten in der Schankstube stieß Eibenschütz auf Sameschkin, den Maronibrater. Er lächelte ihm entgegen, mit all seinen blendenden Zähnen. Er trank Tee und aß Brot mit Schmalz und salzte es immerfort. Es war dem armen Eibenschütz, als streue er dieses Salz auf sich, auf Eibenschütz, nicht auf das Brot.

Er bezwang sich und sagte: «Guten Morgen, Sameschkin!» – In diesem Augenblick erfüllte ihn ein heißer Haß gegen Sameschkin.

Wie er ihn so ansah, länger, den plappernden und lachenden, begann er Euphemia zu hassen.

Er hoffte, daß er Klarheit bekäme, wenn er einmal nur fort wäre.

Es war gut, daß der Schimmel so klug war, ein kluger Schimmel. Allein, ohne ihn, hätte Eibenschütz den Weg nicht nach Hause gefunden.

Er fuhr zuerst ins Amt. Seit vielen Tagen stapelten sich dort Papiere auf, die ihn erwarteten.

Er fürchtete sich vor den Papieren, die ihn erwarteten.

27

Eine Woche im ganzen wohnte der Eichmeister Anselm Eibenschütz zu Hause.

Die Frau Regina bekam er nicht zu sehen, das Kind des Schreibers hörte er manchmal kreischen.

Eines Tages, unterwegs, während er mit dem Wachtmeister Slama auf dem Wägelchen saß – sie fuhren nach Bloty –, begann er zu erzählen. Es drückte ihm das Herz ab. Er mußte sprechen – und es gab weit und breit keinen Menschen, nur den Wachtmeister Slama. Zu wem sollte man reden? Ein Mensch muß zu einem Menschen reden.

Also erzählte der Eichmeister dem Wachtmeister seine Geschichte. Er erzählte, daß er bis zur Stunde, in der er Euphemia erkannt hatte, gar nicht gewußt hatte, was das Leben bedeute. Und er erzählte auch dem Wachtmeister von dem Betrug seiner Frau mit dem Schreiber Josef Nowak.

Der Gendarmeriewachtmeister war ein sehr einfacher Mensch. Aber er verstand alles, was ihm Eibenschütz erzählte, und zum Zeichen dafür, daß er es verstehe, nahm er die Pickelhaube ab, als könnte er barhäuptig zuversichtlicher mit dem Kopfe nicken.

Es war dem Eibenschütz sehr leicht ums Herz, nachdem er

seine ganze Geschichte erzählt hatte. Er wurde geradezu fröhlich; und er war so traurig.

Dem Wachtmeister Slama fiel nichts ein, aber er wußte wohl, daß man etwas Fröhliches sagen müsse, und er sagte also schlicht und ehrlich: «Das würde ich nicht aushalten!»

Er wollte Eibenschütz trösten, aber er machte ihn nur trauriger.

«Auch ich», begann Slama, «bin betrogen worden. Meine Frau hat sich da – Vertrauen gegen Vertrauen – mit dem Sohn des Bezirkshauptmanns eingelassen. Sie ist an der Geburt gestorben.»

Eibenschütz, den die ganze Geschichte nicht berührte, sagte nur: «Sehr traurig!» Ihn kümmerte sein eigenes Schicksal. Was ging ihn die verstorbene Frau Slama an?

Der Wachtmeister aber, einmal im Erzählen und mit aufgerissener Herzenswunde, hörte nicht auf, von seiner Frau zu berichten. «Dabei waren wir», sagte er, «zwölf Jahre verheiratet. Und denken Sie, es war gar kein Mann, mit dem sie mich betrogen hat. Es war ein Jüngling, der Sohn des Bezirkshauptmanns, er war ein Kadettenschüler.» Und als hätte es eine besondere Bedeutung, fügte er nach einer Weile hinzu: «Ein Kavallerie-Kadettenschüler, aus Mährisch-Weißkirchen.»

Längst hörte Eibenschütz nicht mehr zu. Es tat ihm aber wohl, daß ein Mensch neben ihm redete, ähnlich, wie es manchmal einem wohltut, wenn es so daherregnet, und man versteht auch die Sprache nicht, die der Regen redet.

Sie hatten in Bloty nur einen Laden zu besuchen, den Milchhändler und Gastwirt Broczyner, aber sie blieben den ganzen Tag dort. Man fand bei Broczyner im ganzen fünf falsche Pfundgewichte. Man zeigte den Broczyner an. Man ging dann in das Wirtshaus, zum gleichen Broczyner.

Der angezeigte Broczyner kam an den Tisch und versuchte ein Gespräch mit dem Eichmeister und dem Wachtmeister anzuknüpfen. Aber sie waren beide dienstlich und strenge, das heißt, sie bildeten sich ein, daß sie dienstlich und strenge seien.

Einen ganzen Tag, bis zum späten Abend, blieben sie dort. Dann sagte Eibenschütz: «Fahren wir nach Szwaby.»

Dorthin fuhren sie auch.

Sie spielten Tarock mit Kapturak. Kapturak gewann immer

wieder. Der Eichmeister Eibenschütz hätte auch gewinnen können, wenn er nur achtgegeben hätte. Er aber dachte an Euphemia und Konstantin Sameschkin.

Endlich, es war schon spät in der Nacht, kamen sie beide an den Tisch, Euphemia und Sameschkin. Sie kamen Arm in Arm die Treppe hinunter. Arm in Arm traten sie an den Tisch. Sie erinnerten an Bruder und Schwester. Eibenschütz bemerkte plötzlich, daß sie beide die gleichen schwarzblauen Haare hatten.

Es war ihm auf einmal, als begehrte er die Frau nicht mehr aus Liebe, wie bisher, sondern aus Haß. Sameschkin lächelte, gutherzig und mit allen seinen weißen Zähnen, wie immer. Indessen reichte er freigebig seine rostbraune, große, starke Hand. Es sah aus, als verteilte er Spenden.

Er setzte sich. In seiner nicht leicht begreiflichen Sprache erzählte er, daß er heute gute Geschäfte gemacht hatte. Sogar aus Zlotogrod wäre man zu ihm gekommen, rohe Kastanien zu kaufen.

Euphemia saß zwischen den Männern. Sie schwieg, sie war stumm, einer Blume ähnlich, die man an einen Tisch gesetzt hat, statt sie auf ihn zu stellen.

Eibenschütz betrachtete sie fortwährend. Er versuchte ihrem Blick, einmal wenigstens, zu begegnen, aber es gelang ihm nicht. Ihre Augen gingen irgendwo in der Weite spazieren. Weiß Gott, woran sie denken mochte!

Sie begannen aufs neue zu spielen, und Eibenschütz gewann immer wieder. Er schämte sich ein bißchen, während er das Geld einsteckte. Immer noch saß Euphemia am Tisch, eine stumme Blume. Sie leuchtete und schwieg.

Ringsum herrschte der gewöhnliche Lärm, den die Deserteure verursachten. Sie hockten auf dem Boden und spielten Karten und würfelten. Sobald sie alles verspielt hatten, begannen sie zu singen. Sie sangen wie gewöhnlich das Lied: «Ja lubyl tibia», falsch und mit krächzenden Stimmen.

Schließlich erhoben sich Euphemia und Sameschkin. Arm in Arm gingen sie hinauf, und der arme Eichmeister Eibenschütz sah ihnen ohnmächtig nach. Es kam ihm schließlich in den Sinn, daß er hierbleiben müßte. Ja, hierbleiben! Er hatte schon ein wenig getrunken, der Eichmeister Eibenschütz. Es schien ihm plötzlich, daß er Sameschkin verdrängen könnte, wenn er nur hierbliebe, einfach im Hotel bliebe. Auch graute es ihm entsetzlich vor der Rückkehr, obwohl er gewiß war, daß er seine Frau nicht sehen würde, noch ihr Kind, das Kind des Schreibers Nowak. Plötzlich erschien ihm auch der Wachtmeister Slama sehr vertraut. Zu ihm sagte Eibenschütz: «Sagen Sie, soll ich hierbleiben?»

Der Gendarm dachte nach und griff an den Kopf, und es war, als nähme er den Helm noch einmal ab, den er natürlich längst abgelegt hatte.

«Ich glaube, Sie sollen hierbleiben», sagte er schließlich nach langem Nachdenken. Und der Eichmeister Eibenschütz blieb in der Grenzschänke.

Später, ein paar Wochen später, wußte er selbst nicht mehr, weshalb er den Gendarmen Slama um Rat gefragt hatte und weshalb er in der Grenzschänke geblieben war.

Es ging dem Eichmeister Eibenschütz überhaupt sehr schlecht in dieser Zeit. Der Winter kam.

Vor diesem Winter hatte Eibenschütz Angst.

28

Ach, was war das für ein Winter! Seit Jahren hatte man dergleichen nicht gesehen! Er kam plötzlich daher, wie ein ganz großer scharfer Herr daherkommt, mit Peitschen. Der Fluß Struminka gefror sofort, an einem Tage. Eine dicke Eisschicht überzog ihn plötzlich, als hätte sie sich nicht aus dem Wasser selbst gebildet, sondern als wäre sie von irgendwoher gekommen, Gott weiß, woher.

Nicht nur, daß die Spatzen tot von den Dächern fielen, sie erfroren auch mitten im Flug. Sogar die Raben und die Krähen hielten sich dicht in der Nähe der menschlichen Behausungen auf, um nur ein bißchen Wärme zu ergattern. Vom ersten Tage an hingen die Eiszapfen groß und stark von den Dächern. Und die Fenster sahen aus wie dicke Kristalle.

Ach, wie einsam war da der Eichmeister Eibenschütz! Den und jenen kannte er, zum Beispiel den Wachtmeister Slama und den Kaufmann Balaban und den kleinen Kapturak. Aber, was bedeuteten sie alle! In seiner riesengroßen Einsamkeit erschienen ihm die paar Menschen, die er kannte, wie verlorene

Fliegen in einer eisigen Wüste. Er war sehr unglücklich, der Eichmeister Eibenschütz. Auch suchte er gar nicht mehr nach den Menschen. Und er fühlte sich beinahe wohl in seiner Wüste.

Jetzt wohnte er wieder in der Schänke. Er wohnte wieder in der Nähe Euphemias. Ja, er stand sehr früh auf, um sie kommen zu sehn. Sie kam früher als Sameschkin. Er stand erst eine Stunde später auf. Gutmütig war er und auch faul, sehr faul. Er liebte das frühe Aufstehn nicht, ja, er haßte den Morgen. Übrigens kamen die Leute, die Maroni kaufen wollten, erst am Nachmittag. Was sollte Sameschkin am frühen Morgen? Er liebte nun einmal keine frühen Morgen.

Dennoch erwartete Eibenschütz auch ihn geduldig. Es tat dem Eibenschütz wohl, in der Nähe Sameschkins zu sein. Er begann sogar, Sameschkin zu lieben. Immerhin hatte Sameschkin noch etwas von der süßen, süßen Wärme Euphemias. Und es war so kalt in diesem Winter! – Und er war so einsam, der Eichmeister Eibenschütz!

Er war so einsam, der Eichmeister Eibenschütz, daß er manchmal vor das große rostbraune Tor der Schänke trat und sich neben Sameschkin, den Maronibrater, stellte, ungeachtet seiner Stellung und seines Amtes. Es kamen verschiedene Leute, Kastanien kaufen, rohe und gebratene, und manchmal ließ sich der Eichmeister Eibenschütz sogar herbei, den Leuten die Maroni zu verkaufen, während der Zeit, in der Sameschkin ausgetreten war. Sehr lieb wurde ihm Sameschkin mit der Zeit. Er verstand nicht recht, warum, aber Sameschkin wurde ihm eben lieb.

Mit der Zeit begann er ihn zu lieben, wie man einen Bruder liebt.

29

Es ging alles gut oder halbwegs gut, bis zu jenem Tage, an dem das Unwahrscheinliche geschah. Es war nämlich so, als ob der Winter plötzlich aufgehört hätte, ein Winter zu sein. Er hatte einfach beschlossen, kein Winter mehr zu sein. Mit Entsetzen hörten die Einwohner des Bezirks das Eis über der Struminka krachen, kaum eine Woche nach Weihnachten. Laut einer alten Sage, die in der Gegend umging, bedeutete dieses Krachen des Eises ein großes Unglück für den kommenden Sommer. Alle Menschen waren sehr erschrocken, und mit verstörten Gesichtern gingen sie einher.

Nun, sie hatten recht. Die alte Sage hatte recht. Es begann nämlich, ein paar Tage nach dem Krachen des Eises, eine fürchterliche Krankheit in der Stadt zu wüten, eine Krankheit, die sonst nur in heißen Sommern aufzutreten pflegte. Es war die Cholera.

Es taute an allen Enden und Ecken, man hätte sagen können, der Frühling sei schon gekommen. In den Nächten regnete es. Es regnete sachte und gleichmäßig, es sah aus wie ein Trost des Himmels, aber es war ein falscher Trost des Himmels. Schnell starben die Menschen dahin, kaum waren sie drei Tage krank gewesen. Die Ärzte sagten, es sei die Cholera, aber die Leute in der Gegend behaupteten, es wäre die Pest.

Es ist aber auch gleichgültig, was für eine Krankheit es war. Jedenfalls starben die Leute.

Als das Sterben gar kein Ende mehr nehmen wollte, begann die Statthalterei, viele Ärzte und Medikamente nach dem Bezirk Zlotogrod zu schicken.

Es gab aber viele, die sagten, Ärzte und Medikamente würden höchstens schaden und die Verordnungen der Statthalterei seien noch schlimmer als die Pest. Das beste Mittel, sich das Leben zu bewahren – so sagten sie – sei der Alkohol. Es begann also ein gewaltiges Trinken. Gar viele Leute, die man sonst dort nicht gesehen hatte, kamen jetzt nach Szwaby in die Grenzschänke.

Auch der Eichmeister Eibenschütz begann in unmäßiger Weise zu trinken. Und zwar nicht so sehr deshalb, weil er die Krankheit und den Tod fürchtete, sondern weil ihm die allgemein gewordene Sucht zu trinken sehr gelegen war. Es lag ihm keineswegs daran, der großen Seuche zu entgehen, sondern vielmehr seinem eigenen Leid. Ja, man könnte sagen, daß er geradezu die Seuche begrüßte. Denn sie bot ihm Gelegenheit, seinen eigenen Schmerz zu mildern; und ihm schien es, er sei so riesengroß, wie es keine Seuche sein könne. Er sehnte sich eigentlich nach dem Tode. Die Vorstellung, daß er eines der vielen Opfer der Cholera werden könnte, war ihm sehr angenehm, ja sogar vertraut. Aber wie den Tod erwarten, wenn man nicht wußte, ob er wirklich kommen würde, ohne sich zu betäuben?

Also trank der Eichmeister Eibenschütz.

Alle, die noch am Leben blieben, ergaben sich dem Schnaps, von den Deserteuren nicht zu reden. Drei Gläubiger Jadlowkers hatte die Cholera schon dahingerafft, und übrig blieb nur der kleine Kapturak, der unverwüstliche Kapturak. Auch er trank, sein gelbes, zerknittertes Gesicht rötete sich nicht, nichts konnte ihm etwas anhaben, weder die Bazillen noch der Spiritus.

Freilich starben nicht alle, aber viele lagen krank darnieder.

In der Grenzschänke spielten nur noch der Eichmeister, der Gendarm Slama, der Gauner Kapturak und der Maronihändler Sameschkin. Man konnte ihn überhaupt kaum noch einen Maronihändler nennen. Er verkaufte nämlich fast gar keine Kastanien mehr. Wie sollte man auch Kastanien in einer Gegend verkaufen, in der die Cholera herrschte? Und welch eine Cholera!

Die Leute starben wie die Fliegen. Das sagt man so, in Wirklichkeit sterben die meisten Fliegen langsamer als die Menschen. Es dauerte drei oder acht Tage, je nachdem, dann wurden die Menschen blau. Die Zungen hingen aus ihren offenen Mündern. Sie taten noch ein paar Atemzüge, und schon waren sie hinüber. Was nützten die Ärzte und die Medikamente, die man von der Statthalterei geschickt hatte? Eines Tages kam von der Militärbehörde der Befehl, das Regiment der Fünfunddreißiger möge unverzüglich den Bezirk Zlotogrod räumen, und jetzt entstand ein noch größerer Schrekken. Bis jetzt hatten die armen Leute geglaubt, der Tod sei gleichsam nur zufällig durch ihre Häuser und Hütten gegangen. Nun aber, da man die Garnison verlegte, war es auch von Staats wegen beschlossen und besiegelt, daß die «Pest», wie sie es nannten, eine dauernde Angelegenheit war. Der Winter wollte gar nicht wieder anfangen. Man sehnte sich nach dem Frost, den man sonst so gefürchtet hatte. Es kam kein Frost, es kam kein Schnee, es hagelte höchstens bisweilen, und meist regnete es. Und der Tod ging um und mähte und würgte.

Eines Tages ereignete sich etwas ganz Seltsames. Es fiel nämlich ein paar Stunden lang ein roter Regen, ein Blutregen, sagten die Leute. Es war eine Art rötlichen, ganz feinen Sandes. Er lag zentimeterhoch in den Gassen und fiel von den Dächern. Es war, als bluteten die Dächer.

Da erschraken die Leute noch mehr als damals, bei der Verlegung der Garnison. Und obwohl noch eine Kommission von der Statthalterei nach dem Bezirk Zlotogrod geschickt wurde und obwohl diese gelehrten Herren den Leuten in der Gemeindestube erklärten, der Blutregen sei ein roter Sand, der von weither, aus der Wüste, durch ein besonderes, aber der Wissenschaft bekanntes Phänomen hierhergekommen sei, wich die fürchterliche Angst nicht aus den Herzen der Leute. Und sie starben noch schneller und jäher als vorher. Sie glaubten, das Ende der Welt sei angebrochen; und wer hätte da noch Lust zum Leben haben können?

Die Cholera verbreitete sich mit der Schnelligkeit eines Feuers. Von Hütte zu Hütte, von Dorf zum Marktflecken, von da ins nächste Dorf.

Unversehrt blieben nur die einzeln stehenden Gehöfte und das Schloß des Grafen Chojnicki.

Unversehrt blieb auch die Grenzschänke in Szwaby, obwohl so viele Menschen dort ein und aus gingen. Es schien, als erstürben die Bazillen sofort im Dunst des Alkohols, der die Schänke umwölkte.

Was aber den Eichmeister Eibenschütz betraf, so trank er keineswegs etwa aus Angst vor der Epidemie. Im Gegenteil, er trank nicht, weil er sich vor dem Sterben fürchtete, sondern weil er am Leben bleiben mußte, am Leben bleiben, ohne Euphemia. Seit einiger Zeit sah er sie überhaupt nicht. Kapturak und Sameschkin versorgten gemeinsam den Laden. Es kamen überdies nur wenige Kunden. Weiß Gott, was Euphemia ganze Tage lang allein in ihrem Zimmer machte. Was machte sie nur?

Eines Nachts, nachdem er sehr viel getrunken hatte, Met und Neunziggrädigen durcheinander, faßte der Eichmeister Eibenschütz den wirren Entschluß, in ihr Zimmer zu gehen. Sein Zimmer war es doch eigentlich. Er konnte es anders nicht mehr aushalten. Je verworrener seine Gedanken wurden, desto klarer stand vor seinen Augen das Bild der Euphemia. Er hätte sie beinahe mit den Händen greifen können, die nackte Euphemia, so, wie sie vor ihm dalag. Wenigstens anrühren will ich sie, dachte er sich, nur anrühren! Gar keine von den Wonnen, die ihr Körper enthält. Aber anrühren, anrühren!

Anrühren! Anrühren! sagte er auch laut vor sich hin, während er die Treppe hinauftorkelte. Die Tür war offen, er trat ein, Euphemia drehte ihm den Rücken zu. Sie saß da im halbdunklen Zimmer und sah zum Fenster hinaus. Was mochte sie draußen zu betrachten haben? Es regnete wie alle Tage. In der finsteren Nacht, im Regen, was suchte sie eigentlich hinter den Fenstern? Ein winziges Naphthalämpchen brannte. Es stand hoch oben auf dem Kleiderschrank. Es erinnerte Eibenschütz an einen trüben und törichten Stern.

Warum wandte sie sich nicht um? War er so leise eingetreten? Er war unfähig, sich darüber Rechenschaft zu geben, wie er eingetreten war. Er wußte jetzt nicht einmal mehr, wann es gewesen sein konnte. Er schwankte zwar, aber es schien ihm, daß er stehe. Seit Ewigkeiten stand er so da.

«Euphemia!» rief er.

Sie wandte sich um, sie stand sofort auf, sie kam zu ihm. Sie legte die Arme um seinen Hals, rieb ihre Wange an der seinen und sagte: «Nicht küssen! Nicht küssen!» Sie ließ ihn wieder los. «Es ist traurig, du!» sagte sie. Ihre Arme hingen schlaff am Körper, zwei verwundete Flügel. Sie erschien Eibenschütz jetzt überhaupt wie ein großer, schöner, verwundeter Vogel. Er wollte ihr sagen, sie sei ihm das Teuerste auf der Welt und er wolle für sie sterben. Aber er sagte nur, gegen seinen Willen: «Ich fürchte nicht die Cholera! Ich fürchte nicht die Cholera!» Und dabei hatte er so viel schöne, zärtliche Worte im Herzen für Euphemia. Aber die Zunge gehorchte nicht. Die Zunge gehorchte nicht.

Er fühlte plötzlich, daß ihm schwindelte, und er lehnte sich gegen die Tür. In diesem Augenblick wurde sie aufgestoßen, und Eibenschütz fiel nieder. Er wußte alles, was vorging. Er sah genau, wie Sameschkin eintrat, zuerst eine Sekunde erstaunt stehenblieb, dann hörte er, wie Sameschkin mit seiner fröhlich grölenden Stimme fragte: «Was macht er hier?» und wie Euphemia antwortete: «Du siehst ja! Er hat sich geirrt, er ist besoffen.»

Ich bin also besoffen, dachte der Eichmeister Eibenschütz. Er fühlte sich unter den Armen angefaßt, Sameschkin war es sicher nicht, es waren starke Arme, und zur Tür, die noch halb offenstand, hinausgeschleppt. Er fühlte, wie man ihn wieder losließ, und er hörte noch deutlich, daß ihm Sameschkin eine gute Nacht wünschte.

Das ist wahrhaftig eine gute Nacht, dachte er. Und er schlief ein, wie ein Hund, quer vor der Tür der geliebten Euphemia, neben den Stiefeln Sameschkins.

30

Am Morgen, sehr früh, weckte ihn der Diener Onufrij. Er hatte einen Brief für den Eichmeister, einen Brief mit einem Amtsstempel. Der Eichmeister Eibenschütz erhob sich, zerschlagen und müde, wie er war, von der harten kalten Diele. Er schämte sich ein wenig vor dem Diener Onufrij, weil er hier, vor der Schwelle Euphemias, geschlafen hatte. Er erhob sich und las den Brief mit dem Amtsstempel. Dieser Brief war vom Bezirksarzt Doktor Kiniower abgesandt und enthielt folgenden Text: «Sehr geehrter Herr Eichmeister, pflichtgemäß teile ich Ihnen mit, daß Ihr Kind gestern abend gestorben ist. Ihre Frau ist in Lebensgefahr. Sie wird, meiner Meinung nach, die folgende Nacht nicht mehr überstehen. Hochachtungsvoll, Doktor Kiniower.»

Der Brief war kaum leserlich, auf einem Rezeptblatt geschrieben, in hastiger medizinischer Schrift. Dennoch erschütterte sie den Eichmeister Eibenschütz.

Er ließ einspannen, er fuhr nach Hause.

Er fand seine Frau im Bett, in dem gleichen Bett, in dem er mit ihr immer geschlafen hatte. Jetzt war es von Medizinen aller Art umstellt, und es roch nach Kampfer, betäubend und erschütternd. Sie erkannte ihn sofort. Sie war vollkommen verändert. Sie sah bläulich aus, ihre Lippen waren beinahe violett. Er erinnerte sich genau an diese Lippen, als sie noch rot gewesen waren wie Kirschen, und daß sie ihn geküßt hatten. Er fürchtete sich nicht vor der Krankheit. Was brauchte er den Tod zu fürchten? Seine Frau selbst hatte Angst, ihm die Hand zu geben, eine kraftlose gelbe Hand, ein paar Mal streckte sie sich ihm entgegen, als hätte sie keinen eigenen Willen. Einmal sagte die Frau, offenbar mit großer und letzter Kraft: «Mann, ich habe dich immer geliebt. Muß ich sterben?» Es erschütterte den Eichmeister Eibenschütz, daß sie ihn nicht beim Vornamen, sondern nur «Mann» nannte. Er wußte auch nicht, weshalb es ihn so ergriff.

Das tote Kind war längst hinausgebracht worden, die Frau wußte nicht einmal, daß es gestorben war. Die Nonne saß reglos am Fußende des Bettes, den Rosenkranz mit dem Kreuz in der Hand. Sie war still wie ein Heiligenbild, nur ihre Lippen bewegten sich, und von Zeit zu Zeit hob sie die Hand und schlug das Kreuz. Am Kopfende saß Eibenschütz. Er beneidete die Nonne um ihre Unbeweglichkeit. Er mußte immer wieder aufstehen und ein paar Schritte machen und zum Fenster gehen und in die Trübsal des Regens hinausblicken. Er hätte gern seiner Frau etwas Gutes tun wollen. Musik machen zum Beispiel. Als Knabe hatte er einmal Geige gespielt. Manchmal ging ein Schüttern durch den Körper der Sterbenden. Das ganze breite Bett schütterte und quietschte. Manchmal erhob sie sich steil, wie eine tote Kerze sah sie aus in der glatten weißen Jacke. Bald fiel sie wieder zurück, wie eine umgestürzte Sache umfällt, nicht wie ein Mensch.

Der Doktor kam. Er konnte nicht mehr helfen. Er konnte nur erzählen, daß das einzige Krankenhaus des ganzen Bezirks längst überfüllt sei. Die Kranken lagen auf dem Boden. Man mußte die Neuerkrankten in den Häusern lassen. Er roch eindringlich nach Kampfer und Jodoform. In einer Wolke aus Gestank ging er einher.

Er ging. Und es wurde sehr einsam im Zimmer. Die Nonne stand plötzlich auf, um die Kissen zu richten, und das war wie ein großes Ereignis. Sie setzte sich sofort wieder hin und erstarrte. Der Regen sang leise auf den Fensterbrettern. Manchmal hörte man auch draußen schweres Räderrollen. Es fuhren die zwei Lastfuhrwerke der Gemeinde vorbei, hoch beladen mit Särgen und schwarz überdeckt. Die Kutscher trugen schwarze Kapuzen, und das regennasse Schwarz schimmerte, und obwohl es noch Tag war, waren die Laternen hinten an dem Wagen angezündet. Sie blinkten trübe und baumelten und schaukelten, und man glaubte auch zu hören, daß sie klirrten, obwohl es der schweren Räder wegen unmöglich war. Die schweren Pferde trugen überdies ein Gehänge von viel zu zarten Glöckchen, die sachte wimmerten. Manchmal fuhr der halboffene Wagen der Pfarrei vorüber. Der Priester saß darin mit dem Allerheiligsten. Der lahme Gaul trottete langsam dahin, die Räder knirschten deutlich hörbar im zähen Schlamm. Sehr selten huschte ein Fußgänger vorbei, überdacht von einem Regenschirm. Auch der sah aus wie eine festgespannte Leichenplache. Im Zimmer tickte die Uhr, die Frau atmete, die Nonne flüsterte.

Als der Abend zu dämmern begann, entzündete die Schwester eine Kerze. Einsam stand sie, unwahrscheinlich groß und einsam in der Mitte des Zimmers, in der Mitte auf dem runden Tisch. Ihr Licht war spät und gütig. Es schien dem Eichmeister, sie sei das einzig Gütige in der Welt. Plötzlich erhob sich die Frau. Sie streckte beide Arme nach dem Mann aus und fiel sofort mit einem schrillen Schrei zurück.

Die Schwester beugte sich über sie. Sie schlug das Kreuz und drückte der Toten die Augen zu.

Eibenschütz wollte näher treten, aber die Nonne wies ihn zurück. Sie kniete nieder. Ihr schwarzes Kleid und ihre weiße Haube sahen auf einmal sehr mächtig aus. Sie erinnerte an ein schwarzes Haus mit einem verschneiten Dach, und dieses Haus trennte Eibenschütz von seinem toten Weibe.

Er drückte seine heiße Stirn gegen die kühle Scheibe und begann heftig zu schluchzen.

Er wollte sich schneuzen, suchte nach dem Taschentuch, fand es nicht, griff aber nach der Flasche, die er seit Wochen stets bei sich trug, zog sie hervor und tat einen tiefen Schluck.

Sein Schluchzen erlosch sofort. Er ging leise hinaus, ohne Hut und Mantel, und stand da, im faulen, fauligen Geriesel des Regens. Es war, als regnete ein Sumpf hernieder.

31

Es wurde immer schlimmer. Nun war man schon im Anfang des Februars. Und immer noch hörte die Seuche nicht auf. Drei Leichenbestatter starben. Die Gemeindediener weigerten sich, in die Totenhäuser zu gehen. Es kam Anweisung von der Statthalterei, die Sträflinge als Leichenbestatter zu verwenden.

Es wurden aus dem großen Kerker in Zloczow die Sträflinge in den Bezirk Zlotogrod gebracht. Man band sie, je sechs, mit Ketten zusammen, mit langen Ketten, und klirrend und rasselnd stiegen sie in den Zug, von Gendarmen mit aufgepflanzten Bajonetten begleitet.

Man verteilte sie überall im Bezirk Zlotogrod, je sechs in jedem Flecken und im Städtchen zwölf. Man zog ihnen eine besondere Art von Mänteln mit Kapuzen an, alles mit Chloroform behandelt. In diesen sandgelben und sehr schrecklichen Kitteln, mit Geklirr und Gerassel, von den Gendarmen bewacht, traten sie in die Häuser und Hütten, und mit Geklirr und Gerassel trugen sie die Särge hinaus und luden sie auf die großen Leiterwagen der Gemeinde. Sie schliefen auf dem Boden in den Gendarmeriewachtstuben.

Manchen von ihnen gelang es, an der Cholera zu erkranken. Sie kamen ins Krankenhaus, und es war dann so, als ob sie krank wären. Denn in Wirklichkeit waren sie gar nicht krank. Manchen gelang es sogar, scheinbar zu sterben. Das heißt, Kapturak veranlaßte die Gemeindeschreiber, falsche Tote einzutragen. Von allen Sträflingen starb in Wirklichkeit nur ein einziger, und der war alt und immer schon krank gewesen. Die Klügsten entkamen. Alle anderen blieben am Leben. Es war, als beschützten sie die Ketten und die Sehnsucht nach der Freiheit vor der Epidemie sicherer als die Vorsichtsmaßregeln des Bezirksarztes Doktor Kiniower. Auch die Deserteure, die aus Rußland kamen, steckten sich nicht an. Was können schon so winzige Bazillen gegen eine so große Sehnsucht des Menschen nach der Freiheit?

Unter den Sträflingen, die damals aus dem Zloczower Kerker nach Zlotogrod gekommen waren, befand sich auch Leibusch Jadlowker. Auch er sank eines Tages nieder, just während er den Leichenwagen begleitete. Er wurde von der Kette losgebunden. Er schleppte sich ganz langsam, vom Gendarmen begleitet, zum Zlotogroder Krankenhaus. Der kleine Kapturak kam, wie zufällig, des Weges daher. Jadlowker machte sich den Spaß, noch einmal niederzufallen. Kapturak legte den Regenschirm weg, und er und der Gendarm stellten Jadlowker wieder auf. Kapturak nahm den Regenschirm in eine Hand und den anderen Arm steckte er unter den Arm Jadlowkers. Der Gendarm ging hinterdrein. Kapturak brauchte nichts zu sagen. Er verständigte sich mit dem Kranken durch schnelle Blicke und durch sehr deutlich nuancierte

Druckarten des Armes. Wohin mit dir? fragte ein Druck. – Sehr gefährlich, antwortete der Armmuskel Jadlowkers. – Wir werden sehen, es kann sich alles glätten, sagte wieder der Arm Kapturaks, ein tröstlicher Arm.

So schleppten sie sich langsam zum Spital. Vor dem Eingang bekam Jadlowker noch eine Flasche Neunziggrädigen. Er verbarg sie hurtig und sicher.

32

Es war eine sehr schwere Sache mit Jadlowker, und Kapturak zerbrach sich den Kopf, auf welche Weise man ihn sterben lassen könnte. Zu sehr bekannt war er in der Gegend als der Besitzer der Grenzschänke und auch sonst, einfach als Jadlowker. Der Wachtmeister Slama kannte ihn und der Eichmeister Eibenschütz. Aber ein glücklicher Zufall fügte es, daß der Wachtmeister Slama auf Grund seines Gesuches, das er beim Ausbruch der Cholera eingereicht hatte, nach Podgorce versetzt wurde. Er war Stabswachtmeister geworden und Kommandant eines Gendarmeriepostens.

Auf diese Weise war man wenigstens einen Feind los, aber es blieb noch der andere, der Eibenschütz. Jadlowker und Kapturak beschlossen, den Eichmeister Eibenschütz zu vernichten. Auf welche Weise vernichtet man den Eichmeister Eibenschütz?

Vor allem ging es darum, den Jadlowker zu verbergen. Von den Cholerakranken im Spital starb nach drei Tagen einer, es war der Bauer Michael Chomnik, um den kein Mensch sich kümmerte. Kein Hahn krähte nach ihm, und ihn begrub man unter dem Namen Leibusch Jadlowker, zweiundvierzig Jahre alt, Beruf Gastwirt, geboren in Kolomea. Nebenbei gesagt, waren auch diese Angaben falsch. Jadlowker hieß nicht Jadlowker, er war nicht zweiundvierzig Jahre alt und auch nicht in Kolomea geboren.

Unter dem Namen Michael Chomnik wurde Jadlowker aus dem Spital entlassen, als geheilt. Aber wo ihn unterbringen?

Kapturak holte ihn zuerst am Spitaltor ab und führte ihn vorderhand nach Hause. Er hatte eine geschwätzige Frau, der er nicht traute, die er haßte. Deshalb sagte er ihr: «Ein neuer

Gast ist gekommen! Mein lieber Vetter Hudes. Er muß ein paar Tage hier wohnen.»

Gut! Was tut man nicht für einen Vetter? Selbst in diesen Zeiten? Man stellte sechs Stühle zusammen, je drei auf einer Seite, und darauf bettete man den falschen Hudes.

Er rührte sich nicht aus dem Haus. Er schlief lange und aß viel. Kapturak hatte nur ein Zimmer und eine Küche. Man aß in der Küche. Obwohl er nur auf sechs Sesseln schlief, schien der falsche Vetter Hudes das ganze Zimmer einzunehmen. Die Stühle wurden niemals weggerückt. Sofort, nachdem er gegessen hatte, ging der Vetter Hudes ins Zimmer, um sich hinzulegen. Er schlief sofort ein, satt und unbedenklich und stark, wie er war. Er schnarchte, und man glaubte, daß die Wände bebten.

Was sollte man mit ihm machen? Kapturak wartete auf die Versetzung des Gendarmeriewachtmeisters Slama.

In den ersten Tagen des Februar war es soweit, und Slama hatte nur noch ein paar Tage bis zu seiner Abfahrt. Gewissenhaft, wie er war, ging er überallhin, um Abschied zu nehmen, trotz der Cholera, und sogar von jenen Leuten, die er gerne verhaftet hätte. Zuerst begab er sich in die Grenzschänke, um dem Eichmeister Eibenschütz adieu zu sagen. Und er erschrak, als er den Eichmeister wiedersah. Eibenschütz war verwandelt. Eibenschütz war einfach betrunken. Trotzdem tranken sie noch zwei, drei Gläschen und nahmen einen herzlichen Abschied voneinander. Der Eichmeister weinte ein wenig. Der Wachtmeister fühlte eine heftige Rührung.

Der kleine Kapturak saß daneben und zog sein Taschentuch und wischte sich die Augen. Es waren trockene Augen. Er dachte nur daran, wie er Jadlowker verbergen könnte. Bevor der Wachtmeister fortging, trat er näher und flüsterte: «Wißt ihr, der Jadlowker ist an der Cholera gestorben. Sagt nichts der Euphemia! Wir Hypothekare haben jetzt das Hotel!»

«Ich habe hier immer noch die Aufsicht, trotz der Cholera», sagte der Eichmeister Eibenschütz. Und der Wachtmeister Slama knöpfte seinen Mantel zu, schnallte den Säbel um und stülpte den Helm auf und drückte dem Eichmeister noch einmal die Hand. «So, Jadlowker ist also tot!» sagte er mit einiger Feierlichkeit. Es war, als nähme er auch von dem vermeintlichen Toten Abschied. Vor Kapturak salutierte er nur, mit zwei Fingern. Weg war er. Dem Eichmeister Eibenschütz schien es, als wäre er von Gott und der Welt verlassen. Er sehnte sich nach Sameschkin in diesem Augenblick.

Aber der schlief oben mit der geliebten, sehr geliebten Euphemia.

33

Am einundzwanzigsten Februar, genau auf den Tag, brach plötzlich ein starker Frost aus, und alle Welt begrüßte ihn freudig.

Der liebe grausame Gott schickt Cholera und Frost, je nachdem. Nach der Cholera begrüßten die Leute den Frost.

Über Nacht gefror die Struminka. Der Regen hörte plötzlich auf. Der Schlamm in der Mitte der Straße wurde hart und trocken wie Glas, graues, trübes Glas, und von einem sehr klaren, gläsernen Himmel schien die Sonne, sehr hell, aber auch sehr ferne. Auf den hölzernen Bürgersteigen gefror das Geriesel, der Überrest des Regens; und die Menschen gingen daher mit eisenbeschlagenen Stöcken, um nicht auszugleiten. Ein eisiger Wind wehte: nicht von Nord oder Süd, Osten oder Westen, sondern ein Wind, der aus gar keiner Richtung zu kommen schien. Vom Himmel kam er vielmehr. Von oben herab wehte er, wie sonst nur Regen oder Schnee von oben herabfällt.

Über Nacht erstarb auch die Cholera. Die Kranken wurden gesund, und kein Gesunder mehr wurde krank. Man vergaß die Toten – wie man immer Tote vergißt. Man begräbt sie. Man beweint sie. Am Ende vergißt man sie.

Das Leben hielt wieder seinen Einzug in den Bezirk Zlotogrod.

Das Leben hielt wieder seinen Einzug in den Bezirk Zlotogrod, aber dem Eichmeister Eibenschütz war es gleich, ob die Cholera herrschte oder nicht. Seit dem Tod seiner Frau trank er, nicht etwa aus Angst vor dem Tod, sondern aus Sehnsucht nach dem Tod.

Er übertraf alle Trinker. Er wohnte wieder in der Grenzschänke in Szwaby, sein Haus in Zlotogrod verwaltete nur die

Magd, und er kümmerte sich nicht darum, wieso sie es verwaltete. Er konnte sich überhaupt um nichts mehr kümmern.

Er trank. Er geriet in den Alkohol wie in einen Abgrund, in einen weichen, verführerischen, sanftgebetteten Abgrund. Er, der zeit seines Lebens so fleißig darauf bedacht gewesen war, sein Ansehen zu pflegen, aus dienstlichen Gründen, die eigentlich bereits Gebote seiner Natur geworden waren, begann jetzt nachlässig zu werden, in der Haltung, im Gang, im Angesicht. Es begann damit, daß er, nachdem er eine ganze Nacht durchgetrunken hatte, sich in das Bett legte, ohne mehr auszuziehen als Rock und Weste und Schuhe. Er schnallte die Hosenträger ab, zu faul war er, noch Hose und Strümpfe abzulegen. Von der Kaserne her war er gewohnt gewesen, sich abends vor dem Schlafengehen zu waschen und zu rasieren – denn der Dienst begann schon um sechs Uhr früh. Jetzt begann er, zuerst das Rasieren auf den Morgen zu verschieben. Als er sich aber erhob, war es schon spät, um den Mittag etwa, und er erinnerte sich daran, daß es manche Leute gab, die sich nur jeden zweiten Tag rasierten oder rasieren ließen. Noch hatte er die Kraft, sich zu waschen. Noch betrachtete er sich im Spiegel, und nicht etwa, um zu sehen, wie gut er aussehe, sondern vielmehr, um zu erfahren, ob er noch nicht schlecht genug aussehe. Sehr oft überfiel ihn die häßliche Lust, nachdem er aufgestanden war, seine Zunge genau zu betrachten, obwohl er gar kein Interesse an ihr hatte. Und sobald er sich selbst einmal die Zunge sozusagen aus trotziger Neugier herausgestreckt hatte, konnte er nicht mehr umhin, sich allerhand Grimassen vor dem Spiegel zu schneiden; und manchmal rief er sogar seinem Spiegelbild ein paar wütende Worte zu. Manchmal konnte er von der Selbstbetrachtung im Spiegel gar nicht mehr loskommen, es sei denn, er griff nach der Flasche, die immer am Fußende seines Bettes stand. Er schüttete einen Schluck ins Wasserglas, und noch einen, und noch einen. Nachdem er drei solcher Schlucke getan hatte, schien es ihm, er sei wieder der alte Eichmeister Anselm Eibenschütz. In Wirklichkeit war er es nicht. Es war ein ganz neuer, ein ganz veränderter Anselm Eibenschütz.

Jeden Tag in der Früh war er gewohnt gewesen, einen heißen Tee mit Milch zu trinken. Auf einmal aber, eines Nachts, kam es ihm in den Sinn, daß er Tee mit Milch nicht trinken dürfe, solange Sameschkin da sei und er mit Euphemia nicht zusammensein könne. Erst im Frühling . . . erst im Frühling! rief er sich zu. Und er begann jeden Morgen den Tee, den man ihm ins Zimmer brachte, in die Waschschüssel zu gießen. Denn er schämte sich, und er wollte niemanden merken lassen, daß er des Morgens nicht mehr Warmes trinke. Statt des Warmen nahm er einen Schluck Neunziggrädigen.

Es wurde ihm sofort heiß und wohl, und er sah trotz allem heiter ins Leben. Sehr kräftig kam er sich vor, und er glaubte, er könne alles in der Welt bezwingen. Sehr stark war er da, der Eichmeister Eibenschütz, und der Maronibrater Sameschkin würde auch bald verschwinden.

Immer, in Uniform wie im Zivil, hatte Eibenschütz sehr viel auf seine Bügelfalten achtgegeben. Nun aber, seitdem er in den Hosen schlief, schien es ihm, daß Bügelfalten nicht nur überflüssig seien: häßlich waren sie auch. Überflüssig und häßlich war es auch, die Stiefel vor die Tür zu stellen, damit man sie putze.

Bei allem sah der Eichmeister Eibenschütz immer noch stattlich aus, und nur wenige konnten an ihm irgendeine Veränderung wahrnehmen. Es sei denn Sameschkin, der ihm eines Morgens mit all seiner ahnungslosen Gutmütigkeit sagte: «Sie haben einen großen, einen Riesenkummer, Herr Eibenschütz.»

Er stand auf und ging, ohne ein Wort.

34

Der arme Eibenschütz mußte bald selbst feststellen, daß sich merkwürdige Dinge in seinem Gehirn abspielten. Er bemerkte zum Beispiel, daß er die Erinnerung für die jüngst vergangenen Begebenheiten verlor. Er wußte nicht mehr, was er gestern getan, gesagt und gegessen hatte. Es ging schnell abwärts mit ihm, dem stattlichen Eichmeister. Er mußte so tun, als erinnerte er sich, wenn er ins Amt kam und der Schreiber mit ihm von einer Anordnung sprach, die er gestern gegeben hatte, an alles. Und er nahm alles zusammen, was er an Klugheit besaß, um nur vom Schreiber herauszukriegen, was er gestern gesagt haben konnte. Äußerlich sah er immer noch stattlich aus, der Eichmeister Eibenschütz. Noch war er ein junger Mann, im ganzen sechsunddreißig Jahre alt.

Er hielt sich noch stark und aufrecht, zu Fuß und im Wägelchen. Aber in seinem Innern brannte der Schnaps, wenn er ihn getrunken hatte, und die Sehnsucht nach dem Schnaps, solange er ihn nicht getrunken hatte. In Wirklichkeit glühte in seinem Innern die Sehnsucht nach einem Menschen, irgendeinem Menschen, und das Heimweh nach Euphemia. Ihr Bild saß fest in seinem Herzen, zuweilen hatte er das Gefühl, er brauchte sich nur die Brust zu öffnen, hineinzugreifen, um das Bild hervorzuholen. Und er dachte in der Tat daran, daß er sich eines Tages die Brust öffnen würde. Auch sonst gingen in jener Zeit seltsame Veränderungen in ihm vor, er bemerkte sie auch, er bedauerte sie sogar, aber er konnte nicht mehr wieder der alte Mensch werden. Er wollte es gerne, und man kann sagen, er sehnte sich nach sich selbst noch mehr zurück, als er sich nach andern Menschen sehnte.

Er wurde immer unerbittlicher und unnachsichtiger im Dienst. Dazu trug auch ein wenig der neue Wachtmeister bei, der an die Stelle Slamas getreten war, nämlich der Wachtmeister Piotrak. Er war rothaarig, und es bewahrheitete sich an ihm der alte Aberglaube des Volkes, daß die Rothaarigen böse Menschen seien. Auch der Glanz seiner Augen, obwohl sie knallblau waren, hatte etwas Rötliches, gleichsam Entzündetes und Brennendes. Er sprach nicht, sondern es war, als ob er knurrte, wenn er etwas sagte. Nur mit Widerwillen setzte er, wie das Gesetz es befahl, das Gewehr ab, wenn er in einen Laden trat. Er lachte selten, aber er erzählte dem Eichmeister unaufhörlich lästige Geschichten, mit tiefem Ernst. Er brauchte nichts zu sagen, wenn sie zusammen in einen Laden eintraten, um Gewichte und Maße zu prüfen. Der Eichmeister Eibenschütz fühlte seinen Blick, und dieser scharfe blaue und zugleich rötliche Blick fiel todsicher auf den verdächtigsten der Gegenstände. Eines Tages gar fand der Gendarmeriewachtmeister Piotrak heraus, daß man auch die Qualität der Waren prüfen könnte, und der Eichmeister gehorchte ihm. Er fragte nach den Waren. Er fand verfaulte Heringe und verwässerten Schnaps und von Mäusen angenagtes Linoleum und feuchte Streichhölzer, die nicht brennen konnten, und von Motten zerfressene Stoffe und aus Rußland herübergebrachten Samogonka, den selbstgebrannten Schnaps, den die armen Bauern herstellten. Er hatte nie daran gedacht, daß es zu den Aufgaben eines Eichmeisters gehöre, auch die Waren zu prüfen, und der Gendarm Piotrak, der ihn darauf aufmerksam gemacht hatte, bekam eine besondere Bedeutung. Ganz langsam, ganz sachte glitt der Eichmeister Eibenschütz in eine gewisse Abhängigkeit von dem Gendarmen hinein, er gab sich keine Rechenschaft darüber, aber er fühlte es doch, und manchmal empfand er sogar Furcht vor dem rothaarigen Mann. Und besonders erschreckend war der Umstand, daß der Gendarm ganz enthaltsam war. Immer war er nüchtern, und immer war er böse. Auf seinen kurzen festen Fäusten standen rötliche Härchen, den Stacheln eines Igels ähnlich. Dieser Mann war nicht nur vorschriftsmäßig bewaffnet. Er selbst war Waffe.

Manchmal holte er aus seiner großen schwarzen Diensttasche ein Butterbrot mit geräuchertem Schinken, brach es in der Mitte entzwei und bot eine Hälfte dem Eichmeister Eibenschütz an. Eibenschütz nahm es, obwohl er Hunger hatte, mit einigem Widerwillen. Manchmal hatte er die Vorstellung, daß ein paar der rötlichen Borsten, von denen so viele auf den Händerücken Piotraks wuchsen, auch auf die Butter oder auf den Schinken gefallen waren.

Zugleich fühlte er auch, daß er ja selbst ein böser Mensch geworden war und daß Piotrak gar nicht so viel übler war als er selber. Er zog die flache Flasche aus seiner rückwärtigen Hosentasche und trank einen großen, starken Schluck. Hierauf erschien es ihm, daß er gar nicht böse sei, daß er streng sein müsse, daß er nur seine Pflicht tue – und damit basta. Kühn und ausgefüllt von einer gewissen erhitzten Munterkeit, drang er in die Läden ein, in die großen, in die mittleren, in die kleinen, in die kleinsten. Manchmal flohen die spärlichen Kunden, denn sie fürchteten sich vor der Gendarmerie, vor der Behörde, vor dem Gesetz überhaupt. Aus seiner Diensttasche zog der Gendarm das längliche, schwarze, in Seidenrips gebundene Dienstbuch. Sein gezückter Bleistift sah beinahe aus wie sein Bajonett.

Hinter der Theke stand der Eichmeister Eibenschütz, und der Kaufmann neben ihm schien verkümmert und zusammengeschrumpft (man stelle sich eine zusammengeschrumpfte

Null neben einer entsetzlichen Ziffer vor . . .). Eibenschütz diktierte dem Gendarmen: «Gramme!» oder: «drei Pfunde» oder: «sechs Kilo» oder auch: «zwei Meter». Er stellte die falschen Gewichte vor sich hin, wie man Schachfiguren hinstellt. Groß und breit stand er da, und er kam sich sehr mächtig vor, der Vollstrecker des Gesetzes. Der Gendarm notierte, der Händler zitterte. Manchmal kam aus dem Hinterzimmer des Ladens seine Frau heraus, sie rang die Hände.

Alle Menschen fragten sich, warum die Cholera nicht den Eichmeister Eibenschütz getroffen hatte. Denn er wütete schlimmer als die Cholera. Durch ihn kam der Korallenhändler Nissen Piczenik ins Kriminal, der Tuchhändler Tortschiner, der Milchhändler Kipura, der Fischer Gorokin, die Geflügelverschleißerin Czaczkes und viele andere.

Wie die Cholera wütete er im Land, der Eichmeister Anselm Eibenschütz. Dann kehrte er heim, das heißt in die Grenzschänke nach Szwaby, und trank.

Es kam vor während seiner fürchterlichen Dienstvisiten, daß die Frau und die Kinder eines Händlers sich vor ihm auf die Knie warfen und ihn anflehten, keine Anzeige zu machen. Sie hängten sich an seinen Pelz. Sie ließen ihn nicht gehen. Aber der rothaarige Piotrak stand reglos daneben. An ihn wagte sich kein Weib, kein Kind heran, weil er in Uniform war. Eibenschütz dachte: Warum nicht streichen lassen? Wem hat er etwas getan? Alle berauben sie einander in dieser Gegend. Laß ihn streichen, Eibenschütz. Es war nur der alte, der frühere Eibenschütz, der so sprach. Der neue Eibenschütz aber sagte: Gesetz ist Gesetz, und hier steht der Wachtmeister Piotrak, und ich war selbst zwölf Jahre Soldat, und außerdem bin ich selbst sehr unglücklich. Und Herz habe ich nicht im Dienst. Und es war, als nickte Piotrak fortwährend mit dem roten Kopf zu all dem, was da der neue Eibenschütz sagte.

35

Ende Februar erhielt Eibenschütz die Benachrichtigung vom Ableben des Sträflings Leibusch Jadlowker, zu dessen Beaufsichtigung die politische Behörde aus bestimmten Gründen den Eichmeister beauftragt hatte.

Am Abend des gleichen Tages, als hätte er es gewußt, erschien Kapturak nach langer Zeit wieder in der Schänke. Er machte den gewohnten Bückling und setzte sich an den Tisch, an dem Eibenschütz, Sameschkin, Euphemia und der neue Wachtmeister Piotrak saßen.

Alle Welt spielte Tarock, Kapturak verlor. Dennoch war er ausgelassen heiter.

Man verstand nicht, warum. Er sagte außer den üblichen dummen Wendungen und sinnlosen Sprüchen, welche die Tarockspieler gebrauchen, noch neue, frisch erfundene, noch sinnlosere, wie zum Beispiel: «Das Schwein hat Wind!» – oder: «Ich verliere meine Hosenträger» oder gar: «Misthaufen ist Gold»; und ähnliches mehr. Mitten zwischen diese Wendungen und während er so saß, als überlegte er angestrengt, welche Karte er jetzt herauszugeben hätte, sagte er, wie zerstreut und in dem Tonfall, in dem er soeben einen seiner unsinnigen Sprüche hergesagt hatte: «Herr Eichmeister, es ist Ihnen gelungen? Ihr Feind ist tot?» – «Welcher Feind?» fragte Eibenschütz. – «Der Jadlowker!» Und in diesem Augenblick legte Kapturak eine Karte auf den Tisch. «Er war unter den Cholerasträflingen», erzählte er weiter, «und da hat er sich angesteckt. Er verfault seitdem Monate unter der Erde. Seine Würmer sind schon satt.» Euphemia sagte: «Es ist nicht wahr», sie wurde sehr blaß. «Ja, es ist wahr!» sagte Eibenschütz, «ich habe die amtliche Nachricht.» Euphemia erhob sich, ohne ein Wort. Sie ging die Treppe hinauf, sich ausweinen. Sameschkin, als erster, legte die Karten hin, und er allein war es, der sagte: «Ich spiele nicht weiter!» Sogar der rothaarige Gendarm Piotrak legte die Karten weg, Kapturak allein tat noch so, als spielte er gegen sich selbst. Auf einmal legte auch er die Karten hin, wie in einem plötzlichen Entschluß, und sagte: «Also werden wir Gläubiger jetzt diesen Gasthof erben, wir sind unser sechs.» Dabei sah er den Eichmeister an.

Es war sehr still am Tisch geworden, der brave Sameschkin konnte es kaum ertragen. Er erhob sich und ging zum Spielkasten ans Büfett, um einen Dreier hineinzuwerfen. Der Spielkasten begann sofort, den Rákóczimarsch mit großartigem Blechgetöse auszuspielen. Mitten in dem brausenden Lärm sagte Kapturak zum Gendarmen: «Wissen Sie, seitdem

Sie hier sind, ist unser Eichmeister sehr streng geworden. Alle Händler verfluchen ihn, und drei haben schon durch ihn die Konzession verloren.» – «Ich tue meine Pflicht», sagte Eibenschütz. Er dachte dabei an Euphemia und an den alten Eibenschütz, der einmal gewesen war, und an seine tote Frau; und besonders an Euphemia, ja, besonders an Euphemia dachte er und daran, daß er eigentlich schon ein verlorener Mann war, in dieser verlorenen Gegend.

«Sie tun nicht immer Ihre Pflicht», sagte Kapturak sehr leise. Aber in diesem Augenblick hatte der Kasten aufgehört zu brausen, und auch die leisen Worte klangen also sehr laut. «Wie steht es damit, daß Sie einen bestimmten Laden niemals inspizieren? Sie wissen, welchen ich meine!» – Eibenschütz wußte wohl, welchen Laden Kapturak im Sinne hatte, aber er fragte: «Welchen denn?» – «Den Singer», sagte Kapturak. «Wo ist dieser Singer?» fragte der Gendarm Piotrak. «In Zlotogrod, mitten in Zlotogrod», erwiderte Kapturak, «gleich neben der Fischerin Chajes, der Sie vor zwei Wochen die Konzession genommen haben!» Der Gendarm warf einen fragenden mißtrauischen Blick auf Eibenschütz. «Morgen gehen wir nachsehen!» sagte der Eichmeister. Plötzlich empfand er große Angst vor Kapturak sowohl als auch vor dem Gendarmen. Er mußte noch ein Gläschen trinken.

«Morgen gehen wir nachsehen!» wiederholte er.

Kapturak lächelte lautlos und breit. Seine dünnen Lippen entblößten im ganzen vier gelbe Zähne, zwei oben, zwei unten, es war, als zerkaute er mit ihnen sein eigenes Lächeln.

Es war in der Tat so, daß der Eichmeister Eibenschütz noch niemals im Laden Singer nachgesehen hatte. Es war der einzige im Bezirk, ganz gewiß. Und trotz seiner großen Redlichkeit und amtlichen Gewissenhaftigkeit hatte er es doch absichtlich unterlassen, die Singers zu behelligen.

Es war übrigens ein so armseliger Laden, daß er sich sogar von den sehr armseligen dieser Gegend unterschied. Er hatte nicht einmal ein Schild, sondern eine gewöhnliche Schiefertafel, auf der die Frau Blume Singer alle paar Tage und besonders, wenn es geregnet hatte und die Schrift unleserlich geworden war, ihren Namen mit Kreide erneuerte. Es war ein winziges Häuschen, es bestand aus einem Zimmer und einer Küche, und die Küche war zugleich der Laden. Auf einem winzigen Viereck freien Bodens vor dem Eingang lag ein mittlerer Misthaufen und daneben eine hölzerne Bude. Es war die Toilette der Familie Singer. In ihrer Nähe, gewöhnlich auf dem Müllhaufen, über dem jetzt eine dicke Kruste Schnee und Eis lag, spielten die beiden Knaben Singer in den spärlichen Stunden, in denen sie nicht lernen mußten. Denn sie mußten lernen. Zumindest einer von ihnen sollte einmal das Erbe seines Vaters Mendel antreten.

Ach! Es war gar kein materielles Erbe, Gott bewahre! Es war lediglich der Ruf eines Gelehrten und eines Gerechten. Im Zimmer hinter der Küche und dem Laden lernte Mendel Singer Tag und Nacht, zwischen den zwei Betten, von denen jedes an je einer Wand lehnte. In der Mitte lagen auf dem Fußboden die Strohsäcke der Kinder.

Niemals hatte sich Mendel Singer mit etwas anderem befaßt als mit heiligen und frommen Worten, und es kamen auch zu ihm viele Schüler. Er lebte kümmerlich, aber er brauchte gar nichts. Zweimal in der Woche, Montag und Donnerstag, fastete er. An gewöhnlichen Tagen nährte er sich nur von Suppe. Er schlürfte sie aus einem hölzernen Teller, mit einem hölzernen Löffel. Am Freitag abend nur aß er Forellen in Sauce mit Meerrettich. Im Städtchen kannte ihn jedermann. Man sah ihn jeden Tag, zweimal, ins Bethaus rennen, hin und zurück. Auf dünnen Beinen huschte er dahin, in weißen Strümpfen und in Sandalen, über die er im Winter schwere Galoschen stülpte. Sein Mantel flatterte. Tief über den Augen ruhte die schwere Pelzmütze, ein ausgefranstes Fell. Sein schütterer Bart wehte. Seine harte Nasenschiene stieß gegen die Luft, es sah aus, als wollte sie dem Angesicht einen Weg bahnen. Nichts und niemanden sah er. Versunken und verloren war er in seiner Demut und in seiner Frömmigkeit und in Gedanken an die heiligen Worte, die er schon gelesen hatte, und an die Freude auf jene, die noch zu lesen waren. Jedermann achtete ihn, auch die Bauern aus der Umgebung kamen, wenn sie in Not waren, ihn um Rat und Fürsprach zu bitten. Obwohl es schien, daß er die Welt und die Menschen noch niemals gesehen hatte, erwies es sich doch, daß er die Welt und die Menschen verstand. Seine Ratschläge waren trefflich, und seine Fürbitten halfen.

Um die irdischen Dinge des alltäglichen Lebens kümmerte

sich seine Frau. Bei den wenigen reichen und wohlhabenden Leuten Zlotogrods hatte sie sich das Geld für die Konzession und für den Einkauf der Ware erbettelt. Ach! Welche Waren! Man bekam Zwiebeln, Milch, Käse, Eier, Knoblauch, getrocknete Feigen, Rosinen, Mandeln, Muskatnüsse und Safran. Aber wie winzig waren die Mengen, und wie furchtbar war die Beschaffenheit dieser Lebensmittel! In der kleinen, dunkelblau getünchten Küche mischte sich alles. Es sah aus, als wenn Kinder Verkäufer spielten. Das Säckchen mit den Zwiebeln und dem Knoblauch ruhte auf dem großen Eimer, in dem sich die saure Milch befand. Rosinen und Mandeln standen in Häufchen über dem Weißkäse, durch ein Fettpapier von ihrem Untergrund geschieden.

Neben den zwei Rahmtöpfchen hockten, eine Art von Wachlöwen, die zwei gelben Katzen. In der Mitte, vom Plafond herab, hing an einem schwarzen hölzernen Haken eine große verrostete Waage. Und die Gewichte standen auf dem Fensterbrett.

So arme Leute gab es in der Gegend nicht, die bei Blume Singer eingekauft hätten. Und dennoch konnten sie immerhin noch leben – so hilft Gott den Armen. Ein klein wenig Herz schenkt Er den Reichen, deshalb kommt von Zeit zu Zeit einer von ihnen und kauft irgend etwas, was er nicht braucht und was er sofort auf der Straße fortschütten wird.

36

Dies also war der Laden, in dem am nächsten Morgen der Eichmeister Eibenschütz mit dem Gendarmen Piotrak eindrang. Obwohl ein starker Frost herrschte, sammelten sich doch ein gutes Dutzend Leute vor dem Laden an, und aus der Judenschule gegenüber liefen die Kinder hinaus. Es war etwa acht Uhr morgens, und Mendel Singer kam aus dem Bethaus. Als er die Ansammlung vor seinem Häuschen sah, erschrak er, denn er fürchtete, es brenne bei ihm. Einige der Neugierigen liefen ihm entgegen und riefen: «Der Gendarm ist gekommen! Der Eichmeister ist gekommen!» Er stürzte hinein. Und er erschrak noch mehr, als er vor einem Brand erschrocken wäre. Ein leibhaftiger Gendarm mit einem Gewehr stand da, indes Eibenschütz die Waren, die Waage und die Gewichte prüfte. Die zwei Katzen waren verschwunden.

Der Rahm war sauer, die Milch geronnen, der Käse wurmig, die Zwiebeln faul, die Rosinen verschimmelt, die Feigen verdorrt, die Waage haltlos und die Gewichte falsch. Man schritt zur Amtshandlung. Man mußte aufschreiben. Als der Gendarm sein großes schwarzes Kaliko-Dienstbuch herauszog, war es Mendel Singer und seiner Frau, als zückte er gegen sie beide die gefährlichste von allen seinen gefährlichen Waffen. Der Eichmeister diktierte, und der rote Gendarm schrieb. Ein Feuer wäre eine Kleinigkeit gewesen.

Die Konventionalstrafe betrug genau zwei Gulden fünfundsiebzig Kreuzer. Bevor sie nicht erlegt waren, konnte man den Handel nicht weiterführen. Der Ankauf einer neuen Waage und neuer Gewichte kostete weitere drei Gulden. Woher nimmt ein Mendel Singer zwei Gulden fünfundsiebzig und weitere drei? Gott ist sehr gütig, aber er kümmert sich nicht um so winzige Beträge.

All dies überlegte Mendel Singer. Deshalb ging er an den Eichmeister heran und nahm die Pelzmütze ab und sagte: «Euer Hochgeboren, Herr General, ich bitte Sie, streichen Sie alles aus, Sie sehen, ich habe Frau und Kinder!»

Eibenschütz sah die hageren erhobenen Hände, die mageren knochigen Wangen, den schütteren, armen Bart und die schwarzen feuchten, flehenden Augen. Er wollte etwas sagen. Er will zum Beispiel sagen: Es geht nicht, lieber Mann, es ist Gesetz. Er will sogar sagen: Ich hasse dieses Gesetz und mich auch dazu. Aber er sagt nichts. Warum sagt er nichts? Gott hat ihm den Mund verschlossen, und der Gendarm stößt Mendel Singer fort. Ein Blick von ihm genügt. Ein Blick von ihm ist wie eine Faust. Und sie gehen, mit Gewichten, Waage und dem schwarzen Buch.

Wenn die Frau Mendel Singer heute noch etwas verkauft, und sei es auch nur eine einzige Mandel, wird sie auf vier Monate eingesperrt.

Die paar Neugierigen und die Kinder, die draußen gelauert haben, laufen davon.

«Das hätten wir nicht tun dürfen!» sagt Eibenschütz zu Piotrak. «Es ist trotzdem ein redlicher Mann!»

«Redlich ist niemand!» sagt der Gendarm Piotrak, «und

Gesetz ist Gesetz.» Aber selbst dem Gendarmen ist nicht ganz wohl.

Sie fuhren ins Amt und hinterlegten die Sachen beim Schreiber und hatten beide das Gefühl, daß sie etwas trinken müßten. Gut! Sie fuhren also zur Schänke Litwaks.

Es war heute Mittwoch, also Markttag in Zlotogrod, und die Schänke war voll von Bauern, Juden, Viehhändlern und Roßtäuschern. Als sich der Eichmeister und der Gendarm setzten, an den großen Tisch, an dem auf glattgescheuerten Bänken schon gute zwei Dutzend Leute nebeneinander hockten, ging zuerst ein verdächtiges Murmeln und Raunen los, dann begann man lauter zu sprechen, und irgendeiner nannte den Namen Mendel Singer.

Im gleichen Augenblick erhob sich ein untersetzter, breitschultriger, langbärtiger Mann von der Bank gegenüber. In einem großen Bogen spie er über den Tisch, über alle Gläser hinweg, mit meisterlicher Zielsicherheit genau in das Glas des Eichmeisters. «Alles andere kommt noch!» schrie er, und ein großer Tumult entstand. Alle erhoben sich von den Bänken, und Eibenschütz und der Gendarm versuchten über den Tisch hinüberzusteigen. Sie erreichten die Tür aber erst in dem Augenblick, in dem der breitschultrige Bärtige sie aufgestoßen hatte. Eine Weile sahen sie ihn noch auf der weißen, beschneiten Landstraße dahinlaufen.

Er lief sehr schnell, ein dunkler geduckter Strich auf dem weißen Schnee, dem Tannenwald zu, der zu beiden Seiten die Straße säumte. Er verschwand links, als hätte ihn der Wald verschluckt.

Es war Nachmittag, es begann schon zu dunkeln. Der Schnee nahm eine leicht bläuliche Färbung an.

«Wir werden ihn schon kriegen», sagte der Gendarm. Sie kehrten zurück.

Es ließ dem Gendarmen Piotrak wirklich keine Ruhe. Hätte er nicht die volle Rüstung gehabt und die schweren Winterstiefel, die ihm aber das Reglement vorschrieb, so hätte er wohl den Leichtfüßigen verfolgen können. Er war aber sicher, daß er ihn noch finden und eruieren könnte, und das tröstete ihn. Wahrscheinlich war es ein schwerer Verbrecher. Hoffentlich war es ein schwerer Verbrecher.

Der Gendarm Piotrak verhörte alle Leute in der Schänke,

aber kein einziger wollte den Missetäter kennen. «Er ist nicht aus dieser Gegend!» sagten die Leute.

Eibenschütz aber hatte das Gefühl, daß er den Mann schon irgendwo gesehen hatte. Er wußte nicht, wo und wann. Nacht herrschte in seinem armen Kopf, und es wollte nicht dämmern. Er trank, damit es leichter werde, aber es wurde nur noch dunkler. Ringsum spürte er außerdem eine große Gehässigkeit der vielen Menschen, wie noch nie vorher.

Sie erhoben sich endlich, stiegen in den Schlitten und fuhren nach Szwaby. «Kapturak wird wissen, wer es war!» sagte unterwegs der Gendarm.

Dem Eichmeister fiel nichts ein. Nach einer Weile sagte er: «Mir ist es gleichgültig!»

«Mir nicht!» sagte der hartnäckige Piotrak.

37

Seit mehreren Wochen war nun schon der Jadlowker im Hause Kapturaks gesessen. Er konnte es nicht aushalten, er machte also einen Ausflug. Er hatte gedacht, an einem Markttag in Zlotogrod, in der Schänke Litwaks gar, würde er gar keinen Bekannten treffen. Siehe da, es kamen der neue Gendarm und der alte Feind, der Eibenschütz. Das war unbedacht, ja, leichtsinnig, durch das Ausspucken Aufmerksamkeit zu erregen.

Er nahm einen sehr umständlichen Weg, um aus dem Wald, in den er geflüchtet war, nach dem Hause Kapturaks zurückzugelangen. Der Frost war stark, zum Glück konnte man sich trauen, über die Sümpfe zu gehen. Er wartete im Walde, bis die Nacht vollends hereingebrochen war. Dann marschierte er südwärts, den ganzen Bogen lang, den die Sümpfe um das Städtchen bildeten. Der Frost war zwar ein Glück, aber man fror entsetzlich. Es stach und peitschte den ganzen Körper. Im kurzen Pelz, den Jadlowker trug, fror er genauso, als wenn er nur im Hemd gewesen wäre.

Es war schon tiefe Nacht, als er das Haus Kapturaks erreichte. Jetzt begann seine Furcht, die er unterwegs mit aller Gewalt unterdrückt hatte, ihn mit verdoppelter Stärke zu erfüllen: nämlich die Furcht, daß der Gendarm schon auf ihn warten könnte. Er entschloß sich, ganz leise an den Fensterladen zu pochen. Er atmete auf, als er Kapturak heraustreten sah. Kapturak winkte ihn heran. Eine neue Furcht ergriff ihn: Konnte man selbst Kapturak trauen? – Wem denn sonst? sagte er sich im nächsten Augenblick, und er ging heran.

Sie traten ein, Kapturak schickte seine Frau hinaus in die Küche. «Setz dich, Jadlowker», sagte Kapturak. «Was machst du? Willst du dich selbst und mich umbringen? Bist du ein erwachsener Mensch? Bist du ein Junge? Machst du Streiche? Schulbubenstreiche?»

«Ich konnte nicht anders», sagte Jadlowker.

«Man hat dich wahrscheinlich erkannt», sagte Kapturak. «Ich habe den Vorfall ja gleich nachher von Litwak erzählt bekommen. Ich wußte sofort, daß du es bist. Ich habe mir natürlich nichts anmerken lassen. Was willst du nun tun?»

Der halberfrorene und ratlose Jadlowker – seine Ohren brannten ganz rot zu beiden Seiten, rote Lampen – sagte: «Ich weiß nichts!»

«Ich habe beschlossen», erklärte Kapturak, «dich einzusperren. Besser als im Kerker in Zloczow wirst du es bei mir haben.»

Wo verbirgt man einen gefährdeten Gast? Unerfahrene Leute verbergen ihn im Keller. Und das ist falsch. Wenn eine Hausdurchsuchung kommt, gehen die Gendarmen zuerst in den Keller. Aus einem Keller kann man nicht fliehen. Erfahrene Leute aber sperren einen gefährdeten Gast auf dem Dachboden ein. Dahin kommen die Gendarmen zuletzt. Außerdem hört man alles von oben her besser. Drittens gibt es eine Dachluke. Man hat frische Luft, und man kann rechtzeitig entkommen.

So stieg auch Jadlowker die steile Leiter empor, die zum Dachboden führte. Einen Stuhl und einen Strohsack, eine Flasche Schnaps und einen Krug Wasser bekam er noch.

Kapturak wünschte ihm gute Nacht, versprach, ihm regelmäßig Essen zu bringen, und ging. Aus Vorsicht schob er den Riegel vor, der an der Falltür des Dachbodens angebracht war. Als er die Leiter hinuntergestiegen war, blieb er eine Weile stehen und überlegte. Er überlegte, ob er die Leiter wegnehmen sollte oder nicht. Und er entschloß sich endlich, sie wegzunehmen. Er trug sie in den Hof und lehnte sie an das

Dach. Er hatte beschlossen, dem Jadlowker Nahrung nur durch die Dachluke zu reichen.

Auf dem Dachboden war es kalt, kälter noch als in der Zelle, und Jadlowker riß den Strohsack am Kopfende auf und steckte sich ganz in den Sack hinein, und über den Kopf stülpte er den Pelz. Durch die offene Dachluke, die nicht zu schließen war, schimmerte weißblau die frostklare Nacht. Bevor er einschlief, sah er noch die reglosen Fledermäuse, die über ihm, ringsum an den Wäscheschnüren ihren Winterschlaf hielten. Zum ersten Mal in seinem Leben hatte der wilde Jadlowker Angst. Und aus Angst allein verfiel er in einen tiefen, dennoch unruhigen Schlaf.

Früh am Morgen erwachte er, der bittere Hauch des eisigen Morgens weckte ihn. Er kroch mühsam aus seinem Sack, tat einen Schluck aus der Flasche, zog sich den Pelz an und ging zur Dachluke. Scharen frisch erwachter Krähen zogen ihre Kreise um die Dächer, es sah aus, als flögen sie nur, um sich zu erwärmen. Er sah die rote Sonne aufgehn, sie sah aus wie eine Orange, und bei ihrem Anblick bekam er Hunger. Er wußte, er mußte noch gute zwei Stunden warten, bevor Kapturak mit dem Essen kommen würde. Er horchte nach der Falltür hin, gute zwei Stunden lang beschäftigte ihn nichts anderes als sein Hunger. Es war, als wäre der Hunger eine Angelegenheit des Kopfes und nicht des Magens. Kapturak erschien endlich mit Tee und Brot, aber nicht an der Tür, sondern an der Luke. Alles reichte er sehr langsam hinein, auf dem kurzen Weg, die Leiter hinauf, war der Tee schon kalt geworden, so groß war die Kälte. Jadlowker trank und aß hastig.

«Nichts Neues?» fragte er nur. «Noch nicht», antwortete Kapturak, stieg wieder die Leiter herunter und stellte sie ein bißchen seitwärts.

Nachdem Jadlowker gesättigt war, begannen ihn andere Gedanken und Empfindungen zu beschäftigen. Er dachte plötzlich, und ohne zu wissen, warum, an die schönen Karpfen und Hechte, die er auf dem Fischmarkt am Donnerstag immer verkauft hatte. Es beschäftigte ihn der Gedanke, daß er, um sie zu töten, sie am Schwanz gepackt und gegen einen Prellstein gestoßen hatte, und dabei erinnerte er sich daran, daß man Menschen auf die umgekehrte Weise umbringt. Man nimmt einen Stein – es kann auch ein Zuckerhut sein – und stößt ihn gegen den Kopf des Menschen. Seltsame Gedanken kommen einem, wenn man auf einem Dachboden eingesperrt ist. Man denkt daran, zum Beispiel, daß man Feinde im Leben hat, und der größte aller Feinde ist der Eichmeister Eibenschütz, der Urheber allen Unglücks, der Liebhaber der Euphemia obendrein. Sameschkin ist auch ihr Liebhaber, aber das gehört in ein anderes Kapitel. Sameschkin hat alte Stammesrechte, und außerdem ist er kein Beamter. Und außerdem hat er Jadlowker nicht ins Kriminal gebracht. Wenn der Eibenschütz nicht vorhanden wäre, so könnte man ruhig leben. Im Frühling geht Sameschkin weg. Der Wachtmeister Slama ist versetzt. Wer erkennt den Jadlowker in einem blonden Vollbart? So viele fremde Menschen kommen in diese Gegend! Man heißt ja gar nicht Jadlowker. Man hat schon einmal seinen Namen geändert! Man hat schon Fische beim Schwanz gepackt und mit dem Kopf gegen den Prellstein gehauen. Umgekehrt macht man es mit den Menschen. Man nimmt einen Zuckerhut und schlägt hinterrücks damit auf den Kopf. Aber wo? Aber wann? Eibenschütz ist nicht in der Nacht da, im Hafen von Odessa.

Wenn Eibenschütz nicht wäre, so könnte man ruhig leben. Er ist aber da. Er darf nicht mehr da sein, er darf nicht mehr da sein, denkt Jadlowker. Er darf nicht mehr da sein. Daran denkt er fortwährend. Die Krähen setzen sich manchmal an die Dachluke. Jadlowker wirft ihnen einige Speisereste zu. Er sitzt und friert und wartet auf den Frühling, auf die Freiheit und auf die Rache.

38

Eines Tages geschah etwas Sonderbares: Der staatliche Oberförster Stepaniuk fand im Grenzwald einen erhängten Mann. Er war kalt, starr und blau, als man ihn abschnitt. Der Bezirksarzt Kiniower sagte, er sei schon viele Tage tot, vor einer Woche etwa hätte er sich erhängt. Es war ein unbekannter Mann, und der Gendarm Piotrak verständigte den Untersuchungsrichter. Der kam aus Zlotogrod. Er überführte die Leiche ins dortige Schauhaus. Aus dem ganzen Bezirk wurden die Einwohner, je ein Dutzend, zu bestimmten Tagen vorgeladen, damit sie den Toten agnoszierten. Man hätte sie gar nicht vorzuladen brauchen. Aus Neugier allein strömten sie zusammen. Auch Sameschkin, obwohl er nicht vorgeladen war, weil er nicht zum Bezirk gehörte, ging hin, aus Neugier. Er allein aber erkannte den Toten: Es war der Pferdehirt Michael Klajka. Vor zwei Jahren hatte man ihn eingesperrt. Er hatte zu jenen Sträflingen gehört, die man zur Bestattung der Cholerakranken bestimmt hatte. Und es war geschrieben und versiegelt, daß er im Spital an der Cholera verstorben war und an dem und dem Tage bestattet.

Wie? Hatte er sich von den Toten erhoben, um sich dann im Grenzwald zu erhängen? Eine Untersuchung wurde eingeleitet.

Auch einige Sträflinge, die man aus dem Gefängnis holte, erkannten den Mitgefangenen, den Michael Klajka. Es dauerte nur eine Woche, und man verhaftete zwei Bezirksschreiber, und sie gaben zu, daß sie bestochen worden waren und falsche Abgangszeugnisse ausgestellt hatten. Sie gestanden auch, daß Kapturak sie bestochen hatte.

Man wartete noch eine Woche. Man verständigte vom Ergebnis der Untersuchung den Gendarmeriewachtmeister Piotrak und den Eichmeister Eibenschütz, und man gab ihnen den Auftrag, weiterhin wie bisher mit Kapturak in der Grenzschänke zu verkehren. Sie verkehrten auch weiterhin mit ihm und spielten Tarock. Er fühlte sich ganz sicher. Er wußte nichts von der Verhaftung der beiden Bezirksschreiber, und das Geld, das ihm die Verwandten der totgemachten Sträflinge bezahlt hatten, war längst in Sicherheit, jenseits der Grenze, beim Geldwechsler Piczemk.

Ein paar Tage später, ziemlich früh am Morgen, kurz nachdem er Jadlowker das Frühstück auf der Leiter hinaufgetragen hatte, hörte er ein wohlbekanntes Klingeln, das Klingeln eines Schlittens. Der Schlitten hielt, das Klingeln zitterte noch eine Weile nach, kein Zweifel, daß der Schlitten vor seinem Tor hielt. Ihm ahnte nichts Gutes, was macht so früh am Morgen ein Schlitten vor seinem Haus? Er öffnete die Fensterladen. Im Schlitten saßen der Gendarm Piotrak und der Eichmeister Eibenschütz. Er hatte gar keine Zeit mehr, die Leiter umzulegen. Er überlegte sehr schnell, daß es besser wäre, sofort hinauszulaufen und die grauenhaften Gäste zu begrüßen. Er lief also hinaus und rief schon von der Tür her: «Welch eine Überraschung! Welch eine Überraschung!»

Beide stiegen ab, und Eibenschütz sagte: «Wir wollten Ihnen einen kurzen Besuch machen. Es ist noch zu früh, Litwak hat noch geschlossen. Wir bleiben nur ein Viertelstündchen bei Ihnen, wenn Sie erlauben, Zeit genug, um einen Schnaps und einen Tee zu trinken. Das haben Sie doch, wie?» – Es war für Kapturak kein Zweifel mehr, daß sie gekommen waren, weil sie ihn verdächtigten, er beherberge jemanden, oder er verberge zumindest etwas Verdächtiges. Er sagte: «Ich gehe den Schnaps holen», und er verließ das Zimmer und kletterte sehr geschwind die Leiter hinauf. «Sie sind da», rief er durch die Luke. Hinunter ging er nicht mehr die einzelnen Stufen, er glitt hinunter, mit Händen und Schenkeln an beiden Leisten der Leiter. Er rannte in die Küche, um den Schnaps zu holen. Freudig trat er wieder ins Zimmer mit der Flasche und drei Gläschen.

«Haben Sie einen Keller?» fragte der Gendarm Piotrak.

«Ja», sagte Kapturak, «aber den Schnaps habe ich nicht aus dem Keller geholt. Es ist zu kalt im Keller.»

«Woher haben Sie ihn sonst geholt?» fragte Piotrak.

«Vom Dachboden», sagte Kapturak und lächelte. Es war, als hätte er einen Witz gemacht und als entschuldigte er sich zugleich dafür, daß er einen gemacht hatte.

Der rothaarige Gendarm hielt es wirklich für einen Witz und lachte. Kapturak klopfte sich auf die Schenkel und beugte sich vor. Aus Ergebenheit, nicht aus Eitelkeit, lachte er mit. Der Gendarm und der Eichmeister leerten ihre Gläser und standen auf. «Danke für die Bewirtung», sagten sie wie aus einem Munde.Sie stiegen wieder in den Schlitten, Kapturak begleitete sie. Er sah, daß sie in die Richtung Pozloty dahinglitten.

Als sie seinen Augen entschwunden waren, nahm er die Leiter aus dem Hof und stellte sie wieder in den Hausflur. Er war entschlossen, Jadlowker wegzuschicken, ihm ahnte nichts Gutes. Flink stieg er hinauf und öffnete die Falltür und trat ein. Er sah Jadlowker unruhig hin und her wandeln zwischen den Stricken, an denen die Fledermäuse hingen. «Setz dich!» sagte Kapturak, «wir müssen reden!» – Jadlowker wußte sofort, worum es sich handelte. «Ich muß also fort», sagte er, «aber wohin?» – «Wohin, das müssen wir eben überlegen!» erwiderte Kapturak. «Es scheint, daß man dich nicht mehr zu den Toten rechnen will, daher dieser unerwartete Besuch bei mir. Es tut mir leid, ich muß dich wegschicken. Du mußt selbst zugeben, daß ich dich wie ein eigenes Kind behandelt habe, obwohl ich dein Gläubiger bin. Und keinen Pfennig habe ich von dir genommen!» – «Wohin soll ich gehen?» fragte Jadlowker. Er saß jetzt frierend im Pelz auf dem Sessel. Durch die kleine runde Dachluke, die wie ein Schiffsfenster aussah, stürzte der Frost herein, ein grauer Wolf, ein wütender, ein hungriger grauer Wolf. Es war dunkel, obwohl die Sonne draußen schien. Aber durch die runde Dachluke schickte der eisblaue unerbittliche Himmel nur spärliches Licht auf den Dachboden. Es herrschte da oben eine Art frostigen blauen Halbdunkels. Beide Männer sahen fahl aus.

Wohin? Wohin? – das war die Frage. «Die anderen alle», sagte Kapturak, «habe ich befreit und habe sie laufen lassen, wohin sie wollten. Es war vielleicht ein Fehler. Ich hätte sie vielleicht zusammenhalten müssen. Aber mit dir – ich weiß nicht, was da geschehen soll. Ich glaube, es ist am besten, du gehst nach Szwaby zurück, nach Hause. Wer sollte dich dort erkennen? Euphemia wird dich nicht verraten, und Sameschkin ist ein dummer Kopf, er wird dich nicht erkennen. Bleibt noch der Eibenschütz übrig! Allerdings, der Eibenschütz!» – «Was macht man also mit ihm?» fragte Jadlowker. Er erhob sich. Er konnte unmöglich sitzen bleiben, wenn es sich um Eibenschütz handelte.

Kapturak, der die ganze Zeit stillgestanden war, begann auf und ab zu wandeln. Es sah so aus, als wollte er es sich warm machen, aber in Wirklichkeit fror er gar nicht, es war ihm geradezu heiß vor lauter Nachdenken. Lange schon hatte in ihm der Gedanke gelebt, daß es in dieser Welt besser wäre, wenn der Eichmeister Eibenschütz nicht da wäre.

«Der Eibenschütz muß weg», sagte er und blieb stehen.

«Wieso?» fragte Jadlowker.

«Zuckerhut!» sagte Kapturak . . . nichts anderes. Er blieb eine Weile stehen. Dann sagte er: «Wir fahren hinunter, heute abend. Zuckerhut!» wiederholte er. «Ich hole dich, Jadlowker!»

Bevor er den Dachboden verließ, machte Kapturak noch ein Zeichen mit beiden Händen. Es sah aus, als hielte er einen Zuckerhut in den Händen und als schlüge er ihn auf irgend jemanden nieder.

Leibusch Jadlowker nickte.

39

Am Abend fuhren sie im Schlitten hinaus, nach Szwaby, Kapturak und Jadlowker. Jadlowker hüllte sich in einen Schafspelz mit hohem Kragen, damit man ihn nicht erkenne.

Es war bereits finstere Nacht, als sie ankamen und durch das breite Tor der Grenzschänke hineinfuhren. Jadlowker pochte an die Hintertür, das hochgewölbte, rot angestrichene Tor, das zur Landstraße führte. Kapturak ging geradewegs in die Schänke.

Es gab wenig Gäste heute, es war Dienstag. Es dauerte lange, ehe Onufrij das Pochen hörte und hinausging, um das rückwärtige Tor zu öffnen.

«Ich bin es», sagte Jadlowker, «laß mich schnell hinein. Ist der Gendarm da?»

«Komm, Herr», sagte Onufrij, der gar nicht wußte, daß Leibusch Jadlowker zu den Toten gehörte. «Bist du aus dem Kriminal entkommen?»

«Ja, mach schnell!» sagte Jadlowker, und dann, als sie an die Laterne kamen: «Erkennt man mich?»

«Nur an der Stimme, Herr!» sagte Onufrij.

«Wo ist Euphemia?» fragte Jadlowker.

«Noch im Laden», flüsterte Onufrij. «Und vor dem Laden steht Sameschkin mit den Kastanien.»

«Es ist gut», sagte Jadlowker. «Geh hinein!»

Der Hund, Pavel hieß er, sah Jadlowker entgegen, mit freudig schnuppernder erhobener Schnauze und wedelndem Schwanz. «Bell nicht! Schrei nicht!» flüsterte ihm Jadlowker zu. Der Hund sprang still und schweigsam an ihm hoch und leckte ihm die Hände.

Jadlowker sah zuerst durch die Fenster, die in den Hof gingen. Die Schänke war beinahe leer. Er hatte nicht vergessen, unterwegs aus dem Schlitten zu steigen, als sie, Kapturak und er, an der gefrorenen Struminka vorbeifuhren, und einen der kantigen großen Steine auszugraben aus dem Schnee, deren es dort eine Unzahl gab. Diesen Stein band er ins Taschentuch.

Er ging vom Fenster zurück, lauerte vor dem Tor. Eine ungeheuerliche, unwiderstehliche Lust erfüllte ihn zu töten. Er dachte gar nicht mehr an den eigentlichen Zweck seines Mordens, sondern nur an das Morden selbst. Er dachte gar nicht an seine eigene Sicherheit, sondern nur an das Töten. Eine große Welle von Wollust, von Haß und Tötenwollen ging durch sein Herz. Erbarmungslos war alles in dieser Nacht und in dieser Welt. Fremd, kalt und silbern, in einem frostigen, nahezu gehässigen Silber standen heute die Sterne am Himmel. Von Zeit zu Zeit sah Jadlowker empor. Heute haßte er den Himmel und die Sterne. Und im Kerker hatte er sich so nach ihnen gesehnt!

Warum haßte er heute den Himmel, der Jadlowker? Glaubt er, daß Gott oben sitzt, hinter den Sternen? Vielleicht glaubt er es, aber er will es sich nicht zugeben. Immer wieder, immer wieder sagt eine Stimme in ihm: Gott ist da. Gott sieht dich, Gott weiß, was du vorhast. Aber eine andere Stimme in ihm antwortet: Gott ist nicht da, der Himmel ist leer, und die Sterne sind kalt und fern und grausam, und du darfst machen, was du willst.

Also wartet Jadlowker auf das bekannte Schlittengeklingel des verhaßten Eibenschütz. Das Taschentuch, in dem der Stein eingewickelt liegt, hat er mit den Zipfeln um sein Handgelenk gebunden; um das rechte Handgelenk. Er wartet. Eibenschütz wird kommen.

40

Eine halbe Stunde später kam Eibenschütz wirklich, leider in Begleitung des Gendarmen Piotrak. Jadlowker, der gedacht hatte, der Eichmeister würde allein kommen, sah bereits, daß er nichts auszurichten hatte. Vorerst verbarg er sich im Schatten der Scheune, die am Rande des Hofes gegenüber dem Tor stand, und wartete. Als er sah, daß der Eichmeister den Gendarmen vorausgehen ließ und daß er selbst den Schimmel ausspannte, erbebte sein Herz in wonniger mörderischer Hoffnung. Bald danach näherte sich auch der Eichmeister dem Stall, um den Schimmel anzubinden an den großen eisernen Ring, der an der Stalltür angebracht war.

Während Eibenschütz den Schimmel anband, stürzte Jadlowker aus dem Stall hervor. Eibenschütz wollte noch einen Schrei ausstoßen, aber er sank sofort nieder, der Schrei erstarb in der Kehle. Jadlowker schlug mit dem Taschentuch, in dem der kantige Stein eingebettet war, gegen die Stirn seines Feindes, des Eichmeisters. Eibenschütz fiel mit gewaltigem, erschreckendem Krach zu Boden. Er war ein schwerer Mann, für so schwer hätte ihn Jadlowker niemals gehalten. Der Schimmel war noch nicht genügend festgekoppelt gewesen, die Schlinge löste sich, und der Gaul begann durch den Hof zu wandern, mit schleifenden Zügeln. Jadlowker beugte sich zuerst über den Eichmeister Eibenschütz. Kalt und tot war er, keinen Atemzug gab er von sich. Dann faßte Jadlowker den Schimmel und koppelte ihn fest an den eisernen Ring der Scheunentür. Hierauf kroch er in die Scheune.

Zwei Stunden später erst kam der Wachtmeister Piotrak hinaus, um nach Eibenschütz zu sehen. Vor der Scheune fand er den Eichmeister anscheinend leblos, und der Gendarm rief den Knecht Onufrij, und sie beide schleppten den schweren Kadaver bis zum Schlitten. Onufrij holte Stricke, man schnallte den unbeweglichen Mann fest. Quer lag er über dem winzigen Schlitten. Man spannte den Schimmel an, der Gendarm nahm die Zügel. Man fuhr nach Zlotogrod, geradewegs ins Krankenhaus.

Der Wachtmeister Piotrak glaubte zwar, er führe einen Toten; den Eichmeister, den er so neben dem Stall und der Scheune getroffen hatte, hätte der Schlag plötzlich getroffen. Aber dem war nicht so. Der Eichmeister begann zwar zu sterben, aber er lebte noch. Was weiß er davon, der arme Eibenschütz, daß man ihn auf den Kopf mit einem Stein geschlagen hat? Was weiß er davon, daß er mit Stricken auf einen Schlitten gebunden ist? Er erlebt, während man ihn für einen Toten hält, etwas ganz anderes:

Er ist kein Eichmeister mehr, er ist selbst ein Händler. Lauter falsche Gewichte hat er, tausend, zehntausend falsche Gewichte. Er steht da, hinter einem Ladentisch, die falschen zehntausend Gewichte vor sich. Der Ladentisch kann sie gar nicht alle fassen. Und jeden Moment kann der Eichmeister kommen.

Auf einmal klingelt es auch – die Tür hat eine Glocke –, und herein kommt der große Eichmeister, der größte aller Eichmeister – so scheint es Eibenschütz. Der große Eichmeister sieht ein bißchen aus wie der Jude Mendel Singer und ein wenig auch wie Sameschkin. Eibenschütz sagt: «Ich kenne Sie ja!» Aber der große Eichmeister antwortet: «Es ist mir ganz gleich. Dienst ist Dienst! Wir prüfen jetzt Ihre Gewichte!»

Gut, mögen sie jetzt die Gewichte prüfen, sagt sich der Eichmeister Eibenschütz. Falsch sind sie, aber was kann ich dagegen machen? Ich bin ein Händler wie alle Händler in Zlotogrod. Ich verkaufe nach falschen Gewichten.

Hinter dem großen Eichmeister steht ein Gendarm mit Helmbusch und Bajonett, und den kennt Eibenschütz gar nicht. Er fürchtet sich aber vor ihm, das Bajonett funkelt zu sehr. Der große Eichmeister beginnt die Gewichte zu prüfen. Schließlich sagt er – und Eibenschütz ist höchst erstaunt: «Alle deine Gewichte sind falsch, und alle sind dennoch richtig. Wir werden dich also nicht anzeigen! Wir glauben, daß alle deine Gewichte richtig sind. Ich bin der Große Eichmeister.»

In diesem Augenblick erreichte der Gendarm das Spital in Zlotogrod. Man lud den Eichmeister ab, und als der wachhabende Arzt ankam, sagte er nach einem Augenblick zum Gendarmen Piotrak: «Der Mann ist tot! Was bringen Sie ihn noch her?»

41

So also starb der Eichmeister Anselm Eibenschütz, und, wie man zu sagen pflegt: Kein Hahn krähte nach ihm.

Dem Wachtmeister Piotrak gelang es, zu erforschen, daß Jadlowker den Eichmeister getötet hatte. Kapturak sprach, nachdem man ihn verhaftet hatte und nach einem strengen Verhör, von einer Ranküne Jadlowkers gegen Eibenschütz.

Durch Zufall fing man noch zwei andere sogenannte Choleratote, nämlich den Taschendieb Kaniuk und den Pferdedieb Kiewen.

Kapturak und Jadlowker saßen schon seit acht Tagen im

Zloczower Untersuchungsgefängnis, als plötzlich das große alljährliche Ereignis des Bezirkes Zlotogrod ausbrach. Es krachte nämlich das Eis über der Struminka, und der Frühling begann.

Der Maronibrater Sameschkin packte seine Sachen, die Säcke zuerst, dann den Ofen, hierauf die Reste seiner Ware, die Kastanien, in einen besonderen ledernen Sack.

Vor seiner Abfahrt sagte er noch zu Euphemia: «Es ist eine wüste Sache, diese Grenze. Willst du mit mir fort für immer?»

Euphemia aber dachte an allerhand Möglichkeiten, in der Schänke und sonst. «Auf nächstes Jahr», sagte sie. Aber Sameschkin glaubte es ihr nicht mehr. So töricht, wie er den Leuten erscheinen mochte, war er nicht. Er ahnte alles, und er beschloß bei sich, nie mehr in diese giftige Gegend zu kommen.

Es war ein großartiger Frühlingstag, an dem er wegzog. Auf seinem Karren stand der Ofen. Um seine Schultern waren die schlaffen Säcke geschnallt. Die Lerchen trillerten hoch im Himmel, und die Frösche quakten ebenso fröhlich unten in den Sümpfen. Und er ging, der gute Sameschkin, so für sich hin, so des Weges dahin. Was ging ihn eigentlich all dies an?

Nie mehr komme ich hierher, sagte er sich. Und es schien ihm, daß ihm die Lerchen und die Frösche recht gaben.

Stationschef Fallmerayer

I

Das merkwürdige Schicksal des österreichischen Stationschefs Adam Fallmerayer verdient ohne Zweifel aufgezeichnet und festgehalten zu werden. Er verlor sein Leben, das, nebenbei gesagt, niemals ein glänzendes – und vielleicht nicht einmal ein dauernd zufriedenes – geworden wäre, auf eine verblüffende Weise. Nach allem, was Menschen voneinander wissen können, wäre es unmöglich gewesen, Fallmerayer ein ungewöhnliches Geschick vorauszusagen. Dennoch erreichte es ihn, es ergriff ihn – und er selbst schien sich ihm sogar mit einer gewissen Wollust auszuliefern.

Seit 1908 war er Stationschef. Er heiratete, kurz nachdem er seinen Posten auf der Station L. an der Südbahn, kaum zwei Stunden von Wien entfernt, angetreten hatte, die brave und ein wenig beschränkte, nicht mehr ganz junge Tochter eines Kanzleirats aus Brünn. Es war eine «Liebesehe», wie man es zu jener Zeit nannte, in der die sogenannten «Vernunftehen» noch Sitte und Herkommen waren. Seine Eltern waren tot. Fallmerayer folgte, als er heiratete, immerhin einem sehr maßvollen Zuge seines maßvollen Herzens, keineswegs dem Diktat seiner Vernunft. Er zeugte zwei Kinder – Mädchen und Zwillinge. Er hatte einen Sohn erwartet. Es lag in seiner Natur begründet, einen Sohn zu erwarten und die gleichzeitige Ankunft zweier Mädchen als eine peinliche Überraschung, wenn nicht als eine Bosheit Gottes anzusehen. Da er aber materiell gesichert und pensionsberechtigt war, gewöhnte er sich, kaum waren drei Monate seit der Geburt verflossen, an die Freigebigkeit der Natur, und er begann seine Kinder zu lieben. Zu lieben: das heißt, sie mit der überlieferten bürgerlichen Gewissenhaftigkeit eines Vaters und braven Beamten zu versorgen.

An einem Märztag des Jahres 1914 saß Adam Fallmerayer

wie gewöhnlich in seinem Amtszimmer. Der Telegraphenapparat tickte unaufhörlich. Und draußen regnete es. Es war ein verfrühter Regen. Eine Woche vorher hatte man noch den Schnee von den Schienen schaufeln müssen, und die Züge waren mit erschrecklicher Verspätung angekommen und abgefahren. Eines Nachts auf einmal hatte der Regen angefangen. Der Schnee verschwand. Und gegenüber der kleinen Station, wo die unerreichbare blendende Herrlichkeit des Alpenschnees die ewige Herrschaft des Winters versprochen zu haben schien, schwebte seit einigen Tagen ein unnennbarer, ein namenloser graublauer Dunst: Wolke, Himmel, Regen und Berge in einem.

Es regnete, und die Luft war lau. Niemals hatte der Stationschef Fallmerayer einen so frühen Frühling erlebt. An seiner winzigen Station pflegten die Expreßzüge, die nach dem Süden fuhren, nach Meran, nach Triest, nach Italien, niemals zu halten. An Fallmerayer, der zweimal täglich mit leuchtend roter Kappe grüßend auf den Perron trat, rasten die Expreßzüge hemmungslos vorbei; sie degradierten beinahe den Stationschef zu einem Bahnwärter. Die Gesichter der Passagiere an den großen Fenstern verschwammen zu einem grauweißen Brei. Der Stationschef Fallmerayer hatte selten das Angesicht eines Passagiers sehen können, der nach dem Süden fuhr. Und der «Süden» war für den Stationschef mehr als lediglich eine geographische Bezeichnung. Der «Süden» war das Meer, ein Meer aus Sonne, Freiheit und Glück.

Eine Freikarte für die ganze Familie in der Ferienzeit gehörte gewißlich zu den Rechten eines höheren Beamten der Südbahn. Als die Zwillinge drei Jahre alt gewesen waren, hatte man mit ihnen eine Reise nach Bozen gemacht. Man fuhr mit dem Personenzug eine Stunde bis zu der Station, in der die hochmütigen Expreßzüge hielten, stieg ein, stieg aus – und war noch lange nicht im Süden. Vier Wochen dauerte der Urlaub. Man sah die reichen Menschen der ganzen Welt, und es war, als seien diejenigen, die man gerade sah, zufällig auch die reichsten. Einen Urlaub hatten sie nicht. Ihr ganzes Leben war ein einziger Urlaub. So weit man sah – weit und breit –, hatten die reichsten Leute der Welt auch keine Zwillinge; besonders nicht Mädchen. Und überhaupt: die reichen Leute waren es erst, die den Süden nach dem Süden brachten. Ein Beamter der Südbahn lebte ständig mitten im Norden.

Man fuhr also zurück und begann seinen Dienst von neuem. Der Morseapparat tickte unaufhörlich. Und der Regen regnete.

Fallmerayer sah von seinem Schreibtisch auf. Es war fünf Uhr nachmittags. Obwohl die Sonne noch nicht untergegangen war, dämmerte es bereits, vom Regen kam es. Auf den gläsernen Vorsprung des Perrondachs trommelte der Regen ebenso unaufhörlich, wie der Telegraphenapparat zu ticken pflegte – und es war eine gemütliche, unaufhörliche Zwiesprache der Technik mit der Natur. Die großen bläulichen Quadersteine unter dem Glasdach des Perrons waren trokken. Die Schienen aber – und zwischen den Schienenpaaren die winzigen Kieselsteine – funkelten trotz der Dunkelheit im nassen Zauber des Regens.

Obwohl der Stationschef Fallmerayer keine phantasiebegabte Natur war, schien es ihm dennoch, daß dieser Tag ein ganz besonderer Schicksalstag sei, und er begann, wie er so zum Fenster hinausblickte, wahrhaftig zu zittern. In sechsunddreißig Minuten erwartete er den Schnellzug nach Meran. In sechsunddreißig Minuten, so schien es Fallmerayer, würde die Nacht vollkommen sein – eine fürchterliche Nacht. Über seiner Kanzlei im ersten Stock tobten die Zwillinge wie gewöhnlich; er hörte ihre trippelnden, kindlichen und dennoch ein wenig brutalen Schritte. Er machte das Fenster auf. Es war nicht mehr kalt. Der Frühling kam über die Berge gezogen. Man hörte die Pfiffe rangierender Lokomotiven, wie jeden Tag, und die Rufe der Eisenbahnarbeiter und den dumpf scheppernden Anschlag der verkoppelten Waggons. Dennoch hatten heute die Lokomotiven einen besonderen Pfiff – so war es Fallmerayer. Er war ein ganz gewöhnlicher Mensch. Und nichts schien ihm sonderbarer, als daß er an diesem Tage in all den gewohnten, keineswegs überraschenden Geräuschen die unheimliche Stimme eines ungewöhnlichen Schicksals zu vernehmen glaubte. In der Tat aber ereignete sich an diesem Tage die unheimliche Katastrophe, deren Folgen das Leben Adam Fallmerayers vollständig verändern sollten.

2

Der Expreßzug hatte schon von B. aus eine geringe Verspätung angekündigt. Zwei Minuten, bevor er auf der Station L. einlaufen sollte, stieß er infolge einer falsch gestellten Weiche auf einen wartenden Lastzug. Die Katastrophe war da.

Mit eilig ergriffener und völlig zweckloser Laterne, die irgendwo auf dem Bahnsteig gestanden hatte, lief der Stationschef Fallmerayer die Schienen entlang dem Schauplatz des Unglücks entgegen. Er hatte das Bedürfnis gefühlt, irgendeinen Gegenstand zu ergreifen. Es schien ihm unmöglich, mit leeren, gewissermaßen unbewaffneten Händen dem Unheil entgegenzurennen. Er rannte zehn Minuten, ohne Mantel, die ständigen Peitschenhiebe des Regens auf Nacken und Schultern.

Als er an der Unglücksstelle ankam, hatte man die Bergung der Toten, der Verwundeten, der Eingeklemmten bereits begonnen. Es fing an, heftiger noch zu dunkeln, so als beeilte sich die Nacht selber, zum ersten Schrecken zurechtzukommen und ihn zu vergrößern. Die Feuerwehr aus dem Städtchen kam mit Fackeln, die mit Geprassel und Geknister dem Regen mühsam standhielten. Dreizehn Waggons lagen zertrümmert auf den Schienen. Den Lokomotivführer wie den Heizer – sie waren beide tot – hatte man bereits fortgeschafft. Eisenbahner und Feuerwehrmänner und Passagiere arbeiteten mit wahllos aufgelesenen Werkzeugen an den Trümmern. Die Verwundeten schrien jämmerlich, der Regen rauschte, die Fackelfeuer knisterten. Den Stationschef fröstelte im Regen. Seine Zähne klapperten. Er hatte die Empfindung, daß er etwas tun müsse wie die andern, und gleichzeitig Angst, man würde es ihm verwehren zu helfen, weil er selbst das Unheil verschuldet haben könnte. Dem und jenem unter den Eisenbahnern, die ihn erkannten und im Eifer der Arbeit flüchtig grüßten, versuchte Fallmerayer mit tonloser Stimme irgend etwas zu sagen, was ebensogut ein Befehl wie eine Bitte um Verzeihung hätte sein können. Aber niemand hörte ihn. So überflüssig in der Welt war er sich noch niemals vorgekommen. Und schon begann er zu beklagen, daß er sich nicht selbst unter den Opfern befinde, als sein ziellos umherirrender Blick auf eine Frau fiel, die man soeben auf eine Tragbahre gelegt hatte. Da lag sie nun, von den Helfern verlassen, von denen sie gerettet worden war, die großen dunklen Augen auf die Fackeln in ihrer nächsten Nähe gerichtet, mit einem silbergrauen Pelz bis zu den Hüften zugedeckt und offenbar nicht imstande, sich zu rühren. Auf ihr großes, blasses und breites Angesicht fiel der unermüdliche Regen, und das schwankende Feuer der Fackeln zuckte darüber hin. Das Angesicht selbst leuchtete, ein nasses, silbernes Angesicht im zauberhaften Wechsel von Flamme und Schatten. Die langen, weißen Hände lagen über dem Pelz, regungslos auch sie, zwei wunderbare Leichen. Es schien dem Stationsvorsteher, daß diese Frau auf der Bahre auf einer großen, weißen Insel aus Stille ruhe, mitten in einem betäubenden Meer von Lärm und Geräusch, und daß sie sogar Stille verbreite. In der Tat war es, als ob all die hurtigen und geschäftigen Menschen einen Bogen um die Bahre machen wollten, auf der die Frau ruhte. War sie schon gestorben? Brauchte man sich nicht mehr um sie zu kümmern? Der Stationschef Fallmerayer näherte sich langsam der Bahre.

Die Frau lebte noch. Unverletzt war sie geblieben. Als Fallmerayer sich zu ihr niederbeugte, sagte sie, ohne seine Frage abzuwarten – ja sogar wie in einer gewissen Angst vor seinen Fragen –, ihr fehle nichts, sie glaube, sie könne aufstehen. Sie habe höchstens lediglich den Verlust ihres Gepäcks zu beklagen. Sie könne sich bestimmt erheben. Und sie machte sofort Anstalten aufzustehn. Fallmerayer half ihr. Er nahm den Pelz mit der Linken, umfaßte die Schulter der Frau mit der Rechten, wartete, bis sie sich erhob, legte den Pelz um ihre Schultern, hierauf den Arm um den Pelz, und so gingen sie beide ohne ein Wort ein paar Schritte über Schienen und Geröll in das nahe Häuschen eines Weichenwärters, die wenigen Stufen hinauf, in die trockene, lichtvolle Wärme.

«Hier bleiben Sie ein paar Minuten ruhig sitzen», sagte Fallmerayer. «Ich habe draußen zu tun. Ich komme gleich wieder.»

Im selben Augenblick wußte er, daß er log, und er log wahrscheinlich zum erstenmal in seinem Leben. Dennoch war ihm die Lüge selbstverständlich. Und obwohl er in dieser

Stunde nichts sehnlicher gewünscht hätte, als bei der Frau zu bleiben, wäre es ihm doch fürchterlich gewesen, in ihren Augen als ein Nutzloser zu erscheinen, der nichts anderes zu tun hatte, während draußen tausend Hände halfen und retteten. Er begab sich also eilig hinaus – und fand, zu seinem eigenen Erstaunen, jetzt den Mut und die Kraft zu helfen, zu retten, hier einen Befehl zu erteilen und dort einen Rat, und obwohl er die ganze Zeit, während er half, rettete und schaffte, an die Frau im Häuschen denken mußte, und obwohl die Vorstellung, er könnte sie später nicht wiedersehn, grausam war und grauenhaft, blieb er dennoch tätig auf dem Schauplatz der Katastrophe, aus Angst, er könnte viel zu früh zurückkehren und also seine Nutzlosigkeit vor der Fremden beweisen. Und als verfolgten ihn ihre Blicke und feuerten ihn an, gewann er sehr schnell Vertrauen zu seinem Wort und zu seiner Vernunft, und er erwies sich als flinker, kluger und mutiger Helfer.

Also arbeitete er zwei Stunden etwa, ständig denkend an die wartende Fremde. Nachdem Arzt und Sanitäter den Verletzten die notwendige Hilfe geleistet hatten, machte sich Fallmerayer daran, in das Häuschen des Weichenstellers zurückzukehren. Dem Doktor, den er kannte, sagte er hastig, drüben sei noch ein Opfer der Katastrophe. Nicht ganz ohne Selbstbewußtsein betrachtete er seine zerschürften Hände und seine beschmutzte Uniform. Er führte den Arzt in die Stube des Weichenwärters und begrüßte die Fremde, die sich nicht von ihrem Platz gerührt zu haben schien, mit dem fröhlich-selbstverständlichen Lächeln, mit dem man längst Vertrauten wiederzubegegnen pflegt.

«Untersuchen Sie die Dame!» sagte er zum Arzt. Und er selbst wandte sich zur Tür.

Er wartete ein paar Minuten draußen. Der Arzt kam und sagte: «Ein kleiner Schock, nichts weiter. Am besten, sie bleibt hier. Haben Sie Platz in Ihrer Wohnung?»

«Gewiß, gewiß!» antwortete Fallmerayer. Und gemeinsam führten sie die Fremde in die Station, die Treppe hinauf, in die Wohnung des Stationschefs.

«In drei, vier Tagen ist sie völlig gesund», sagte der Arzt. In diesem Augenblick wünschte sich Fallmerayer, es möchten viel mehr Tage vergehen.

3

Der Fremden überließ Fallmerayer sein Zimmer und sein Bett. Die Frau des Stationsvorstehers handelte geschäftig zwischen der Kranken und den Kindern. Zweimal täglich kam Fallmerayer selbst. Die Zwillinge wurden zu strenger Ruhe angehalten.

Einen Tag später waren die Spuren des Unglücks beseitigt, die übliche Untersuchung eingeleitet, Fallmerayer vernommen, der schuldige Weichensteller vom Dienst entfernt. Zweimal täglich rasten die Expreßzüge, wie bisher, am grüßenden Stationschef vorbei.

Am Abend nach der Katastrophe erfuhr Fallmerayer den Namen der Fremden: Es war eine Gräfin Walewska, Russin, aus der Umgebung von Kiew, auf der Fahrt von Wien nach Meran begriffen.

Ein Teil ihres Gepäcks fand sich und wurde ihr zugestellt: braune und schwarze lederne Koffer. Sie rochen nach Juchten und unbekanntem Parfüm. So roch es nun in der ganzen Wohnung Fallmerayers.

Er schlief jetzt – da man sein Bett der Fremden gegeben hatte – nicht in seinem Schlafzimmer, neben Frau Fallmerayer, sondern unten, in seinem Dienstzimmer. Das heißt: er schlief überhaupt nicht. Er lag wach. Am Morgen gegen neun Uhr betrat er das Zimmer, in dem die fremde Frau lag. Er fragte, ob sie gut geschlafen und gefrühstückt habe, ob sie sich wohl fühle. Ging mit frischen Veilchen zu der Vase auf der Konsole, wo die alten gestern gestanden hatten, entfernte die alten Blumen, setzte die neuen in frisches Wasser und blieb dann am Fußende des Bettes stehen. Vor ihm lag die fremde Frau, auf seinem Kissen, unter seiner Decke. Er murmelte etwas Undeutliches. Mit großen, dunklen Augen, einem weißen, starken Angesicht, das weit war wie eine fremde und süße Landschaft, auf den Kissen, unter der Decke des Stationsvorstehers, lag die fremde Frau. «Setzen Sie sich doch», sagte sie, jeden Tag zweimal. Sie sprach das harte und fremde Deutsch einer Russin, eine tiefe, fremde Stimme. Alle Pracht der Weite und des Unbekannten war in ihrer Kehle.

Fallmerayer setzte sich nicht. «Entschuldigen Sie schon,

ich hab viel zu tun», sagte er, machte kehrt und entfernte sich.

Sechs Tage ging es so. Am siebenten riet der Doktor der Fremden, weiterzufahren. Ihr Mann erwartete sie in Meran. Sie fuhr also und hinterließ in allen Zimmern und besonders im Bett Fallmerayers einen unauslöschbaren Duft von Juchten und einem namenlosen Parfüm.

4

Dieser merkwürdige Duft blieb im Hause, im Gedächtnis, ja, man könnte sagen, im Herzen Fallmerayers viel länger haften als die Katastrophe. Und während der folgenden Wochen, in denen die langwierigen Untersuchungen über genauere Ursachen und detaillierteren Hergang des Unglücks ihren vorschriftsmäßigen Verlauf nahmen und Fallmerayer ein paarmal einvernommen wurde, hörte er nicht auf, an die fremde Frau zu denken, und wie betäubt von dem Geruch, den sie rings um ihn und in ihm hinterlassen hatte, gab er beinahe verworrene Auskünfte auf präzise Fragen. Wäre sein Dienst nicht verhältnismäßig einfach gewesen und er seit Jahren nicht bereits selbst zu einem fast mechanischen Bestandteil des Dienstes geworden, er hätte ihn nicht mehr guten Gewissens versehen können. Im stillen hoffte er von einer Post zur andern auf eine Nachricht der Fremden. Er zweifelte nicht daran, daß sie noch einmal schreiben würde, wie es sich schickte, um für die Gastfreundschaft zu danken. Und eines Tages traf wirklich ein großer dunkelblauer Brief aus Italien ein. Die Walewska schrieb, daß sie mit ihrem Mann weiter südwärts gefahren sei. Augenblicklich befände sie sich in Rom. Nach Sizilien wollten sie und ihr Mann fahren. Für die Zwillinge Fallmerayers kam einen Tag später ein niedlicher Korb mit Früchten und vom Mann der Gräfin Walewska für die Frau des Stationschefs ein Paket sehr zarter und duftender blasser Rosen. Es hätte lange gedauert, schrieb die Gräfin, ehe sie Zeit gefunden habe, ihren gütigen Wirten zu danken, aber sie sei auch eine längere Zeit nach ihrer Ankunft in Meran erschüttert und der Erholung bedürftig gewesen. Die Früchte und die Blumen brachte Fallmerayer sofort in seine Wohnung. Den Brief aber, obwohl er einen Tag früher angekommen war, behielt der Stationschef noch etwas länger. Sehr stark dufteten Früchte und Rosen aus dem Süden, aber Fallmerayer war es, als röche der Brief der Gräfin noch kräftiger. Es war ein kurzer Brief. Fallmerayer kannte ihn auswendig. Er wußte genau, welche Stelle jedes Wort einnahm. Mit lila Tinte, in großen fliegenden Zügen geschrieben, nahmen sich die Buchstaben aus wie eine schöne Schar fremder, seltsam gefiederter, schlanker Vögel, dahinschwebend auf tiefblauem Himmelsgrund. «Anja Walewska» lautete die Unterschrift. Auf den Vornamen der Fremden, nach dem er sie zu fragen niemals gewagt hatte, war er längst begierig gewesen, als wäre ihr Vorname einer ihrer verborgenen körperlichen Reize. Nun, da er ihn kannte, war es ihm eine Weile, als hätte sie ihm ein süßes Geheimnis geschenkt. Und aus Eifersucht, um es für sich allein zu bewahren, entschloß er sich, erst zwei Tage später den Brief seiner Frau zu zeigen. Seitdem er den Vornamen der Walewska wußte, kam es ihm zum Bewußtsein, daß der seiner Frau – sie hieß Klara – nicht schön war. Als er nun sah, mit welch gleichgültigen Händen Frau Klara den Brief der Fremden entfaltete, kamen ihm auch die fremden Hände der Schreiberin in Erinnerung – so, wie er sie zum erstenmal erblickt hatte, über dem Pelz, regungslose Hände, zwei schimmernde, silberne Hände. Damals hätte ich sie küssen sollen, dachte er einen Augenblick. «Ein sehr netter Brief», sagte seine Frau und legte den Brief weg. Ihre Augen waren stahlblau und pflichtbewußt, nicht einmal bekümmert. Frau Klara Fallmerayer besaß die Fähigkeit, sogar Sorgen als Pflichten zu werten und im Kummer eine Genugtuung zu finden. Das glaubte Fallmerayer – dem derlei Überlegungen oder Einfälle immer fremd gewesen waren – auf einmal zu erkennen. Und er schützte heute nacht eine dringende dienstliche Obliegenheit vor, mied das gemeinsame Zimmer und legte sich unten im Dienstraum schlafen und versuchte sich einzureden, oben, über ihm, in seinem Bett, schliefe noch immer die Fremde. Die Tage vergingen, die Monate. Aus Sizilien flogen noch zwei bunte Ansichtskarten heran, mit flüchtigen Grüßen. Der Sommer kam, ein heißer Sommer. Als die Zeit des Urlaubs herannahte, beschloß Fallmerayer, nirgends hinzufahren. Frau und Kinder schickte er in eine Sommerfrische nach Österreich. Er blieb und versah seinen Dienst weiter. Zum erstenmal seit seiner Verheiratung war er von seiner Frau getrennt. Im stillen hatte er sich zuviel von dieser Einsamkeit versprochen. Erst als er allein geblieben war, begann er zu merken, daß er keineswegs allein hatte sein wollen. Er kramte in allen Fächern; er suchte nach dem Brief der fremden Frau. Aber er fand ihn nicht mehr. Frau Fallmerayer hatte ihn vielleicht längst vernichtet.

Frau und Kinder kamen zurück, der Juli ging zu Ende. Da war die allgemeine Mobilisierung da.

5

Fallmerayer war Fähnrich in der Reserve im Einundzwanzigsten Jägerbataillon. Da er einen verhältnismäßig wichtigen Posten versah, wäre es ihm, wie mehreren seiner Kollegen, möglich gewesen, noch eine Weile im Hinterland zu bleiben. Allein Fallmerayer legte seine Uniform an, packte seinen Koffer, umarmte seine Kinder, küßte seine Frau und fuhr zu seinem Kader. Dem Bahnassistenten übergab er den Dienst. Frau Fallmerayer weinte, die Zwillinge jubelten, weil sie ihren Vater in einer ungewohnten Kleidung sahen. Frau Fallmerayer verfehlte nicht, stolz auf ihren Mann zu sein – aber erst in der Stunde der Abfahrt. Sie unterdrückte die Tränen. Ihre blauen Augen waren erfüllt von bitterem Pflichtbewußtsein.

Was den Stationschef selbst betraf, so empfand er erst, als er mit einigen Kameraden in einem Abteil geblieben war, die grausame Entschiedenheit dieser Stunden. Dennoch glaubte er zu fühlen, daß er sich durch eine ganz unbestimmte Heiterkeit von all den in seinem Abteil anwesenden Offizieren unterschied. Es waren Reserveoffiziere. Jeder von ihnen hatte ein geliebtes Haus verlassen. Und jeder von ihnen war in dieser Stunde begeisterter Soldat. Jeder zugleich auch ein trostloser Vater, ein trostloser Sohn. Fallmerayer allein schien es, daß ihn der Krieg aus einer aussichtslosen Lage befreit hatte. Seine Zwillinge kamen ihm gewiß bedauernswert vor. Auch seine Frau. Gewiß, auch seine Frau. Während aber die Kameraden, begannen sie von der Heimat zu sprechen, alle zärtliche Herzlichkeit, deren sie fähig sein mochten, in Mienen und Gebärden offenbarten, war es Fallmerayer, als müßte er, um es ihnen gleichzutun, sobald er von den Seinen zu erzählen begann, wenn auch keine lügnerische, so doch eine übertriebene Bangigkeit in Blick und Stimme legen. Und eigentlich hatte er eher Lust, mit den Kameraden von der Gräfin Walewska zu sprechen als von seinem Haus. Er zwang sich zu schweigen. Aber es kam ihm vor, daß er doppelt log: einmal, weil er verschwieg, was ihn im Innersten bewegte, und zweitens, weil er hie und da von seiner Frau und seinen Kindern erzählte – von denen er in dieser Stunde viel weiter entfernt war als von der Gräfin Walewska, der Frau eines feindlichen Landes. Er begann sich ein wenig zu verachten.

6

Er rückte ein. Er ging ins Feld. Er kämpfte. Er war ein tapferer Soldat. Er schrieb die üblichen herzlichen Feldpostbriefe nach Haus. Er wurde ausgezeichnet, zum Leutnant ernannt. Er wurde verwundet. Er kam ins Lazarett. Er hatte Anspruch auf Urlaub. Er verzichtete und ging wieder ins Feld. Er kämpfte im Osten. In freien Stunden, zwischen Gefecht, Inspizierung, Sturmangriff, begann er aus zufällig gefundenen Büchern Russisch zu lernen. Beinahe mit Wollust. Mitten im Gestank des Gases, im Geruch des Bluts, im Regen, im Sumpf, im Schlamm, im Schweiß der Lebendigen, im Dunst der faulenden Kadaver verfolgte Fallmerayer der fremde Duft von Juchten und das namenlose Parfüm der Frau, die einmal in seinem Bett, auf seinem Kissen, unter seiner Decke gelegen hatte. Er lernte die Muttersprache dieser Frau und stellte sich vor, er spräche mit ihr, in ihrer Sprache. Zärtlichkeiten lernte er, Verschwiegenheiten, kostbare russische Zärtlichkeiten.

Er sprach mit ihr. Durch einen ganzen großen Weltkrieg war er von ihr getrennt, und er sprach mit ihr. Mit kriegsgefangenen Russen unterhielt er sich. Mit hundertfach geschärftem Ohr vernahm er die zartesten Tönungen, und mit geläufiger Zunge sprach er sie nach. Mit jedem neuen Klang der fremden Sprache, den er lernte, kam er der fremden Frau näher. Nichts mehr wußte er von ihr, als was er zuletzt von ihr gesehn hatte: flüchtigen Gruß und flüchtige Unterschrift auf einer banalen Ansichtskarte. Aber für ihn lebte sie; auf ihn wartete sie; bald sollte er mit ihr sprechen.

Er kam, weil er Russisch konnte, als sein Bataillon an die Südfront abkommandiert wurde, zu einem der Regimenter, die eine kurze Zeit später in die sogenannte Okkupationsarmee eingereiht wurden. Fallmerayer wurde zuerst als Dolmetsch zum Divisionskommando versetzt, hierauf zur «Kundschafter- und Nachrichtenstelle». Er gelangte schließlich in die Nähe von Kiew.

7

Den Namen Solowienki hatte er wohl behalten. Mehr als behalten: vertraut und heimisch war ihm dieser Name geworden.

Ein leichtes war es, den Namen des Gutes herauszufinden, das der Familie Walewski gehörte. Solowki hieß es und lag drei Werst südlich von Kiew. Fallmerayer geriet in süße, beklemmende und schmerzliche Erregung. Er hatte das Gefühl einer unendlichen Dankbarkeit gegen das Schicksal, das ihn in den Krieg und hierhergeführt hatte, und zugleich eine namenlose Angst vor allem, was es ihm jetzt erst zu bereiten begann. Krieg, Sturmangriff, Verwundung, Todesnähe: es waren ganz blasse Ereignisse, verglichen mit jenem, das ihm nun bevorstand. Lediglich eine – wer weiß: vielleicht unzulängliche – Vorbereitung für die Begegnung mit der Frau war alles gewesen. War er wirklich für alle Fälle gerüstet? War sie überhaupt in ihrem Hause? Hatte sie nicht der Einmarsch der feindlichen Armee in gesichertere Gegenden getrieben? Und wenn sie zu Hause lebte, war ihr Mann mit ihr? Man mußte auf alle Fälle hingehn und sehn.

Fallmerayer ließ einspannen und fuhr los.

Es war ein ziemlich früher Morgen im Mai. Man fuhr im leichten zweirädrigen Wägelchen an blühenden Wiesen vorbei, auf gewundener, sandiger Landstraße, durch eine fast unbewohnte Gegend. Soldaten marschierten klappernd und

und hohen blauen Gewölbe des Himmels verborgen, trillerten die Lerchen. Dichte dunkle Flecken kleiner Tannenwäldchen wechselten ab mit dem hellen, fröhlichen Silber der Birken. Und der Morgenwind brachte aus weiter Ferne abgebrochenen Gesang der Soldaten aus entlegenen Baracken. Fallmerayer dachte an seine Kindheit, an die Natur seiner Heimat. Nicht weit von der Station, an der er bis zum Kriege Dienst getan hatte, war er geboren worden und aufgewachsen. Auch sein Vater war Bahnbeamter gewesen, niederer Bahnbeamter, Magazineur. Die ganze Kindheit Fallmerayers war, wie sein späteres Leben, erfüllt gewesen von den Geräuschen und Gerüchen der Eisenbahn wie von denen der Natur. Die Lokomotiven pfiffen und hielten Zwiesprache mit dem Jubel der Vögel. Der schwere Dunst der Steinkohle lagerte über dem Duft der blühenden Felder. Der graue Rauch der Bahnen verschwamm mit dem blauen Gewölk über den Bergen zu einem einzigen Nebel aus süßer Wehmut und Sehnsucht. Wie anders war diese Welt hier, heiter und traurig in einem, keine heimliche Güte mehr auf mildem, sanftem Abhang, spärlicher Flieder hier, keine vollen Dolden mehr, hinter sauber gestrichenen Zäunen. Niedere Hütten mit breiten, tiefen Dächern aus Stroh, wie Kapuzen, winzige Dörfer, verloren in der Weite und sogar in dieser übersichtlichen Fläche noch gleichsam verborgen. Wie verschieden waren die Länder! Waren es auch die menschlichen Herzen? Wird sie mich auch begreifen? fragte sich Fallmerayer. Wird sie mich auch begreifen? Und je näher er dem Gute der Walewskis kam, desto heftiger loderte die Frage in seinem Herzen.

Je näher er kam, desto sicherer schien es ihm auch, daß die Frau zu Hause war. Bald zweifelte er gar nicht mehr daran, daß ihn noch Minuten nur von ihr trennten. Ja, sie war zu Hause.

Gleich am Anfang der schütteren Birkenallee, die den sachten Aufstieg zum Herrenhaus ankündigte, sprang Fallmerayer aus dem Wagen. Zu Fuß legte er den Weg zurück, damit es noch ein wenig länger dauere. Ein alter Gärtner fragte nach seinen Wünschen. Er möchte die Gräfin sehen, sagte Fallmerayer. Er wolle es ausrichten, meinte der Mann, entfernte sich langsam und kam bald wieder. Ja, die Frau Gräfin war da und erwartete den Besuch.

entfernte sich langsam und kam bald wieder. Ja, die Frau Gräfin war da und erwartete den Besuch.

Die Walewska erkannte Fallmerayer selbstverständlich nicht. Sie hielt ihn für einen der vielen militärischen Besucher, die sie in der letzten Zeit hatte empfangen müssen. Sie bat ihn, sich zu setzen. Ihre Stimme, tief, dunkel, fremd, erschreckte ihn und war ihm wohlvertraut zugleich, ein heimischer Schauder, ein wohlbekannter, liebevoll begrüßter, seit undenklichen Jahren sehnsüchtig erwarteter Schrecken. «Ich heiße Fallmerayer!» sagte der Offizier. – Sie hatte natürlich den Namen vergessen. «Sie erinnern sich» – begann er wieder – «ich bin der Stationschef von L.» Sie trat näher zu ihm, faßte seine Hände, er roch ihn wieder, den Duft, der ihn undenkliche Jahre verfolgt, umgeben, geschmerzt und getröstet hatte. Ihre Hände lagen einen Augenblick auf den seinen. «Oh, erzählen Sie, erzählen Sie!» rief die Walewska. Er erzählte kurz, wie es ihm ging. «Und Ihre Frau, Ihre Kinder?» fragte die Gräfin. «Ich habe sie nicht mehr gesehen!» sagte Fallmerayer. «Ich habe nie Urlaub genommen.»

Hierauf entstand eine kleine Stille. Sie sahen sich an. In dem breiten und niederen, weiß getünchten und fast kahlen Zimmer lag die Sonne des jungen Vormittags golden und satt. Fliegen summten an den Fenstern. Fallmerayer sah still auf das breite, weiße Angesicht der Gräfin. Vielleicht verstand sie ihn. Sie erhob sich, um eine Gardine vor das mittlere der drei Fenster zu ziehen. «Zu hell?» fragte sie. «Lieber dunkel!» antwortete Fallmerayer. Sie kam an das Tischchen zurück, rührte ein Glöckchen, der alte Diener kam; sie bestellte Tee. Die Stille zwischen ihnen wich nicht, sie wuchs im Gegenteil, bis man den Tee brachte. Fallmerayer rauchte. Während sie ihm den Tee einschenkte, fragte er plötzlich: «Und wo ist Ihr Mann?»

Sie wartete, bis sie die Tasse gefüllt hatte, als müßte sie erst eine sehr vorsorgliche Antwort überlegen. «An der Front natürlich!» sagte sie dann. «Ich höre seit drei Monaten nichts mehr von ihm. Wir können ja jetzt nicht korrespondieren!» – «Sind Sie sehr in Sorge?» fragte Fallmerayer. «Gewiß», erwiderte sie, «nicht weniger als Ihre Frau um Sie wahrscheinlich.» – «Verzeihen Sie, Sie haben recht, ich war recht dumm», sagte Fallmerayer. Er blickte auf die Teetasse.

Sie hätte sich geweigert, erzählte die Gräfin weiter, das Haus zu verlassen. Andere seien geflohen. Sie fliehe nicht, vor ihren Bauern nicht und auch nicht vor dem Feind. Sie lebe hier mit vier Dienstboten, zwei Reitpferden und einem Hund. Geld und Schmuck habe sie vergraben. Sie suchte lange nach einem Wort, sie wußte nicht, wie man «vergraben» auf deutsch sagte, und zeigte auf die Erde. Fallmerayer sagte das russische Wort. «Sie können Russisch?» fragte sie. «Ja» – sagte er – «ich habe es gelernt, im Felde gelernt.» Und auf russisch fügte er hinzu: «Ihretwegen, für Sie, um einmal mit Ihnen sprechen zu können, habe ich Russisch gelernt.»

Sie bestätigte ihm, daß er vorzüglich spreche, so, als hätte er seinen inhaltsschweren Satz nur gesprochen, um seine sprachlichen Fähigkeiten zu beweisen. Auf diese Weise verwandelte sie sein Geständnis in eine bedeutungslose Stilübung. Aber gerade diese ihre Antwort bewies ihm, daß sie ihn gut verstanden habe.

Nun will ich gehen, dachte er. Er stand auch sofort auf. Und ohne ihre Einladung abzuwarten und wohl wissend, daß sie seine Unhöflichkeit richtig deuten würde, sagte er: «Ich komme in der nächsten Zeit wieder!» – Sie antwortete nicht. Er küßte ihr die Hand und ging.

8

Er ging – und zweifelte nicht mehr daran, daß sein Geschick anfing, sich zu erfüllen. Es ist ein Gesetz, sagte er sich. Es ist unmöglich, daß ein Mensch einem andern so unwiderstehlich entgegengetrieben wird und daß der andere zugeschlossen bleibt. Sie fühlt, was ich fühle. Wenn sie mich noch nicht liebt, so wird sie mich bald lieben.

Mit der gewohnten sicheren Solidität des Beamten und Offiziers erledigte Fallmerayer seine Obliegenheiten. Er beschloß, vorläufig zwei Wochen Urlaub zu nehmen, zum erstenmal, seitdem er eingerückt war. Seine Ernennung zum Oberleutnant mußte in einigen Tagen erfolgen. Diese wollte er noch abwarten.

Zwei Tage später fuhr er noch einmal nach Solowki. Man

sagte ihm, die Gräfin Walewska sei nicht zu Hause und würde vor Mittag nicht erwartet. «Nun», sagte er, «so werde ich im Garten so lange bleiben.» Und da man nicht wagte, ihn hinauszuweisen, ließ man ihn in den Garten hinter dem Hause.

Er sah zu den zwei Reihen der Fenster hinauf. Er vermutete, daß die Gräfin zu Hause war und sich verleugnen ließ. In der Tat glaubte er, bald hinter diesem, bald hinter jenem Fenster, den Schimmer eines hellen Kleides zu sehen. Er wartete geduldig und geradezu gelassen.

Als es zwölf Uhr vom nahen Kirchturm schlug, ging er wieder ins Haus. Frau Walewska war da. Sie kam gerade die Treppe herunter, in einem schwarzen, engen und hochgeschlossenen Kleid, eine dünne Schnur kleiner Perlen um den Kragen und ein silbernes Armband um die enge linke Manschette. Es schien Fallmerayer, daß sie sich seinetwegen gepanzert hatte – und es war, als ob das Feuer, das ewig in seinem Herzen für sie brannte, noch ein neues, ein besonderes kleines Feuerchen geboren habe. Neue Lichter zündete die Liebe an. Fallmerayer lächelte. «Ich habe lange warten müssen», sagte er, «aber ich habe gern gewartet, wie Sie wissen. Ich habe hinten im Garten zu den Fenstern hinaufgeschaut und habe mir eingebildet, daß ich das Glück habe, Sie zu sehn. So ist mir die Zeit vergangen.»

Ob er essen wolle, fragte die Gräfin, da es gerade Zeit sei. Gewiß, sagte er, er habe Hunger. Aber von den drei Gängen, die man dann servierte, nahm er nur die lächerlichsten Brokken.

Die Gräfin erzählte vom Ausbruch des Krieges. Wie sie in höchster Eile aus Kairo nach Hause heimgekehrt seien. Vom Garderegiment ihres Mannes. Von dessen Kameraden. Von ihrer Jugend hierauf. Von Vater und Mutter. Von der Kindheit dann. Es war, als suchte sie sehr krampfhaft nach Geschichten und als wäre sie sogar bereit, etwelche zu erfinden – alles nur, um den ohnehin schweigsamen Fallmerayer nicht sprechen zu lassen. Er strich seinen kleinen blonden Schnurrbart und schien genau zuzuhören. Er aber hörte viel stärker auf den Duft, den die Frau ausströmte, als auf die Reden, die sie führte. Seine Poren lauschten. Und, im übrigen: auch ihre Worte dufteten, ihre Sprache. Alles, was sie erzählen konnte, erriet er ohnedies. Nichts von ihr konnte ihm verborgen bleiben. Was konnte sie ihm verbergen? Ihr strenges Kleid schützte ihren Körper keineswegs vor seinem wissenden Blick. Er fühlte die Sehnsucht seiner Hände nach ihr, das Heimweh seiner Hände nach der Frau. Als sie aufstanden, sagte er, daß er noch zu bleiben gedenke. Urlaub habe er heute, einen viel längeren Urlaub nehme er in einigen Tagen, sobald er Oberleutnant geworden sei. Wohin er fahren wolle? fragte die Gräfin. «Nirgendwohin!» sagte Fallmerayer. «Bei Ihnen will ich bleiben!» Sie lud ihn ein, zu bleiben, solange er wolle – heute und später. Jetzt müsse sie ihn allein lassen und sich im Haus ein wenig umsehen. Wolle er kommen – es gäbe Zimmer genug im Hause – und so viele, daß sie es nicht nötig hätten, einander zu stören.

Er verabschiedete sich. Da sie nicht mit ihm bleiben könne, sagte er, zöge er es vor, in die Stadt zurückzukehren.

Als er in den Wagen stieg, wartete sie auf der Schwelle, im strengen schwarzen Kleid, mit ihrem weiten, hellen Anlitz darüber – und während er die Peitsche ergriff, hob sie sachte die Hand zu einem halben, gleichsam angestrengt gezügelten Gruß.

9

Ungefähr eine Woche nach diesem Besuch erhielt der neuernannte Oberleutnant Adam Fallmerayer seinen Urlaub. Allen Kameraden sagte er, er wolle nach Hause fahren. Indessen begab er sich in das Herrenhaus der Walewski, bezog ein Zimmer im Parterre, das man für ihn vorbereitet hatte, aß jeden Tag mit der Frau des Hauses, sprach mit ihr über dies und jenes, Gleichgültiges und Fernes, erzählte von der Front und gab nie acht auf den Inhalt seiner Rede, ließ sich erzählen und hörte nicht zu. In der Nacht schlief er nicht, schlief ebensowenig wie vor Jahren daheim im Stationsgebäude, während der sechs Tage, an denen die Gräfin über ihm, in seinem Zimmer, genächtigt hatte. Auch heute ahnte er sie in den Nächten über sich, über seinem Haupt, über seinem Herzen.

Eines Nachts, es war schwül, ein linder, guter Regen fiel, erhob sich Fallmerayer, kleidete sich an und trat vor das

Haus. Im geräumigen Treppenhaus brannte eine gelbe Petroleumlaterne. Still war das Haus, still war die Nacht, still war der Regen, er fiel wie auf zarten Sand, und sein eintöniges Singen war der Gesang der nächtlichen Stille selbst. Auf einmal knarrte die Treppe. Fallmerayer hörte es, obwohl er sich vor dem Tor befand. Er sah sich um. Er hatte das schwere Tor offengelassen. Und er sah die Gräfin Walewska die Treppen hinuntersteigen. Sie war vollkommen angezogen, wie bei Tag. Er verneigte sich, ohne ein Wort zu sagen. Sie kam nahe zu ihm heran. So blieben sie, stumm, ein paar Sekunden. Fallmerayer hörte sein Herz klopfen. Auch war ihm, als klopfte das Herz der Frau so laut wie das seine – und im gleichen Takt mit diesem. Schwül schien auf einmal die Luft geworden zu sein, kein Zug kam durch das offene Tor. Fallmerayer sagte: «Gehen wir durch den Regen, ich hole Ihnen den Mantel!» Und ohne eine Zustimmung abzuwarten, stürzte er in sein Zimmer, kam mit dem Mantel zurück, legte ihn der Frau um die Schultern, wie er ihr einmal den Pelz umgelegt hatte, damals, an dem unvergeßlichen Abend der Katastrophe, und hierauf den Arm um den Mantel. Und so gingen sie in die Nacht und in den Regen.

Sie gingen die Allee entlang, trotz der nassen Finsternis leuchteten silbern die dünnen, schütteren Stämme, wie von einem im Innern entzündeten Licht. Und als erweckte dieser silberne Glanz der zärtlichsten Bäume der Welt Zärtlichkeit im Herzen Fallmerayers, drückte er seinen Arm fester um die Schulter der Frau, spürte durch den harten, durchnäßten Stoff des Mantels die nachgiebige Güte des Körpers; für eine Weile schien es ihm, daß sich ihm die Frau zuneige, ja, daß sie sich an ihn schmiege, und doch war einen hurtigen Augenblick später wieder geraumer Abstand zwischen ihren Körpern. Seine Hand verließ ihre Schultern, tastete sich empor zu ihrem nassen Haar, strich über ihr nasses Ohr, berührte ihr nasses Angesicht. Und im nächsten Augenblick blieben sie beide gleichzeitig stehn, wandten sich einander zu, umfingen sich, der Mantel sank von ihren Schultern nieder und fiel taub und schwer auf die Erde – und so, mitten in Regen und Nacht, legten sie Gesicht an Gesicht, Mund an Mund und küßten sich lange.

10

Einmal sollte Oberleutnant Fallmerayer nach Shmerinka versetzt werden, aber es gelang ihm, mit vieler Anstrengung, zu bleiben. Fest entschlossen war er zu bleiben. Jeden Morgen, jeden Abend segnete er den Krieg und die Okkupation. Nichts fürchtete er mehr als einen plötzlichen Frieden. Für ihn war der Graf Walewski seit langem tot, an der Front gefallen oder von meuternden kommunistischen Soldaten umgebracht. Ewig hatte der Krieg zu währen, ewig der Dienst Fallmerayers an diesem Ort, in dieser Stellung.

Nie mehr Frieden auf Erden.

Dem Übermut war Fallmerayer eben anheimgefallen, wie es manchen Menschen geschieht, denen das Übermaß ihrer Leidenschaft die Sinne blendet, die Einsicht raubt, den Verstand betört. Allein, schien es ihm, sei er auf der Erde, er und der Gegenstand seiner Liebe. Selbstverständlich aber ging, unbekümmert um ihn, das große und verworrene Schicksal der Welt weiter. Die Revolution kam. Der Oberleutnant und Liebhaber Fallmerayer hatte sie keineswegs erwartet.

Doch schärfte, wie es in höchster Gefahr zu geschehen pflegt, der heftige Schlag der außergewöhnlichen Schicksalsstunde auch seine eingeschläferte Vernunft, und mit verdoppelter Wachsamkeit erkannte er schnell, daß es galt, das Leben der geliebten Frau, sein eigenes und vor allem ihrer beider Gemeinsamkeit zu retten. Und da ihm, mitten in der Verwirrung, welche die plötzlichen Ereignisse angerichtet hatten, dank seiner militärischen Grade und der besonderen Dienste, die er versah, immer noch einige, fürs erste genügende Hilfs- und sogar Machtmittel verblieben waren, bemühte er sich, diese schnell zu nutzen; und also gelang es ihm, innerhalb der ersten paar Tage, in denen die österreichische Armee zerfiel, die deutsche sich aus der Ukraine zurückzog, die russischen Roten ihren Einmarsch begannen und die neuerlich revoltierenden Bauern gegen die Gutshöfe ihrer bisherigen Herren mit Brand und Plünderung anrückten, zwei gut geschützte Autos der Gräfin Walewska zur Verfügung zu stellen, ein halbes Dutzend ergebener Mannschaften mit Gewehren und Munition und einem Mundvorrat für ungefähr eine Woche. Eines Abends – die Gräfin weigerte sich immer noch, ihren Hof zu verlassen – erschien Fallmerayer mit den Wagen und seinen Soldaten und zwang seine Geliebte mit heftigen Worten und beinahe mit körperlicher Gewalt, den Schmuck, den sie im Garten vergraben hatte, zu holen und sich zur Abreise fertigzumachen. Das dauerte eine ganze Nacht. Als der trübe und feuchte Herbstmorgen zu grauen begann, waren sie fertig, und die Flucht konnte beginnen. In dem geräumigeren, von Zeltleinwand überdachten Auto befanden sich die Soldaten. Ein Militärchauffeur lenkte das Personenautomobil, das dem ersten folgte und in dem die Gräfin und Fallmerayer saßen. Sie hatten beschlossen, nicht westwärts zu fahren, wie damals alle Welt tat, sondern südlich. Man konnte mit Sicherheit annehmen, daß alle Straßen des Landes, die nach dem Westen führten, von rückflutenden Truppen verstopft sein würden. Und wer weiß, was man noch an den Grenzen der neu entstandenen westlichen Staaten zu erwarten hatte! Möglich war immerhin – und wie sich später zeigte, war es sogar Tatsache –, daß man an den westlichen Grenzen des russischen Reiches neue Kriege angefangen hatte. In der Krim und im Kaukasus hatte die Gräfin Walewska außerdem reiche und mächtige Anverwandte. Hilfe war von ihnen selbst unter diesen veränderten Verhältnissen immerhin noch zu erwarten, sollte man ihrer bedürftig werden. Und was das wichtigste war: Ein kluger Instinkt sagte den beiden Liebenden, daß in einer Zeit, in der das wahrhaftige Chaos auf der ganzen Erde herrschte, das ewige Meer die einzige Freiheit bedeuten müsse. An das Meer wollten sie zuallererst gelangen. Sie versprachen den Männern, die sie bis zum Kaukasus begleiten sollten, jedem eine ansehnliche Summe in purem Gold. Und wohlgemut, wenn auch in natürlicher Aufregung, fuhren sie dahin.

Da Fallmerayer alles sehr wohl vorbereitet und auch jeden möglichen und unwahrscheinlichen Zufall im voraus berechnet hatte, gelang es ihnen, innerhalb einer sehr kurzen Frist – vier Tage waren es im ganzen – nach Tiflis zu kommen. Hier entließen sie die Begleiter, zahlten ihnen den ausgemachten Lohn und behielten lediglich den Chauffeur bis Baku. Auch nach dem Süden und nach der Krim hatten sich viele Russen aus den adligen und gutbürgerlichen Schichten geflüchtet. Man vermied, obwohl man es sich vorgenommen hatte, Verwandte zu treffen, von Bekannten gesehen zu werden. Vielmehr bemühte sich Fallmerayer, ein Schiff zu finden, das ihn und seine Geliebte unmittelbar von Baku nach dem nächsten Hafen eines weniger gefährdeten Landes bringen konnte. Dabei ließ es sich nicht vermeiden, daß man andre, mit den Walewskis mehr oder weniger bekannte Familien traf, die ebenfalls, wie Fallmerayer, nach einem rettenden Schiff Ausschau hielten – und daß die Gräfin über die Person Fallmerayers wie über ihre Beziehung zu ihm lügenhafte Auskünfte geben mußte. Schließlich sah man ein, daß man nur in Gemeinschaft mit den andern die geplante Art der Flucht bewerkstelligen konnte. Man einigte sich also mit acht andern, die Rußland auf dem Seewege verlassen wollten, fand schließlich einen zuverlässigen Kapitän eines etwas gebrechlich aussehenden Dampfers und fuhr zuerst nach Konstantinopel, von wo aus regelmäßige Schiffe nach Italien und Frankreich immer noch abgingen.

Drei Wochen später gelangte Fallmerayer mit seiner geliebten Frau nach Monte Carlo, wo die Walewskis vor dem Kriege eine kleine Villa gekauft hatten. Und nun glaubte sich Fallmerayer auf dem Höhepunkt seines Glücks und seines Lebens. Von der schönsten Frau der Welt wurde er geliebt. Mehr noch: er liebte die schönste Frau der Welt. Neben ihm war sie jetzt ständig, wie ihr starkes Abbild jahrelang in ihm gelebt hatte. In ihr lebte er jetzt selbst. In ihren Augen sah er stündlich sein eigenes Spiegelbild, wenn er ihr nahe kam – und kaum gab es eine Stunde im Tag, in der sie beide einander nicht ganz nahe waren. Diese Frau, die kurze Zeit vorher noch zu hochmütig gewesen wäre, um dem Wunsch ihres Herzens oder ihrer Sinne zu gehorchen: diese Frau war nun ohne Ziel und ohne Willen ausgeliefert der Leidenschaft Fallmerayers, eines Stationschefs der österreichischen Südbahn, sein Kind war sie, seine Geliebte, seine Welt. Wunschlos wie Fallmerayer war die Gräfin Walewska. Der Sturm der Liebe, der seit der Schicksalsnacht, in der sich die Katastrophe auf der Station L. zugetragen hatte, im Herzen Fallmerayers zu wachsen angefangen hatte, nahm die Frau mit, trug sie davon, entfernte sie tausend Meilen weit von ihrer Herkunft, von ihren Sitten, von der Wirklichkeit, in der sie gelebt hatte. In ein wildfremdes Land der Gefühle und Gedanken wurde sie entführt. Und dieses Land war ihre Heimat geworden. Was alles in der großen, ruhelosen Welt vorging, bekümmerte die beiden nicht. Das Gut, das sie mitgenommen hatte, sicherte ihnen auf mehrere Jahre hinaus ein arbeitsloses Leben. Auch machten sie sich keine Sorgen um die Zukunft. Wenn sie den Spielsaal besuchten, geschah es aus Übermut. Sie konnten es sich leisten, Geld zu verlieren – und sie verloren in der Tat, wie um dem Sprichwort gerecht zu werden, das sagt, wer Glück in der Liebe habe, verliere im Spiel.

Über jeden Verlust waren beide beglückt; als bedürften sie noch des Aberglaubens, um ihrer Liebe sicher zu sein. Aber wie alle Glücklichen waren sie geneigt, ihr Glück auf eine Probe zu stellen, um es, bewährte es sich, womöglich zu vergrößern.

II

Hatte die Gräfin Walewska auch ihren Fallmerayer ganz für sich, so war sie doch – wie es sonst nur wenige Frauen können – keineswegs imstande, längere Zeit zu lieben, ohne den Verlust des Geliebten zu fürchten (denn es ist oft die Furcht der Frauen, sie könnten den geliebten Mann verlieren, die ihre Leidenschaft steigert und ihre Liebe). So begann sie denn eines Tages, obwohl Fallmerayer keinen Anlaß dazu gegeben hatte, von ihm zu fordern, er möge sich von seiner Frau scheiden lassen und auf Kinder und Amt verzichten. Sofort schrieb Adam Fallmerayer seinem Vetter Heinrich, der ein höheres Amt im Wiener Unterrichtsministerium bekleidete, daß er seine frühere Existenz endgültig aufgegeben habe. Da er aber nach Wien nicht kommen wolle, möge, wenn dies überhaupt möglich, ein geschickter Advokat die Scheidung veranlassen.

Ein merkwürdiger Zufall – so erwiderte ein paar Tage später der Vetter Heinrich – habe es gefügt, daß Fallmerayer schon vor mehr als zwei Jahren in der Liste der Vermißten gestanden habe. Da er auch niemals habe von sich hören lassen, sei er von seiner Frau und von seinen wenigen Blutsverwandten bereits zu den Toten gezählt worden.

Längst verwaltete ein neuer Stationschef die Station L. Längst habe Frau Fallmerayer mit den Zwillingen Wohnung bei ihren Eltern in Brünn genommen. Am besten sei es, man schweige weiter, vorausgesetzt, daß Fallmerayer bei den ausländischen Vertretungen Österreichs keine Schwierigkeiten habe, was den Paß und dergleichen betreffe.

Fallmerayer dankte seinem Vetter, versprach, ihm allein fernerhin zu schreiben, bat um Verschwiegenheit und zeigte den Briefwechsel der Geliebten. Sie war beruhigt. Sie zitterte nicht mehr um Fallmerayer. Allein einmal von der rätselhaften Angst befallen, welche die Natur in die Seelen der so stark liebenden Frauen gesät hat (vielleicht, wer weiß, um den Bestand der Welt zu sichern), forderte die Gräfin Walewska von ihrem Geliebten ein Kind – und seit der Minute, in der dieser Wunsch in ihr aufgetaucht war, begann sie sich den Vorstellungen von den vorzüglichen Beschaffenheiten dieses Kindes zu ergeben; gewissermaßen sich der unerschütterlichen Hingabe an dieses Kind zu weihen. Unbedacht, leichtsinnig, beschwingt, wie sie war, erblickte sie in ihrem Geliebten, dessen maßlose Liebe ja erst ihre schöne, natürliche Unbesonnenheit geweckt hatte, dennoch das Muster der vernünftigen, maßvollen Überlegenheit. Und nichts erschien ihr wichtiger, als ein Kind in die Welt zu setzen, das ihre eigenen Vorzüge mit den unübertrefflichen ihres geliebten Mannes vereinigen sollte.

Sie wurde schwanger. Fallmerayer, wie alle verliebten Männer dem Schicksal dankbar wie der Frau, die es erfüllen half, konnte sich vor Freude nicht lassen. Keine Grenzen mehr hatte seine Zärtlichkeit. Unwiderleglich bestätigt sah er seine eigene Persönlichkeit und seine Liebe. Erfüllung wurde ihm jetzt erst. Das Leben hatte noch gar nicht begonnen. In sechs Monaten erwartete man das Kind. Erst in sechs Monaten sollte das Leben beginnen.

Indessen war Fallmerayer fünfundvierzig Jahre alt geworden.

12

Da erschien eines Tages in der Villa der Walewskis ein Fremder, ein Kaukasier, namens Kirdza-Schwili, und teilte der Gräfin mit, daß der Graf Walewski dank einem glücklichen Geschick und, wahrscheinlich, gerettet durch ein besonders geweihtes, im Kloster von Pokroschni geweihtes Bildnis des heiligen Prokop, der Unbill des Krieges wie den Bolschewiken entronnen und auf dem Wege nach Monte Carlo begriffen sei. In ungefähr vierzehn Tagen sei er zu erwarten. Er, der Bote, früherer Ataman Kirdza-Schwili, sei auf dem Wege nach Belgrad, im Auftrag der zaristischen Gegenrevolution. Seines Auftrages habe er sich nunmehr entledigt. Er wolle gehn.

Dem Fremden stellte die Gräfin Walewska Fallmerayer als den getreuen Verwalter des Hauses vor. Während der Anwesenheit des Kaukasiers schwieg Fallmerayer. Er begleitete den Gast ein Stück Weges. Als er zurückkam, fühlte er zum erstenmal in seinem Leben einen scharfen, jähen Stich in der Brust.

Seine Geliebte saß am Fenster und las.

«Du kannst ihn nicht empfangen!» sagte Fallmerayer. «Fliehen wir!»

«Ich werde ihm die ganze Wahrheit sagen», erwiderte sie. «Wir warten!»

«Du hast ein Kind von mir!» sagte Fallmerayer, «eine unmögliche Situation.»

«Du bleibst hier, bis er kommt! Ich kenne ihn! Er wird alles verstehn!» antwortete die Frau.

Sie sprachen seit dieser Stunde nicht mehr über den Grafen Walewski.

Sie warteten.

Sie warteten, bis eines Tages eine Depesche von ihm eintraf. An einem Abend kam er. Sie holten ihn beide von der Bahn ab.

Zwei Schaffner hoben ihn aus dem Waggon, und ein Gepäckträger brachte einen Rollstuhl herbei. Man setzte ihn in den Rollstuhl. Er hielt sein gelbes, knochiges, gestrecktes Angesicht seiner Frau entgegen, sie beugte sich über ihn und küßte ihn. Mit langen, blaugefrorenen, knöchernen Händen versuchte er, immer wieder umsonst, zwei braune Decken über seine Beine zu ziehen. Fallmerayer half ihm.

Fallmerayer sah das Angesicht des Grafen, ein längliches, gelbes, knöchernes Angesicht, mit scharfer Nase, hellen Augen, schmalem Mund, darüber einen herabhängenden schwarzen Schnurrbart. Man rollte den Grafen wie eines der vielen Gepäckstücke den Perron entlang. Seine Frau ging hinter dem Wagen her, Fallmerayer voran.

Man mußte ihn – Fallmerayer und der Chauffeur – ins Auto heben. Der Rollwagen wurde auf das Dach des Autos verladen.

Man mußte ihn in die Villa hineintragen. Fallmerayer hielt den Kopf und die Schultern, der Diener die Füße.

«Ich bin hungrig», sagte der Graf Walewski.

Als man den Tisch richtete, erwies es sich, daß Walewski nicht allein essen konnte. Seine Frau mußte ihn füttern. Und als, nach einem grausam schweigenden Mahl, die Stunde des Schlafs nahte, sagte der Graf: «Ich bin schläfrig. Legt mich ins Bett.»

Die Gräfin Walewska, der Diener und Fallmerayer trugen den Grafen in sein Zimmer im ersten Stock, wo man ein Bett bereitet hatte.

«Gute Nacht!» sagte Fallmerayer. Er sah noch, wie seine Geliebte die Kissen zurechtrückte und sich an den Rand des Bettes setzte.

13

Hierauf reiste Fallmerayer ab; man hat nie mehr etwas von ihm gehört.

Triumph der Schönheit

I

Ich halte viel von der Menschenkenntnis meines alten Freundes Doktor Skowronnek. Seit mehr als fünfundzwanzig Jahren ist er Arzt in einem berühmten Kurort für Frauen, wo die wundertätigen Quellen Gebärmutterleiden, Unfruchtbarkeit und Hysterie heilen sollen. Mein Freund, der Doktor Skowronnek, versichert es allenfalls. Immerhin spricht er fast mit der gleichen Überzeugung von der wunderbaren, wenn auch leichter zu erklärenden Wirkung, die eine erhebliche Anzahl junger, kräftiger und liebesdurstiger Männer auf die trostbedürftigen Patientinnen des Kurorts in jeder Saison auszuüben pflegen. Pünktlich, wie gewisse Zugvögel, treffen nämlich bei «Eröffnung der Saison» die jungen Männer in jenem Kurort ein und wetteifern mit der Heilkraft der berühmten Quellen. Mein Freund, Doktor Skowronnek, hat jedenfalls innerhalb eines Vierteljahrhunderts Gelegenheit gehabt, die körperlichen und seelischen Krankheiten der Frauen kennenzulernen. Nehmen wir an, er hätte nur dreißig Damen in der Saison zu behandeln, so hätte er, nach fünfundzwanzig Jahren, nicht weniger als siebenhundertundfünfzig Frauen gründlich kennengelernt. Ich glaube also, recht zu haben, wenn ich viel von der Weltkenntnis meines Freundes halte.

Infolgedessen pflege ich auch alle Ehemänner, die mir von Krankheiten (echten oder eingebildeten) ihrer Frauen erzählen, zu Doktor Skowronnek zu schicken. Er behandelt die Männer, die an ihren Frauen gewöhnlich mehr zu leiden haben als die Frauen an ihren Krankheiten, ebenfalls als Patienten – und dies mit Recht. Ja, ich betrachte meinen Freund, den Doktor, eher als einen Ehemänner-Arzt denn als einen Frauenarzt – obwohl er selbst nichts davon wissen will und behauptet, es schade seinem Ruf. Ich aber kenne ihn. Und ich weiß, daß er hinter einer Art beichtväterlicher Güte, mit der er die kranken Damen auf Herz und Nieren prüft, die Sorge um die den Patientinnen hörigen Herren verbirgt. Wer so viel Frauen untersucht hat, muß schließlich eine leidenschaftliche Solidarität mit den Männern empfinden.

So geschah es denn eines Tages, daß ich einem meiner Bekannten, dem Ingenieur M., den Rat gab, den Doktor Skowronnek aufzusuchen; allein zuerst, ohne die kranke Frau, von der mir der Ingenieur ein langes und breites erzählt hatte. Der Ingenieur war ein junger Mann, erst seit zwei Jahren verheiratet, ohne Kinder. Nach einem Jahr glücklicher Ehe – oder was man so nennt – hatte die Frau angefangen, über Schmerzen im Kopf, im Rücken, im Bauch, im Hals, in der Nase, in den Augen, in den Füßen zu klagen. Man soll nicht verallgemeinern, aber ich habe die Erfahrung gemacht, daß Ingenieure – und besonders Brückenbau-Ingenieure, solch einer war mein Bekannter – von der Konstitution der Frauen keine Ahnung haben. Es mag Ausnahmen geben. Der Brückenbau-Ingenieur aber, von dem ich hier erzähle, war ganz und gar von der Panik ergriffen, die jeden braven Mann erfaßt, wenn er eine Frau leiden oder auch nur weinen sieht. (Es ist die Panik des Gesunden vor dem Kranken, des Starken vor der Ohnmacht. Es gibt nichts Schlimmeres als die Mischung aus Liebe, Mitleid und Bangnis um das Geliebte und Bemitleidete. Eine gesunde Xanthippe ist besser und erträglicher als eine kränkliche Julia.)

Und also riet ich dem Ingenieur, den Doktor Skowronnek aufzusuchen.

Bei seiner Zusammenkunft mit dem Doktor war ich auch anwesend – auf des Ingenieurs ausdrücklichen Wunsch und gegen meinen eigenen. Ich befand mich ungefähr in der Lage eines Menschen, der hinter der dünnen Wand eines Hotelzimmers seinen Nachbarn peinliche private Dinge sagen hört und außerstande ist, etwas dagegen zu tun. Ich bemühte mich, an anderes zu denken. Ich ließ mir Zeitungen kommen. Allein, die berufliche Neugier des Schriftstellers siegte über private Bemühungen um private Diskretion, und ich hörte, ohne hören zu wollen, sozusagen mit einem beruflichen Ohr, alle Dinge, die im Augenblick und in diesem Zusammenhang nicht erzählt werden können.

Doktor Skowronnek verhielt sich schweigsam. Er hörte

nur zu. Schließlich entließ er den Ingenieur mit der Aufforderung, er möchte seine Frau in die Sprechstunde schicken.

Der Ingenieur verließ uns. Und da ich die Schweigsamkeit meines Freundes nicht begriff, fing ich an, selber um die Frau des Ingenieurs besorgt zu sein, und fragte:

«Sagen Sie, ist das so schlimm, was er von der Frau erzählt hat? Warum haben Sie geschwiegen?»

«Nicht schlimm und nicht gut!» erwiderte der Doktor. «Es ist nur gewöhnlich. Und wenn ich nicht vor einiger Zeit eine besondere Geschichte erlebt hätte, ich wäre auch nicht so schweigsam geblieben. Aber seitdem ich diese besondere Geschichte kenne, habe ich aufgehört, die Männer der kranken Frauen zu bemitleiden. Unheilbare sind nicht mehr zu behandeln. Wer sich selbst töten will, den kann man nicht retten. Unheilbare Selbstmörder sind die Männer ganz bestimmter kranker Frauen. Und damit sie mir glauben, will ich ihnen diese Geschichte erzählen. Schreiben Sie sie eines Tages auf.»

Und Doktor Skowronnek begann zu erzählen:

2

«Vor vielen Jahren, ich war damals noch ein unbekannter praktischer Arzt in einer mittelgroßen Stadt, kam eines Tages in meine Sprechstunde ein junger Mann. Nun, ich hatte damals nicht viele Patienten. An manchen Tagen zeigte sich überhaupt keiner. Ich saß da, wartete und las Kriminalromane. Ich hätte vielleicht medizinische Bücher lesen sollen, aber mein Respekt vor den Naturwissenschaften und den Erkenntnissen meiner berühmten Kollegen war eben immer geringer als mein Interesse für Verbrecher und Polizei. Sie begreifen, daß ein Arzt, der wenig zu tun hat, von einem seltenen Patienten geradezu fasziniert wird. Dennoch ließ ich ihn im Vorzimmer warten, wie es wohl jeder nichtbeschäftigte Arzt tut. Ich ließ den jungen Mann erst nach einigen Minuten eintreten (und Sie können mir glauben, ich litt in diesen paar Minuten mehr Ungeduld als er). Ungeduld ist, wie Sie wissen, eine gefährliche Krankheit, sie führt manchmal sogar zum Tode durch Selbstmord. Nun, ich bezwang mich. Mit um so intensiverer Freude weidete ich mich an dem Anblick des

Mannes, als er endlich eintrat. Natürlich suchte ich mechanisch ebenso nach Anzeichen einer äußerlich erkennbaren Krankheit in seiner Gestalt und in seinem Gesicht wie nach Anzeichen etwaiger Wohlhabenheit an seiner Kleidung. Ich sah sofort, es war ein beruhigender Patient. Er gehörte offenbar nicht nur den guten, sondern sogar den höheren Ständen an – und eine gefährliche Krankheit, die mich wahrscheinlich genötigt hätte, ihn einer medizinischen Kapazität abzutreten, hatte er auch nicht. Er war gesund, groß, sehnig, hübsch, von braunem Teint, er hatte ein schmales sympathisches Gesicht, helle Augen, einen edlen Nacken, eine gutgewölbte Stirn, kräftige lange Hände, er war sicher und schüchtern zugleich, also: was man gute Rasse nennt. Ich vermutete in ihm einen Ministerialbeamten von guten Eltern und mittlerer Begabung und wahrscheinlich mit einem jener Leiden behaftet, die man in der Gesellschaft ‹galante› nennt.

Ich hatte mich nicht sehr getäuscht. Es war ein junger Diplomat, unserer Botschaft in England zugeteilt, Sohn eines bekannten Munitionsfabrikanten, also reicher, als ich gedacht hätte, und seine Krankheit war tatsächlich eine ‹galante›. Er war aufs Geratewohl zu mir gekommen. Mit dem Hausarzt seiner Eltern wollte er sich nicht beraten. Er schlug also das Adreßbuch der Ärzte auf, tippte mit dem Bleistift auf einen Namen – es war der meine – und suchte mich unverzüglich auf. Ich behandelte ihn munter und sorgsam. Er gefiel mir. Ich erzählte ihm Anekdoten. Als er geheilt war, gestand er mir, daß er es fast bedauere, nicht noch eine andere harmlose Krankheit zu haben, solange sein Urlaub dauere. Ich untersuchte ihn, er war leider kerngesund. Ich fragte ihn, ob er wenigstens eine Leidenschaft habe. ‹Nein›, sagte er, ‹außer der Musik gar keine.› Musik ist, wie Sie wissen, auch meine Leidenschaft. Und kurz und gut: Die Musik machte uns erst zu Verbündeten, später zu Freunden.»

Hier ließ Doktor Skowronnek eine Pause eintreten. Dann sagte er: «Bis zu seinem Tode waren wir gute Freunde.»

«Er ist also jung gestorben? Und wohl plötzlich?»

«Jung und langsam und an der gefährlichsten und gewöhnlichsten aller Krankheiten: er starb nämlich an einer Frau, und zwar an seiner eigenen . . .

3

Unsere Freundschaft hörte nicht auf, auch nachdem er seinen Urlaub beendet hatte und wieder nach London abgereist war. Im Gegenteil: die Entfernung verstärkte unsere Freundschaft. Wir wechselten fast jede Woche Briefe. Meine Praxis war miserabel; ich wartete oft stundenlang auf einen Patienten und las meine Kriminalromane. Eines Tages schrieb er mir, ich solle für ein paar Wochen nach England kommen, als sein Gast.

Ich fuhr nach London. Ich verstand kein Wort Englisch, war also gezwungen, bei jedem Schritt die Hilfe meines Freundes in Anspruch zu nehmen. Sie erkennen einen Menschen der sogenannten guten Rasse immer daran, daß es Ihnen unmöglich ist, Dankbarkeit für seine kleinen und größeren Hilfeleistungen zu empfinden, geschweige denn, sie auszudrücken. Sie kommen niemals oder fast niemals in die Lage, einem wirklichen Herrn: Danke schön! zu sagen. Ja, er weiß es so einzurichten, daß man immer glaubt, seine kleinen Dienste und Gefälligkeiten kämen ihm selbst zugute und die eigene Hilflosigkeit wäre eigentlich sein Nutzen. So war es auch mit meinem Freunde. Niemals habe ich einen vornehmeren Gastgeber gesehen. Sein diskretes Verhalten ward mit der Zeit derart, daß es mir zeitweilig fast vorkam, er hätte eine Art Schuldbewußtsein mir gegenüber. Ja, er beschämte mich. Ich dachte daran, daß ich ihn aus törichter beruflicher Eitelkeit im Wartezimmer hatte sitzen lassen, als er zum erstenmal zu mir gekommen war, und ich gestand ihm eines Tages, daß ich ihn ohne Grund hatte warten lassen. Er verstand mich gar nicht, oder er tat so, als ob er mich nicht verstünde. ‹Wahrscheinlich›, so sagte er – ich erinnere mich genau –, ‹hatten Sie doch etwas zu tun, Sie wissen es selbst nicht mehr. Übrigens auch mir passiert es, daß ich Menschen warten lasse, obwohl ich ganz unbeschäftigt bin. Ich muß mich sammeln, bevor ich einen Fremden empfange. Das ist ganz selbstverständlich.›

Hatte ich vorher an seine mittelmäßige Begabung gedacht, so gewann ich im Laufe der Zeit die Überzeugung, daß seine geradezu unterstrichene Mittelmäßigkeit lediglich eine vornehme Bescheidenheit war, wie es oft bei Menschen guter

Rasse der Fall ist. Er hatte nicht den geringsten Ehrgeiz. Er gab mir oft Gelegenheit, Einblick in seine berufliche Tätigkeit zu nehmen. Und immer wieder sah ich, daß es sein höchstes, aber auch selbstverständliches Bemühen war, sich *nicht* vor den anderen, seinen Kollegen, hervorzutun. Er war das Gegenteil von einem ehrgeizigen Diplomaten. Er kannte wohl alle Dummheiten seiner Kollegen, aber er bemühte sich, nicht viel klüger zu erscheinen, als sie waren. Ehrgeizig ist der Plebejer. Der wirklich noble Mensch ist anonym. Es gibt eine Kraft in der angeborenen Noblesse, die größer ist als das Licht des Ruhms, der Glanz des Erfolges, die Macht des Sieges. Ehrgeiz ist, wie gesagt, eine Eigenschaft des Plebejers. Er hat keine Zeit. Er kann es nicht erwarten, zu Ehre, Macht, Ansehn, Ruhm zu gelangen. Der noble Mensch aber hat Zeit zu warten, ja, sogar zurückzustehn.

So also war mein Freund. Obwohl ich älter war als er, begann ich eine Art Ehrfurcht vor ihm zu empfinden. Ich liebte ihn und verehrte ihn.

Eine Woche vor meiner Abreise gestand er mir, daß er verliebt sei.

Nun, es ist selbstverständlich, daß sich ein junger Mann verliebt. Ich selbst, der ich damals noch nicht der ‹ausgekochte› Frauenarzt war, der ich heute bin, wie Sie wissen, hatte mich schon ein paarmal verliebt. Aber da es sich um meinen Freund handelte, erschrak ich. Denn ich fühlte, daß dieser vornehme Mensch einem tiefen Gefühl ohnmächtig ausgeliefert sein mußte und daß es in seiner Natur gelegen war, den Gegenstand, den er zu lieben glaubte, mit den edelsten Eigenschaften auszustatten, die er selbst besaß. Wenn die Liebe, wie das Sprichwort sagt, schon alle gewöhnlichen Menschen blind macht, wie erst die ausgewählten und vornehmen!

Ich erschrak also. Und ich sagte meinem Freunde, daß ich wünsche, seine Geliebte zu sehen.

‹Auch Sie werden sich verlieben›, antwortete er – mit der Naivität der Liebenden, die glauben, der Gegenstand ihrer Liebe sei unwiderstehlich.

Gut! – Wir trafen uns also, alle drei, eines Abends. Es war eine junge Dame aus der sogenannten guten Gesellschaft. Hübsch, gewiß! Eine blonde Jungfrau, mit himmelblauen Augen, starken Zähnen, einem etwas zu langen und langweiligen

Kinn und ausgesprochen guter Figur. Gewiß hatte sie Manieren – was man so nennt. Sie war eben aus guter Familie. Gewiß war sie auch in meinen Freund verliebt – warum denn nicht? So verliebt, wie es nur Mädchen aus guter Familie sein können, für die Liebe zu einem jungen Mann von Stand und Rang so etwas ist wie Sünde ohne Gefahr, Laster ohne fluchwürdige oder sträfliche Folgen. Die jungen Mädchen dieser Art sind nicht hungrig; sie sind nur genäschig. Der Hunger, den man befriedigen muß, bringt, unter Umständen, fürchterliche Strafe. Die Genäschigkeit aber, der man Genüge tut, bringt keinen Schaden, nur Lust und die Genugtuung: man wäre ein bißchen gefährdet gewesen. Es ist der Unterschied wie zwischen dem Besuch, den man etwa einer Menagerie abstattet, und dem Versuch, in den Käfig der Löwen zu steigen. Dies alles wußte mein Freund natürlich nicht. Ihm schien die Tatsache, daß eine Tochter aus bester englischer Familie ihn heimlich küßte, Beweis genug für ihre tiefe Liebe zu ihm. Ihm war's, als hätte sie tausend Meilen durch die Gefahren irgendeiner Wüste zurückgelegt, nur um ihm einen Kuß zu gewähren. Er fand sie tapfer, tollkühn, opfermutig und obendrein sehr gescheit.

Nun, sie war sehr dumm! Sie ist es noch heute. Sie hat ihn ins Grab gebracht. Sie ist alt und ziemlich häßlich geworden, aber sie ist immer noch dumm! So ungerecht die Natur auch ist in ihrer Bosheit, die Männer blind zu machen, wenn sie lieben: Sie gleicht diese Ungerechtigkeit aus, indem sie den Glanz der Frauen, der die Männer einst geblendet hat, ziemlich früh erlöschen läßt und indem sie die alten Damen zwingt, mit den Jahren die zweifelhafte Hilfe der Friseure, Masseure und Chirurgen in Anspruch zu nehmen, damit die verfallenen Brüste, Bäuche, Wangen und Schenkel wieder eine halbwegs annehmbare Form bekommen. Als eine Art von aufgebesserten Gipsfiguren sinken die einstmals schönen Frauen ins Grab. Die Männer aber, die weise genug waren, nicht an ihnen zu sterben, werden von der Natur belohnt, bekleidet mit der Würde des Silbers und der nicht minderen Würde der Gebrechlichkeit gehen sie in den Schoß Gottes ein.

4

In den besseren Kreisen folgt gewöhnlich die Heirat der Verlobung wie dem Blitz der Donner. Mein Freund heiratete, kurze Zeit nachdem ich ihn verlassen hatte, ging auf die Hochzeitsreise, passierte bei der Rückkehr unsere Stadt und besuchte mich mit seiner Frau. Sie waren beide hübsch, sie boten einen gefälligen Anblick, sie schienen füreinander geschaffen zu sein. Am Abend begleitete ich sie in ein Lokal, wo Offiziere, höhere Beamte, Adelige und ein paar Gutsbesitzer verkehrten. In einer mittleren Stadt, in sogenannten besseren Lokalen, sieht man sich nach jedem Gast um, geschweige denn nach Fremden, die man nicht kennt. Das Aufsehen aber, das mein Freund erregte, als er mit seiner Frau ankam, war kein gewöhnliches, sondern etwa mit der Überraschung zu vergleichen, die ein außerordentliches Naturphänomen bei ahnungslosen Menschen hervorzurufen pflegt. Es war wie ein Märchen. Alle Gespräche verstummten. Die Kellner hielten ein in ihren beflissenen Dienstgängen. Der Chef vergaß, sich zu verneigen. Es war ein warmer Spätsommerabend, die Fenster standen offen, und der sachte Wind bewegte die rötlichen Gardinen. Aber ich hatte den Eindruck, daß auch diese Gardinen aufgehört hatten, sich zu bewegen. Wie Götter wirkten meine Freunde. Mein Freund fühlte es und beeilte sich, in die nächste freie Loge zu kommen. Seine Frau aber schien das betroffene, ja fast betretene Schweigen der Menschen gar nicht zu merken. Sie trug ein Lorgnon, es war damals bei manchen Leuten Mode, ob sie nun schwache oder normale Augen hatten. Das Lorgnon hob sie nun an die Augen, einen Augenblick nur natürlich, für den Bruchteil einer Sekunde. Sie ließ es sofort wieder fallen. Aber mein Freund hatte es bemerkt, und es muß ihn getroffen haben, ebenso wie mich. Denn er berührte unwillkürlich den Arm seiner Frau – es war eine zärtliche und sanfte Mahnung.

Als wir in der Loge saßen, hob die Frau meines Feundes noch ein paarmal das Lorgnon an die Augen. Ich bin überzeugt, daß sie nicht das geringste Interesse an all dem hatte, was im Saal vorging. Wahrscheinlich betrachtete sie den Kronleuchter durch das Glas. Aber meinen Freund und mich reizte diese Art, das Glas an die Augen zu führen. Es ist eine hochmütige Bewegung, ein Lorgnon ist ein ziemlich hochmütiger Gegenstand, und die bescheidenste Frau, die sich seiner bedient, kann unter Umständen sehr arrogant erscheinen. Ich habe wirklich vornehme und in der Tat kurzsichtige Damen gekannt, die eine ganz besondere, nahezu verschämte Art hatten, das Lorgnon zu gebrauchen, so etwa wie es ihre ganz besondere Art war, die Röcke zu heben. Nun, es fehlte der Frau meines Freundes gewiß nicht an guten Manieren! Aber es fehlte ihr die wirkliche Noblesse. Diese besteht nicht sosehr darin, was man tut, als darin, was man unterläßt. Sie besteht aber in der Hauptsache darin, daß man fühlt, was den andern schockieren könnte; daß man es rechtzeitig fühlt, noch ehe etwas geschehen ist.

Die Frau meines Freundes tat das Gegenteil. Als wäre sie eine durchaus kleine Bürgerin aus London, mokierte sie sich über die mittelmäßige Eleganz unserer Stadt, über die lässige Haltung der Offiziere, über die eilfertige Dienstbarkeit des Personals, über die unmodischen Hüte der Damen. Mein Freund lächelte, verliebt und bekümmert und beschämt zu gleicher Zeit. Hie und da versuchte er, uns in Schutz zu nehmen. Einmal, ich erinnere mich, wurde er sogar deutlich und sagte etwa: ‹Aber Gwendolin! Du hast eine kleine scharfe Zunge. Schwätzt sie so weiter, mußt du sie dem Doktor zeigen! Nicht wahr, Doktor?› Und weil er fühlte, daß sein Scherz keineswegs sehr gelungen war, fuhr er ernsthaft fort: ‹Der Aufenthalt hier behagt meiner Frau nicht. Wir werden morgen abend aufbrechen.›

Um meinen Freund nicht merken zu lassen, daß ich die Mittelmäßigkeit seines Scherzes erkannt hatte, versuchte ich, sozusagen seinen Intentionen zu folgen und sagte: ‹Zeigen Sie schnell die Zunge dem Onkel Doktor!› – Sie streckte mir sofort ihr schmales, beinahe karmesinrotes Zünglein entgegen, und, Sie können mir glauben, es ist mein Beruf, ich habe leider vieltausendmal Frauenzungen anschaun müssen: hier, beim Anblick dieses Züngleins, hatte ich den vielleicht allzu primitiven, aber sehr überzeugenden Eindruck: eine Schlange.

Am nächsten Vormittag kam mein Freund zu mir. ‹Wir fahren heute abend›, sagte er. ‹Ich will mich verabschieden.› – ‹Werde ich Ihre schöne Frau nicht wiedersehn?› – ‹Bitte, kommen Sie zur Bahn, am Abend. Ich bin hierhergekommen, damit wir sozusagen einen Separatabschied nehmen.›

Ich sah, daß er nicht sehr glücklich war. Ich schlug ihm einen Spaziergang vor. Ich weiß, daß man verschwiegene Dinge leichter im Gehen sagt als im Sitzen. Man sagt's eben nicht Aug in Aug. Der Sprechende wie der Zuhörer, sie blikken beide zu Boden. Eine laute Straße befreit manchmal die menschliche Brust genauso wie Alkohol oder auch, wenn Sie wollen, wie jener stille Kirchenwinkel, in dem gewöhnlich der Beichtstuhl wartet. Wir gingen also spazieren. Und da erzählte er mir, daß es schon während der Hochzeitsreise ein paar Unstimmigkeiten zwischen Gwendolin und ihm gegeben hätte. Es begann bei der Musik. Sie liebte Wagner. Er beschimpfte ihn. Nichts konnte einen Musiker seiner Art – und auch meiner Art – so sehr reizen wie ein Wohlgefallen an Wagner. Gewiß, die Liebhaber Wagners sind ebenfalls musikalische Menschen. Aber die musikalischen Menschen könnte man in zwei feindliche Gruppen teilen: in Mozart-Liebhaber und Wagner-Anhänger. Merken Sie, daß ich nicht einmal: Wagner-Liebhaber mehr sagen kann? Ich sage: ‹Anhänger›. Menschen mit Ohren für Posaunen und Kesselpauken – und Menschen mit Ohren für Cello, Geige und Flöte. Eher werden sich zwei Taubstumme verständigen als zwei musikalische Menschen, von denen einer Mozart liebt und der andere Wagner. Beides zusammen kann man meiner Meinung nach nicht. Ich glaube, es sind im Grunde taube Menschen, die beides lieben; oder, wenn sie hören, sind's Kapellmeister.

Nun, ich brauche Ihnen nichts mehr zu sagen: Sie vertrugen sich wie Mozart und Wagner.

Ich wußte sofort, daß diese Ehe zerbrochen war. Aber ich sagte: ‹Spielen Sie zu Hause Mozart, lieben Sie viel, schlafen Sie mit Ihrer Frau, ein Kind sollte sie bald bekommen. Schwangerschaft ändert manchmal den musikalischen Geschmack. Fahren Sie mit Gott.›

Wir umarmten uns, jetzt schon. Ich begriff, daß er mich vor seiner Frau am Bahnhof niemals hätte umarmen können.

Ich kam zum Zug. Gwendolin gab mir die Hand zum Kuß und stieg rasch ein, ein Lächeln für zehn Kreuzer um den holden Mund. (Die Damen lächeln merkwürdigerweise genauso wie die armen Straßenmädchen, das heißt, wenn sie konventionellen Abschied nehmen; so lächeln die Mädchen, wenn sie eine Bekanntschaft machen.)

Mein Freund wäre gerne noch zu mir auf den Perron heruntergestiegen. Aber er fürchtete sich, es war, als hielte ihn seine Frau hinten am Rock fest. Er beugte sich nur zum Fenster heraus, gab mir noch einmal die Hand – und ich ging, lange noch vor der Abfahrt des Zuges.

5

Ich kenne nicht die internationalen Gesetze oder Sitten der Diplomatie. Ich glaube aber, daß es nicht üblich ist, daß ein Diplomat eine Frau aus dem Lande heiratet, in dem er als der Vertreter seines eigenen fungiert. Ausnahmen gibt es, ich habe schon von einigen gehört. Mein Freund gehörte allerdings nicht zu diesen. Unser damaliger Botschafter dürfte ein strenger Formalist gewesen sein. Mein Freund mußte, weil er eine Engländerin geheiratet hatte, London verlassen. Sein neuer Posten war kein anderer als Belgrad.

Ich habe nicht erwähnt, daß die Frau meines Freundes die einzige Tochter ihrer Eltern war. Sie wissen: Engländer reisen zwar viel in der Welt herum, sie kennen sogar die verschiedenen Länder besser als andere Westeuropäer; aber sie schicken ihre Töchter nicht gerne in unwirtliche Gegenden. Einen kürzeren oder längeren Besuch verdient jedes Land; auch das unwirtlichste. Aber seinen ständigen Wohnsitz behält man in England, zumindest in einer der besseren englischen Kolonien. Wahrscheinlich hätten die Schwiegereltern meines Freundes nichts dagegen gehabt, wenn er zum Beispiel nach Indien gegangen wäre. Serbien aber flößte ihnen einen wahren Horror ein. Auch Frau Gwendolin hatte unsagbare Angst vor Belgrad und weigerte sich hinzufahren, indes mein Freund darauf bestand, daß die Frau ihn begleite. Von den bibelkundigen gläubigen Protestanten, die seine Schwiegereltern waren, führte er das bekannte Wort an, daß die Frau dem Manne überallhin zu folgen habe. Vergebens. Es kam zum ersten ernstlichen Konflikt. Mein Freund fuhr nach Wien. Im Ministerium des Äußeren versuchte er alles Unmögliche, um seine Versetzung nach Paris oder wenigstens nach Madrid zu erreichen. Vergebens. Es gab andere, es gab, wie Sie wissen, im alten Österreich viele Protektionskinder. Paris, Madrid, Lissabon waren besetzt. Man brauchte übrigens tatsächlich einen tüchtigen Legationsrat in Belgrad. Man konnte sich dort auszeichnen.

Der Sektionschef Baron S. im Ministerium wußte die Qualitäten meines Freundes zu schätzen, war auch ein wenig um dessen Karriere besorgt. Kurz, es war unmöglich. Man mußte nach Belgrad.

Zufällig – oder besser: nicht zufällig, denn ich glaube nicht an Zufälle – sollte ich im April jenes Jahres zum erstenmal meine Stellung als Kurarzt antreten. Ich gab meine Praxis auf, wir hielten im Februar. Unter zwanzig praktischen Ärzten, wahrscheinlich lauter armen Teufeln, wie ich selbst, hatte die Kurverwaltung gerade mich ausgesucht. Ich wußte dieses Glück zu schätzen. Ich gab davon aller Welt sofort Kunde und natürlich auch meinem Freund in London. Er schrieb mir, es träfe sich herrlich. Da er ungefähr im März nach Belgrad müsse, könnte seine Frau bis zum April in London bleiben, dann zu mir kommen, die ganze Saison in meiner Obhut bleiben und erst im August nach Belgrad fahren. Sein Glück sei mein Posten, nicht das meinige.

Der Arme! Er hatte keine Ahnung davon, wie Frauenbäder auf gewisse jüngere Frauen wirken!

Er sollte es erst später erfahren.

6

Die Frau war mit dem Plan einverstanden. Im März sollte mein Freund nach Belgrad fahren, im April seine Frau zu mir in den Kurort kommen. Von mir behandelt und durch die wundertätigen Quellen unseres Bades gestärkt, vielleicht gar in ihrem Sinne gewandelt, würde sie dann – so hoffte mein Freund – ohne Heimweh und Kummer ihrem Manne nach Belgrad folgen können.

Nun, sehen Sie: es gibt wenige Frauen, mit denen man etwas Festes abmachen kann. Nicht daß sie nicht Wort hielten oder mit Absicht täuschen wollten; nein! ihre Konstitution verträgt keine feste Abmachung. Wenn sie entschlossen sind, ein Übereinkommen einzuhalten, wehrt sich, ohne daß sie es selbst wollten, ihr Körper. Sie werden einfach krank.

Zu den wenigen Frauen, mit denen man etwas Festes abmachen kann, gehörte nun die Frau meines Freundes keineswegs. Sie gehörte vielmehr zu jenen, die krank werden, das heißt: zu jenen, deren Körper sich gegen ihre redlichen Vorsätze wehrt – und sie erkrankte tatsächlich, genau einen Tag vor der Abreise meines Freundes nach Belgrad. Nicht sie selbst, begreifen Sie mich recht!, ihre Konstitution wollte sich nicht in das Unvermeidliche fügen. – Was ihr eigentlich fehlte? Gott allein kann es wissen. Er, der die Eva erschuf. Ein Frauenarzt weiß sehr selten, was einer Frau fehlt.

Es begann mit dem Magen und der ihm benachbarten Gebärmutter. Die hastigen Ärzte in London einigten sich, wie gewöhnlich in solchen Fällen, auf eine Blinddarmentzündung. Mein Freund erbat und erhielt einen Aufschub von zwei Tagen. Man operierte die Frau. Der Blinddarm war, wie jeder zweite Blinddarm, den man herausnimmt, natürlich vereitert. (Der Ihrige, der meinige, sie sind auch vereitert.) Die Ärzte und mein Freund bildeten sich ein, die Frau sei aus großer Lebensgefahr errettet. Beglückt, wie jeder Liebende, über die Rettung des geliebten Wesens, fuhr mein Freund auf seinen Posten nach Belgrad.

Es blieb dennoch bei der Abmachung. Etwa Mitte April kam Frau Gwendolin zu mir, in meinen Kurort. Natürlich holte ich sie bei der Bahn ab. Sie sah aus wie eine Göttin, eine Göttin ohne Blinddarm, eine Göttin in Rekonvaleszenz. Sie litt und triumphierte zugleich und bezog aus ihrer Rekonvaleszenz allerhand Kräfte für ihren Triumph. Selbstverständlich hatte ich etwa eine halbe Stunde zu tun, bevor alle Koffer abgeholt und verstaut waren. Es waren etwa zwölf Stück. Kleider und Wäsche genug, um zwanzig Frauen für zwei bis drei Jahre auszustatten.

Ich brachte Frau Gwendolin im Hotel Imperial unter und bat sie, morgen in meine Sprechstunde zu kommen.

Sie kam, ich untersuchte sie. Ich erinnere mich genau an diese Untersuchung, nicht nur weil Gwendolin die Frau meines Freundes, sondern auch weil sie eine meiner ersten Patientinnen war. Der Blinddarm war weg. Man sah den Schnitt, aber die Frau behauptete, man hätte ‹etwas drin vergessen›.

Sie hatte Hunger, Übelkeiten, Herzweh, Herzklopfen, Magenschmerzen, Krämpfe und immer wieder Hunger. Schwangerschaftserscheinungen, wie Sie wissen. Aber nein, sie war nicht schwanger! Es ist so ziemlich das einzige, was ein Frauenarzt feststellen kann, mit einiger Sicherheit. Sie war nicht schwanger! Nach einiger Überlegung kam ich auf die banalste aller Krankheiten. Diese schöne, elegante Dame – nichts Menschliches ist einem Menschen fremd – hatte leider einen Bandwurm.

Aber wie sollte ich ihr das mitteilen, ohne sie zu kränken? Ich begann zuerst von Parasiten zu sprechen, von harmlosen, dann von gefährlichen, und schilderte den Bandwurm als einen der gefährlichsten Feinde der weiblichen Schönheit. Als ich sie endlich so weit hatte, daß sie selbst ihren Wurm für äußerst interessant halten mußte, begann ich mit Vorschriften, Diät und Rezepten. Und noch niemals, seitdem Bandwürmer bestehen, ward einer so ernst genommen. Er war für Frau Gwendolin eine besondere Persönlichkeit. Alle ihre Gelüste und Schwächen schob sie seinem Einfluß zu. So kam sie zum Beispiel zu mir am Morgen und sagte: ‹Denken Sie, heute nacht hat er mich geweckt, er wollte absolut Champagner!› – Er, das war der Bandwurm natürlich. Oder ein anderes Mal: ‹Ich wollte zu Hause bleiben, wie Sie es mir geraten haben, Doktor, aber er wollte nicht, er machte mir Übelkeiten, ich mußte ausgehn und tanzen.› Und so fort. Sie schätzte ihren Wurm weit höher als ihren Mann. Er war ihr Verführer, ihr Ablaßgeber, ihr Held. Er gab ihr alles, was eine Frau ihresgleichen brauchte: Leiden, Schwäche, Lust, Gelüste. Er ließ sie tanzen, trinken, essen, alles Verbotene entschuldigte dieser Wurm. Er nahm sozusagen alle ihre Sünden auf sein Gewissen. Eine Woche später sogar eine wirkliche Sünde.

Geben Sie zu, daß ich der einzige Arzt der Welt sein dürfte, der einen solchen, geradezu schlangenartigen Bandwurm behandelt hat?

7

Etwa eine Woche später schrieb mir mein Freund aus Belgrad, ich möchte ja nicht den Geburtstag seiner Frau vergessen. Er fand statt am ersten Mai, ein Datum, das man leicht behält.

Am frühen Nachmittag, bevor meine Sprechstunde begann, ging ich mit einen gewaltigem Strauß roter Rosen ins Hotel Imperial zu meiner Schutzbefohlenen. Eigentlich hatte ich die Blumen unten, beim Portier, zurücklassen wollen. Ich weiß nicht, ob es Ihnen auch so geht, manchen Männern geht es jedenfalls ähnlich wie mir: Ich komme mir sehr lächerlich vor, mit Blumen in der Hand. Ein Mann, der etwas auf sich hält, sollte keine Blumen tragen. Aber es war die Frau meines Freundes, meine Schutzbefohlene, meine Patientin und ein ‹Geburtstagskind›. Ich entschloß mich also, den Rosenstrauß unter den Arm zu nehmen und in den Lift zu steigen. Ich ließ mich im ersten Stock anmelden. Ich sah, wie der livrierte Kellner an die Tür der Frau Gwendolin klopfte, einmal, zweimal, dreimal. Keine Antwort. ‹Die Dame schläft vielleicht, oder sie badet›, sagte ich. – ‹Nein›, erwiderte der Etagenkellner, ‹ich habe ihr soeben Champagner gebracht, mit zwei Gläsern.› – ‹Hat sie Besuch?› – ‹Gewiß›, sagte der Kellner, ‹der Herr Doktor von Nummer zweiunddreißig.› – ‹Wer ist das?› – ‹Das ist der junge Rechtsanwalt aus Budapest, Herr Doktor Jenö Lakatos.›

Nun, ich wußte genug. Zwar war es meine erste Saison in diesem Badeort. Aber ich war ja kein ‹heuriger Has›, wie man bei uns sagt; und ich wußte, was die jungen Advokaten aus Budapest in Frauenbädern zu suchen hatten. Im allgemeinen, im Prinzip sozusagen, hatte ich ja nichts dagegen. Hier aber handelte es sich um die Frau meines Freundes, für die ich ihm einigermaßen verantwortlich war. Ja, ich selbst fühlte mich schon betrogen, an seiner Statt. Ich bin Junggeselle geblieben. Aber ich habe die Erfahrung gemacht, daß wir gar nicht selbst zu heiraten brauchen, wenn wir verheiratete Freunde haben. Es ist, als heiratete man gewissermaßen die Frauen aller seiner guten Freunde mit, ließe sich mit den Freunden von den Frauen scheiden und würde mit den Freunden von den Frauen betrogen – wenn man nicht zufällig selbst der Betrüger seines Freundes ist.

Ich stand also ratlos da, in dem noblen, blendend weiß getünchten Korridor des Hotels, auf einem dunkelroten Läufer, und blickte ratlos auf den blaubefrackten Zimmerkellner, den Blumenstrauß unter dem Arm, sehr lächerlich, nicht wahr?! Mir war, als fühlte ich an meiner Hüfte die schönen Rosen welken, Rosenleichen hielt ich schon. Ich beschloß, wieder hinunterzugehen. Da öffnete sich auf einmal die Tür. Heraus kam, aber mit dem Rücken zuerst, der Lakatos von Nummer 32. Ich sah ihn also zuerst von hinten. Aber es genügte vollkommen. Ein kleines rundes Köpfchen mit glänzenden, schwarzen, geölten Haaren: als ob die Natur selbst Perücken herstellte. Ein großer quadratischer Rumpf, eine Art bekleideter Kommode. Darunter der Körperteil, den man nicht nennt, mindestens sechmal umfangreicher als der Kopf, hellgraue Hose, knallgelbe Schuhe. Dies war Lakatos. Er warf durch die halboffene Tür Kußhändchen ins Zimmer, kicherte, verneigte sich, schloß endlich die Tür, wandte sich um – und sah sich dem Kellner und mir gegenüber. Sein Angesicht, das lediglich aus schwarzen Knopfäugelchen, einem Näschen und einem pechschwarzen Schnurrbärtchen bestand, war wie aus Wachs, gerötetem Wachs. Er hatte keine Hautfarbe, sondern eine Art Schminke. Im übrigen: er wurde gar nicht verlegen. Er lächelte uns zu. Er steckte die Hände in die Hosentaschen und ging zu seinem Zimmer, zur Nummer 32. Wie gerne hätte ich ihm mit meinem mächtigen Rosenstrauß ins Gesicht geschlagen. Ich hätte so gewußt, warum ich eigentlich zum ersten und einzigen Male in meinem Leben Blumen schleppe. Aber ich mußte zur Frau Gwendolin und ihr zum Geburtstag gratulieren.

In einem Anfall törichter Ratlosigkeit sagte ich zum Kellner: ‹Die gnädige Frau ist sehr krank! Sie hat nämlich einen Bandwurm.›

‹Jawohl, Herr Doktor›, sagte der Schlingel, ‹er ist soeben weggegangen.›»

8

Doktor Skowronnek machte eine Pause, sah auf die Uhr, bestellte einen Kognak und sagte: «Ich sehe eben, daß ich Sie schon lange aufhalte. Gedulden Sie sich bitte, meine eigentliche Geschichte kommt erst.»

Er trank den Kognak und fuhr fort:

«Die Begebenheiten, von denen ich zuletzt gesprochen habe, fallen in das Jahr 1910. Sie erinnern sich an jene Zeit, es gab Stürme auf dem Balkan, mein Freund in Belgrad hatte keinen leichten Posten. Seine Briefe wurden immer seltener, zwei-, dreimal im Jahr besuchte er seine Eltern, ich sah ihn nur außerhalb meiner Saison, das heißt, wenn er zufällig im Winter kam – denn ich wohnte immer noch in jener mittelgroßen Stadt, in der ich meine Praxis angefangen hatte, und zog nur im Frühling in meinen Kurort.

Die Besuche meines Freundes waren so kurz, daß wir kaum Zeit fanden, ein Konzert zu besuchen, geschweige denn, gemeinsam zu musizieren. Die seltenen Abende, an denen wir uns trafen, wollten wir mit Gesprächen verbringen. Aber es kam im Laufe dieser Jahre zwischen uns zu keinem richtigen Gespräch mehr. Die Musik hatte uns zu Freunden gemacht. Ohne Musik – so empfand ich es damals deutlich – erstarrte das von Natur diskrete Herz meines Freundes. Wir saßen hart nebeneinander, aber wie getrennt durch eine Wand aus Eis. Unsere Blicke mieden sich gegenseitig. Trafen sie sich manchmal für eine Sekunde, so war's eine fast körperliche, zärtliche, aber flüchtige Berührung. Wenn du nur alles wüßtest – schienen seine Augen zu sagen. Und meine Augen fragten: Also, was ist denn geschehen? Es war nichts zu machen. Die Musik fehlte uns. Sie allein war das fruchtbare Feuer unserer Freundschaft gewesen. Mein Freund schämte sich – das wußte ich. Einen vornehmen Menschen hindert nichts so sehr am Sprechen und Erzählen wie die Scham. Wenn ein vornehmer Mensch sich schämt, schweigt er, verschweigt er sogar Wichtiges – und die Scham kann ihn sogar bis zur vulgärsten aller menschlichen Schwächen führen: nämlich bis zur Lüge. Ja, ich hatte ein paarmal die Empfindung, daß mein Freund lüge. Aber Sie kennen mich. Ich bin kein Moralist. Das will heißen: Ich beurteile die Menschen nicht nach ihren Handlungen und Reden, sondern nach den Gründen ihrer Handlungen und Reden. Und ich tat also, als nähme ich seine Lügen für pure Wahrheiten. Er aber fühlte, daß ich genauso log wie er selbst. Es waren peinliche Gespräche.

Sein Gesicht war verändert. Er hatte, trotz seiner Jugend, leicht angegraute Schläfen, statt einer gesunden gebräunten Hautfarbe eine bleiche und gelbliche. Über dem ursprünglichen Glanz seiner schönen hellen Augen lag ein grauer Schleier, der graue Schleier der Lüge eben. Nach jedem neuen Besuch, den er mir im Laufe dieser Jahre abstattete, fand ich, daß seine Schultern schmaler und abfallend geworden waren, sein Rücken runder, seine Arme schlaffer. Immer fragte ich ihn nach seiner Frau. Dann begann er von ihr zu erzählen; so viel zu erzählen, daß ich mit Recht glauben konnte, er verschwiege noch viel mehr, als er erzählte. Es war, als ob ein Mensch mit sehr vielen Kleidern, mit viel zuviel Kleidern und Mänteln Blößen zudecken wollte. Frau Gwendolin war – wollte ich meinem Freund glauben – brav, heiter, treu, ernst und ausgelassen zugleich, ein Sprühteufel und eine gütige Fee, eine Hausfrau und eine flotte Tänzerin, verführerisch und außerordentlich bescheiden, eine Dame und ein süßes Mädchen, kurz: eine Gattin, wie sie ein Diplomat brauchen konnte.

‹Und was macht der Bandwurm?› fragte ich hie und da, in Erinnerung an die freche Antwort des Zimmerkellners aus dem Hotel Imperial.

‹Meine Frau ist ganz gesund›, sagte mein Freund.

Ich zweifelte nicht daran. An ihrer Gesundheit hätte ich am wenigsten und zuallerletzt gezweifelt.

9

Dann kam der Krieg.

Mein Freund (er war Oberleutnant der Reserve bei den Neuner Dragonern) rückte am ersten Tage der Mobilisierung ein. Sein Regiment stand an der russischen Grenze. Frau Gwendolin kam in unsere Stadt, zu den Eltern meines Freundes, mit einem Empfehlungsbrief an mich ausgerüstet. In diesem Brief wünschte mein Freund, ich möchte in der Saison seine Frau mit mir nehmen und – so hieß es wörtlich – ‹auf sie achtgeben›.

Man rechnete damals, wie Sie wissen, mit einem Feldzug von einigen Monaten. Ich selbst ahnte, daß es Jahre dauern würde. Auch wußte ich, daß es mir nicht möglich sein werde, auf die Frau ‹achtzugeben›. Aber ich tat, wie mir geheißen ward. In der Saison nahm ich die Frau mit mir, in den Kurort.

Nun, ich bekam leider sofort, das heißt: kurz nachdem die Saison begonnen hatte, den Befehl, als Landsturmarzt einzurücken. Und ich überließ Frau Gwendolin der Obhut eines meiner Kollegen, der durch einen körperlichen Fehler – er hatte einen Buckel – vom Militärdienst befreit war.

Erst zwei Jahre später – ich hatte in einem Typhusspital gearbeitet und war selbst erkrankt – durfte ich ins Hinterland zurück. Am Vormittag war ich Landsturmarzt in Uniform und untersuchte kranke Soldaten. Am Nachmittag behandelte ich die weniger kranken Frauen, deren Männer meist im Felde standen und die ich mit ruhigem Gewissen eigentlich der weniger dezenten Behandlung durch meine rekonvaleszenten Soldaten hätte überlassen dürfen. Es war damals eine günstige Zeit für die Damen. Ein Lakatos von der Art, wie ich ihn einst aus dem Zimmer der Frau meines Freundes hatte kommen sehn, war ein Waisenknabe gegen die robusten Bauern aus Bosnien, Herzegowina, Kroatien, Slowenien. Niemals hatten die wunderbaren Quellen unseres Frauenbads so herrliche Heilerfolge gehabt wie in der Zeit des Krieges, in der in unserem Kursalon die braven Krieger ihre Heilung abwarteten. Frau Gwendolin war natürlich da . . . Sie schien ihr Vaterland, das feindliche England, ihre Abstammung vergessen zu haben. Die äußerst bunte Männlichkeit der österreichisch-ungarischen Armee hatte wahrscheinlich jedes Gefühl für England in ihrem schönen Busen ausgelöscht. Sie war eine österreichische Patriotin geworden, kein Wunder! – Liebe allein bestimmt die Haltung der Frauen.

Als der Krieg zu Ende war, kam mein Freund zurück, immer noch verliebt, und wie jeder verliebte Mann überzeugt, daß ihm seine Frau die Treue gehalten habe. Nun, ich brauche Ihnen nicht zu sagen, daß Frau Gwendolin ziemlich erbittert war über das Ende des Krieges, vielleicht auch über die Rückkehr ihres Mannes. Sie fiel ihrem Mann um den Hals, mit der Gewandtheit, die sie im Lauf der Kriegsjahre angenommen hatte und die mein Freund selbstverständlich mit der Leidenschaft für ihn verwechselte.

Es gab keine österreichisch-ungarische Monarchie mehr. Mein Freund, der noch im verkleinerten und veränderten Österreich seine Karriere hätte fortsetzen können (denn er war im Grunde ein leidenschaftlicher Diplomat), gab seinen Beruf auf. Er hatte Geld genug. Reich genug waren auch die Eltern seiner Frau. Und er beschloß, sein Leben der Frau Gwendolin zu widmen.

Sie reisten durch die neutral gebliebenen Länder. Mein Freund wollte, wie er sagte, den ‹guten alten Frieden› wiederfinden. Er fand ihn nirgends. Er kehrte heim. Die Fabrik seines Vaters hatte keine Möglichkeit mehr, Waffen und Munition herzustellen. Alle vorhandenen Waffen mußten vernichtet oder den siegreichen Mächten ausgeliefert werden. Eines Tages erkrankte auch noch der Vater meines Freundes. Man durfte immerhin die Fabrik nicht ohne weiteres zugrunde gehen lassen. Anderen Munitionsfabrikanten war es gelungen, ihre Werke umzuwandeln. Statt der Granaten und Gewehrläufe erzeugte man Fahrräder, Maschinenteile, Wagen, Räder, Automobile. Auch mein Freund wollte es versuchen. Mit der Gewissenhaftigkeit, die ihm eigen war, begann er die Industriefächer von Grund auf zu studieren. Er besichtigte Fabriken in England, Deutschland, in der Schweiz. Als er genügend Erfahrung zu haben glaubte, kehrte er zurück: allein – er hatte seine Frau in London bei ihren Eltern gelassen. Er war unternehmungslustig, voller Hoffnung. Fast schien es, als begrüßte er das Schicksal, das ihn aus seiner noblen Laufbahn geworfen hatte. Er hatte in der Tat auch kaufmännische Fähigkeiten, einen Instinkt für Menschen und Dinge. Wir kamen oft zusammen. Natürlich musizierten wir und besuchten Konzerte.

Einmal kam er zu mir, zu einer außergewöhnlichen Stunde. Er wußte, daß ich spät zu Bett zu gehen pflegte. Es war eine Stunde nach Mitternacht. Er legte eine Aktenmappe auf den Tisch, blieb vor mir stehen und fragte:

‹Sagen Sie mir die Wahrheit, Sie wissen es, ist meine Frau treu? Hat sie mich betrogen? Wie oft? Mit wem?›

Eine schwierige Situation, Sie begreifen. Es gehört zu den Gesetzen der Ritterlichkeit, eine Frau nicht zu verraten. Außerdem hatte ich ein paarmal gesehen, daß sich der Zorn verliebter Männer nicht gegen die betrügerischen Frauen kehrt, sondern gegen die warnenden und mahnenden Freunde. Ich weiß heute noch nicht, welche Pflicht die dringlichere ist: die Frau zu schonen oder dem Freund die Wahrheit zu sagen. Im Lauf meiner langen Praxis als Frauenarzt bin ich zwar sozusagen immer ritterlicher geworden, das heißt, ich habe Übung bekommen in der rücksichtsvollen Behandlung der Frauen; aber auch immer rücksichtsloser in der Beurteilung dieses schwachen Geschlechts, dessen Kräften wir niemals gewachsen sein werden. Es war mein bester, mein einziger Freund. Ich sah ihn an, ich erhob mich auch nicht und sagte ruhig:

‹Ihre Frau hat Sie oft betrogen.›

Er setzte sich, kehrte die Aktentasche um und leerte auf meinem Tisch ihren Inhalt aus: Militärschleifen, Kokarden, Edelweiß, Metallknöpfe, Spiegelchen, lauter Zeug, wie es die Soldaten den Mädchen während des Krieges zu schenken pflegten.

Schließlich gab's auch Liebesbriefe, kleine, große, einfache, bunte Kärtchen und blaue Feldpostkarten. Mein Freund stand da und starrte auf den bunten Haufen. Dann sah er mich lange an und fragte:

‹Warum haben Sie mir nichts gesagt?›

‹Das war nicht meine Aufgabe›, erwiderte ich.

‹So!› schrie er plötzlich, ‹nicht Ihre Aufgabe! Ich pfeife auf Ihre Freundschaft, hören Sie, ich pfeife auf Sie!›

Er raffte den ganzen Kram in die Aktentasche, schloß sie, sah mich nicht mehr an und verließ das Haus.

Nun hab ich einen Freund verloren! sagte ich mir. Schlimmer, viel schlimmer, als wenn man eine Frau verliert. Ich hätte noch zwei Wochen Zeit gehabt. Aber ich fuhr schon am nächsten Morgen in meinen Kurort.

Dorthin wurde mir ein aufgeregtes Telegramm der Frau Gwendolin nachgeschickt. Auch ihr sollte ich umgehend die Wahrheit sagen: ob ihr Mann erkrankt sei, sie wüßte nicht, warum sie so plötzlich zu ihm kommen müsse.

Ich schickte das Telegramm ohne ein begleitendes Wort meinem Freunde zu.

II

Vier Wochen später kamen beide plötzlich zu mir. Das heißt: zuerst stürzte mein Freund in mein Zimmer. Es hatte sich etwas Furchtbares ereignet. In hastigen Sätzen erzählte er: Es hatte eine der üblichen Szenen gegeben. Die Frau versuchte zu leugnen. Er nannte und zeigte die sogenannten erdrückenden Beweise. Die Frau entschloß sich, unter Tränen natürlich, nach London für immer zurückzufahren. Die Koffer waren gepackt, das Billett gekauft. Eine Stunde vor der Abfahrt des Zuges kam sie in seine Fabrik. Das bekannte letzte Lebewohl. Selbstverständlich brachte sie Blumen. Sie glauben gar nicht, welch ein elender Abklatsch schlechter Romane das Leben ist. Oder wie Sie gleich sehen werden: medizinischer Lehrbücher. Sie benahm sich merkwürdig. Sie sank auf die Knie und küßte meinem Freund die Schuhspitzen. Er konnte sich ihrer nicht erwehren. Sie schlug ihn auch ins Gesicht. Hierauf fiel sie, steif wie eine Kleiderpuppe, auf den Boden. Man konnte sie nicht aufheben. Sie haftete am Teppich, wie angelötet. Hierauf verfiel sie in Zuckungen. Man brachte sie nach Hause, man berief Ärzte, man fuhr mit ihr nach Wien, zu den Koryphäen. Ihr Zustand ist beinahe unverändert schlecht, aber innerhalb der Krankheit gibt es muntere Abwechslungen. Bald ist ein Arm gelähmt, bald ein Bein. Einmal zittert ihr Kopf, ein anderes Mal ein Augenlid. Tagelang kann sie nichts essen, sie erbricht sich beim Anblick von Nahrungsmitteln. Ein paarmal mußte man sie auf der Bahre in die Kirche tragen, sie wollte beten. Auf den Mann ist sie böse. Ihrer Meinung nach ist er der Urheber ihrer Leiden.

Mein armer Freund hielt sich tatsächlich für den Schuldigen. ‹Ich habe sie vernichtet›, sagte er. ‹Meine Schuld! Alles, was sie getan hat: meine Schuld! Ich war taub und blind. Junge Frauen läßt man nicht allein. Was hätte sie tun sollen, ganze Tage und Nächte ohne mich? Und wie brutal hab ich mit ihr abgerechnet! Es tat mir ja gar nicht wirklich weh! Nur mein elender Stolz war beleidigt. Gekränkte, blöde, männliche Eitelkeit. Kein Doktor kann ihr helfen. Nur Sie, mein Freund! Verzeihen Sie mir alles!›

‹Auch ich kann ihr nicht helfen, lieber armer Freund!› sagte ich. ‹Nur sie selber könnte sich helfen, wenn sie wollte. Aber sie ist ja eben krank, weil sie sich nicht helfen will. Wir nennen das in der Medizin: die Flucht in die Krankheit. Es ist geradezu ein Musterbeispiel für diese pathologische Erscheinung. Es gibt nur eines: Retten Sie sich selbst. Geben Sie Ihre Frau in ein gutes Sanatorium.›

‹Niemals!› schrie er. ‹Ich verlasse sie niemals.›

‹Gut!› sagte ich. ‹Wie Sie wollen. Gehn wir zu Ihrer Frau.›

Sie empfing mich mit einem holden Lächeln, ihren Mann

mit einem strengen Blick. Keine geniale Schauspielerin hätte das vermocht. Ihr rechtes Auge leuchtete mir selig entgegen, ihr linkes sandte finstere Blitze gegen meinen Freund. Gestern noch hatten ihre Lider gezuckt. Heute konnte sie mir nur die Linke geben, denn die Rechte war steif. Die Beine? Ja, die waren heute gut. – ‹Stehen Sie auf!› befahl ich, in dem Ton, in dem ich als Militärarzt zu den Soldaten hatte sprechen müssen. Sie erhob sich. – ‹Kommen Sie ans Klavier. Wir wollen versuchen zu spielen!› – Sie trat ans Klavier. Wir setzten uns. Und nun brachte ich meinem Freund ein unerhörtes Opfer. Denken Sie: ich, ich spielte – nun, was glauben Sie, spielte ich? – Wagner! Und was von Wagner? Den Pilgerchor. – Und ihre rechte Hand bewegte sich. ‹Wagner ist ein großer Meister!› sagte sie, als wir fertig waren. – ‹Ja, gnädige Frau! Als Heilmittel für kranke Damen ist er unübertrefflich›, erwiderte ich.

‹Sie sind der einzige Arzt in der Welt!› jubelte mein Freund. Denken Sie, er hatte gar nicht gemerkt, daß ich zum erstenmal in meinem Leben Wagner gespielt hatte!

Soviel vermag eine Frau, und noch mehr! Denn von dieser Stunde an ließ sie mir nur ein paar Pausen am Tag, meinem Freund nicht eine einzige. Wir saßen Tag um Tag, Nacht um Nacht neben ihr, besser gesagt: um sie herum. In den kurzen Pausen, in denen ich allein sein durfte beziehungsweise meine anderen Patientinnen behandelte, hatte mein Freund kein leichtes Leben. Ich fühlte, mit welcher Inbrunst er mich erwartete. Wenn ich kam, umarmte er mich, blieb mit mir eine lange Weile im Vorzimmer, ich wußte genau, wie er sich danach sehnte, mit mir allein zu sein, zwei Stunden, einen Abend; und ich fühlte sein Herz klopfen, sein armes furchtsames Herz, das Herz eines Sklaven, den die Herrin drohend erwarten kann. Kamen wir dann ins Zimmer, so fragte die Frau regelmäßig: ‹Was habt ihr so lange draußen zu tun? Es ist ja warm! Der Doktor hat ja keinen Mantel! Was habt ihr vor mir für Geheimnisse? Ach Gott! Immer werde ich betrogen!›

Ich konnte mich nicht enthalten, ihr eines Tages zu antworten: ‹An jeden von uns kommt einmal die Reihe . . .›

Sie rächte sich an jenem Tage. Ihr linker Fuß erstarrte, erkaltete, und ich mußte ihn eine Stunde lang frottieren.

Mein Freund stand ihr zu Häupten und streichelte ihre Haare. Wir sprachen kein Wort.

Als der linke Fuß beinahe wieder warm geworden war, fragte ich meinen Freund: ‹Und was ist eigentlich mit Ihrer Fabrik?›

‹Fabrik? Welche Fabrik?› rief die Kranke.

‹Beruhige dich›, sagte der Mann. ‹Der Doktor meint meine Fabrik. Ich habe sie längst verkauft, lieber Freund, wir leben vom Konto.›

Tag für Tag wiederholten sich derartige Szenen. Manchmal gingen wir alle drei aus. Dann führten wir, nein, wir schleppten geradezu die Frau in der Mitte. An unser beider Armen hing sie, die süße Last. Wir aßen, tranken und schwiegen.

Einmal, ich erinnere mich, gingen wir in ein Tanzlokal. Sie wissen, daß ich kein leidenschaftlicher Tänzer bin. Ich hasse jede Art von Exhibitionismus, und das ist – offen gestanden – der Tanz seit dem Ende des Krieges. Da ich aber nun einmal schon, meines Freundes wegen, Wagner mit der Frau gespielt hatte, beschloß ich auch, mit ihr zu tanzen. Was muß ein Frauenarzt nicht alles! Nun, wir tanzten. Mitten im Shimmy flüsterte sie: ‹Ich liebe dich, Doktor, ich liebe nur dich.› – Ich antwortete natürlich nicht. Als wir zum Tisch zurückkehrten, sagte ich zu meinem Freund: ‹Ihre Frau hat mir eben ihre Liebe gestanden. Ich bin der einzige Arzt, den sie lieb hat.› Ein paar Tage später, die Saison ging schon zu Ende, riet ich meinem Freund, er möchte mit seiner Frau nach England fahren, zu den Schwiegereltern und – wenn er wolle – im nächsten Jahr wieder zu mir kommen.

‹Im nächsten Jahr kommen wir als Gesunde zu Ihnen›, sagte er. Und sie fuhren nach London.

12

Im nächsten Jahr kamen sie wieder, aber keineswegs als Gesunde. Ich spreche in der Mehrzahl: denn mein Freund war genauso krank wie seine Frau. Typhus ist weniger ansteckend als Hysterie, müssen Sie wissen. Ein Irrsinniger ist nicht deshalb gefährlich, weil er seine normale Umgebung körperlich bedrohen könnte, sondern weil er die Vernunft seiner normalen Umgebung allmählich vernichtet. Der Irrsinn in dieser Welt ist stärker als der gesunde Menschenverstand, die Bosheit ist mächtiger als die Güte.

Ich hatte den Winter über wenig Nachrichten von meinem Freund bekommen. Mein Rat war vielleicht ein schlimmer gewesen. Im Hause ihrer Eltern gewann die Bosheit der Frau neue Kräfte, es war geradezu eine Schmiedeanstalt für ihre Waffen. Ärzte, Hypnotiseure, Gesundbeter, Magnetiseure, Pfarrer, alte Weiber: nichts konnte ihr helfen. Eines Tages behauptete sie, die Beine nicht mehr bewegen zu können. Und kennzeichnenderweise war es kurz nach einem Abend, an dem ihr Mann – mit seinem Schwiegervater übrigens – zum erstenmal seit dem Ausbruch ihrer Krankheit zu irgendeinem Bankett gegangen war. Nun, die Beine waren tatsächlich steif. Krücken, Holzbeine, Prothesen sind beweglicher. Die unbewegten, unbeweglichen Beine magerten rapide ab, indes der Oberkörper der Frau ständig zunahm. Man mußte sie im Rollstuhl fahren. Und da sie keinen fremden Menschen um sich duldete, mußte sie natürlich ihr Mann, mein Freund, im Rollstuhl fahren.

Als er wieder zu mir kam, war er alt und grau geworden. Aber, schlimmer als dies: Dieser noble Mensch hatte die Haltung und die Allüren eines Dieners, was sag ich: eines Knechtes angenommen. Wie ein Rekrut beim Anruf seines Feldwebels, so erstarrte er, wenn seine Frau ihn rief. Ihre Stimme war heiser und zugleich schärfer geworden. Wie eine sirrende Säge schnitt sie durch die Luft. Dabei hatte sie blitzende, lachende, heitere Augen, ein angenehmes Lächeln, rosige Wangen, die immer voller wurden, ein Grübchen im Kinn, das immer fetter wurde, sie glich einem gelähmten Weihnachtsengel, ohne Flügel, auf armseligen, stockdünnen, harten, unbeweglichen Beinen. Mein Freund aber, wie gesagt, sah aus wie ein Lakai. Ein alter Herrschaftskutscher hätte sich neben ihm wie ein Fürst ausgenommen. Mein Freund schlich mit schiefen Schultern einher, auf geknickten Beinen, vielleicht kam es davon, daß er ewig den Karren mit seiner süßen Last durch das Leben stoßen mußte. Ja, verprügelt – das ist das richtige Wort: verprügelt sah er aus! Vielleicht schlug sie ihn auch dann und wann.

Ich fragte ihn, wie es mit der Liebe sei, ich meine, mit der körperlichen. Nun, denken Sie: Dieser Mann mußte Nacht für Nacht seine Frau entkleiden, auf seinen Armen ins Bett tragen und selbstverständlich neben ihr liegen. Er fürchtete, der Arme, diese Frau würde ihn noch einmal betrügen, wenn er sie nicht liebte. Ja, er schwärmte noch von ihrer Schönheit. Mir schwärmte er von ihrer Schönheit vor, der ich ihren fett gewordenen Oberkörper und ihre stabdünnen Beine gesehen hatte!

Am stärksten plagte ihn ihre Eifersucht. Sie konnte keinen Augenblick allein bleiben, sie lehnte Krankenschwestern ab – aus Angst, ihr Mann könnte sich in die Schwester verlieben. Aber sie war auch auf mich eifersüchtig, auf das Zimmermädchen, den Zimmerkellner, den Hotelportier, den Liftboy. Ins Konzert und ins Café und ins Restaurant schleppten wir sie beide gemeinsam, wie Zugesel, angeschnallt an den Griff ihres elenden, knarrenden Karrens, keuchend durch die schwülen Abende, manchmal durch Regen und Wind, einen Schirm haltend über ihren immer modischen Hut, die Decken unaufhörlich glättend über ihren steifen Knien. Modistinnen, Näherinnen, Schneiderinnen flatterten, wie Falter um das Licht, ins Hotel, in dem sie wohnte. Vor jedem dritten Schaufenster blieb man stehen. In Juwelierläden ließ sie sich rollen, stundenlang suchte sie nach passendem Schmuck. Jeden Vormittag kam der Friseur ins Haus. Jeden Morgen mußte sie mein Freund ins Bad legen. Und während sie im Wasser mit Gummitieren spielte, las er ihr aus törichten englischen Gesellschaftsromanen und Magazinen vor.

Meine Behandlung nützte gar nichts mehr. Es war, wie wir Ärzte sagen, kein ‹Gesundheitswillen› mehr in der Frau, die Psychose war schon allzu heimisch in ihr geworden. Sie lachte mich aus. Ich hatte keine Macht mehr über sie.

Niemals gelang es mir, allein mit meinem Freund zu sein. Sie ließ uns nicht eine Viertelstunde allein. Ich suchte nach einem Ausweg. Ich glaubte schließlich, einen gefunden zu haben. Da sie aus Eifersucht eine Schwester ablehnte – wie war es da mit einem Wärter? Ich kannte einen braven jungen Burschen aus unserem Krankenhaus. Ich sprach mit ihm, er war einverstanden. Ich brachte ihn zu Frau Gwendolin, er gefiel ihr. ‹Aber nicht jetzt›, sagte sie, ‹wir werden ihn mitnehmen, wenn wir zurückfahren. Hier mag ich euch beide nicht allein lassen.› Dabei blieb es. Kurz vor Saisonende fuhren sie mit dem jungen Wärter nach London.

Ich hatte eine kleine Genugtuung: Vielleicht konnte dieser Wärter wenigstens in London meinem armen Freund ein paar Atempausen verschaffen.

Aber es kam anders! Kaum zwei Monate später erhielt ich einen kurzen Brief meines Freundes.

Ich hätte immer recht gehabt, so schrieb er mir, jetzt wisse er es endlich, aber es sei nie zu spät, jetzt würde er seine Frau verlassen. Er hätte sie bei einer innigen Umarmung mit dem jungen Wärter zufällig ertappt. Ich würde bald Näheres hören.

Aber zwei Jahre vergingen, ich schrieb, ohne Antwort zu erhalten, ich hörte nichts mehr von meinem lieben Freund.

13

Eines Tages fuhr ich nach Paris und besuchte, mehr aus Langerweile denn aus Interesse, eines der vielen nächtlichen Lokale auf dem Montmartre, vor deren Türen falsche Kosaken Wache halten und echte Amerikaner hereinzulocken versuchen. Müde und fast gekränkt über meine eigene Dummheit, saß ich da und sah den tanzenden Paaren zu. Auf einmal erblickte ich Frau Gwendolin. Sie war es, kein Zweifel! Im Arm eines glattgekämmten, ölig-schwarzhaarigen Gigolos tanzte sie einen sogenannten Java. Der Mann konnte kein anderer sein als Lakatos. Das heißt: Lakatos aus Budapest ist ein Typus, keine Persönlichkeit. Es mußte nicht unbedingt der alte Lakatos von Zimmer zweiunddreißig sein.

Plötzlich fiel ihr Blick auf mich. Sie ließ ihren Tänzer stehen, kam an meinen Tisch, gesund, heiter, lächelnd, eine Göttin.

Unwillkürlich bückte ich mich, um ihre Beine zu sehn. Gesunde, tadellose Beine in hellgrauen seidenen Strümpfen.

‹Sie wundern sich, Doktor, was?› sagte sie. ‹Ich setze mich ein bißchen.›

Sie setzte sich.

‹Wo ist Ihr Mann?› fragte ich. ‹Warum schreibt er nicht?›

Zwei große glänzende Tränen erschienen auf Kommando, zwei Wachtposten der Trauer, in ihren Augenwinkeln.

‹Er ist tot!› sagte sie. ‹Er hat sich leider umgebracht. Wegen einer Dummheit.›

Sie zog das Taschentuch und gleichzeitig den Spiegel aus dem Handtäschchen.

‹Wann denn?› fragte ich.

‹Vor zwei Jahren!›

‹Und wie lange sind Sie schon gesund?›

‹Anderthalb Jahre!›

‹Und ist das Ihr neuer Mann, mit dem Sie hier sind?›

‹Mein Bräutigam, Herr Lakatos, ein Ungar, famoser Tänzer, wie Sie vielleicht gesehen haben.›

Ach, der Bandwurm! dachte ich und rief: ‹Zahlen!› – und bezahlte schnell und ließ die Frau sitzen; und ohne von ihr Abschied zu nehmen, ging ich hinaus.

Viele, viele Frauen gingen an mir vorbei, manche lächelten mir zu.

Lächelt nur, dachte ich, lächelt nur, dreht euch, wiegt euch, kauft euch Hütchen, Strümpfchen, Sächelchen! Rasch naht euch das Alter! Noch ein Jährchen, noch zwei! Kein Chirurg hilft euch, kein Perückenmacher. Entstellt, vergrämt, verbittert sinkt ihr bald ins Grab, und noch tiefer, in die Hölle. Lächelt nur, lächelt nur! . . .»

Die Büste des Kaisers

I

Im früheren Ostgalizien, im heutigen Polen, sehr ferne der einzigen Eisenbahnlinie, die Przemysl und Brody verbindet, liegt das Dörfchen Lopatyny, von dem ich im folgenden eine merkwürdige Geschichte zu erzählen gedenke.

Mögen die Leser freundlicherweise dem Erzähler nachsehen, daß er den Tatsachen, die er mitzuteilen hat, eine historisch-politische Erläuterung vorausschickt. Die unnatürlichen Launen, welche die Weltgeschichte in der letzten Zeit gezeigt hat, zwingen ihn zu dieser Erläuterung.

Denn die Jüngeren unter seinen Lesern bedürften vielleicht der Erklärung, daß ein Teil des Gebietes im Osten, das heute zur polnischen Republik gehört, bis zum Ende des großen Krieges, den man den Weltkrieg nennt, eines der vielen Kronländer der alten österreichisch-ungarischen Monarchie gewesen ist.

In dem Dorfe Lopatyny also lebte der Nachkomme eines alten polnischen Geschlechts, der Graf Franz Xaver Morstin, eines Geschlechtes, das (nebenbei gesagt) aus Italien stammte und im sechzehnten Jahrhundert nach Polen gekommen war. Der Graf Morstin hatte als junger Mann bei den Neuner Dragonern gedient. Er betrachtete sich weder als einen Polen noch als einen Italiener, weder als einen polnischen Aristokraten noch als einen Aristokraten italienischer Abkunft. Nein, wie so viele seiner Standesgenossen in den früheren Kronländern der österreichisch-ungarischen Monarchie war er einer der edelsten und reinsten Typen des Österreichers schlechthin, das heißt also: ein übernationaler Mensch und also ein Adeliger echter Art. Hätte man ihn zum Beispiel gefragt – aber wem wäre eine so sinnlose Frage eingefallen? –, welcher «Nation» oder welchem Volke er sich zugehörig fühle: der Graf wäre ziemlich verständnislos, sogar verblüfft vor dem

Frager geblieben und wahrscheinlich auch gelangweilt und etwas indigniert. Nach welchen Anzeichen auch hätte er seine Zugehörigkeit zu dieser oder jener Nation bestimmen sollen? – Er sprach fast alle europäischen Sprachen gleich gut, er war fast in allen europäischen Ländern heimisch, seine Freunde und Verwandten lebten verstreut in der weiten und bunten Welt. Ein kleineres Abbild der bunten Welt war eben die kaiser- und königliche Monarchie, und deshalb war sie die einzige Heimat des Grafen. Einer seiner Schwäger war Bezirkshauptmann in Sarajevo, ein anderer Statthaltereirat in Prag, einer seiner Brüder diente als Oberleutnant der Artillerie in Bosnien, einer seiner Vettern war Botschaftsrat in Paris, ein anderer Grundbesitzer im ungarischen Banat, ein dritter stand in diplomatischen Diensten Italiens, ein vierter lebte aus purer Neigung zum Fernen Osten seit Jahren in Peking. Von Zeit zu Zeit pflegte Franz Xaver seine Verwandten zu besuchen, häufiger natürlich jene, die innerhalb der Monarchie wohnten. Es waren, wie er zu sagen pflegte, seine privaten «Inspektionsreisen». Sie waren nicht nur den Verwandten, sondern auch den Freunden zugedacht, einigen früheren Mitschülern der Theresianischen Akademie, die in Wien lebten. Hier hielt sich der Graf Morstin zweimal im Jahr, Sommer und Winter (zwei Wochen und länger), auf. Wenn er so kreuz und quer und durch die Mitte seines vielfältigen Vaterlandes fuhr, so behagten ihm vor allem jene ganz spezifischen Kennzeichen, die sich in ihrer ewig gleichen und dennoch bunten Art an allen Stationen, an allen Kiosken, in allen öffentlichen Gebäuden, Schulen und Kirchen aller Kronländer des Reiches wiederholten. Überall trugen die Gendarmen den gleichen Federhut oder den gleichen lehmfarbenen Helm mit goldenem Knauf und den blinkenden Doppeladler der Habsburger; überall waren die hölzernen Türen der k.u.k. Tabaktrafiken mit schwarz-gelben Diagonalstreifen bemalt; überall trugen die Finanzer die gleichen grünen (beinahe blühenden) Portepees an den blanken Säbeln; in jeder Garnison gab es die gleichen blauen Uniformblusen und die schwarzen Salonhosen der flanierenden Infanterieoffiziere auf dem Korso, die gleichen roten Hosen der Kavalleristen, die gleichen kaffeebraunen Röcke der Artillerie; überall in diesem großen und bunten Reich wurde jeden Abend gleichzeitig, wenn die

Uhren von den Kirchtürmen neun schlugen, der gleiche Zapfenstreich geblasen, bestehend aus heiter tönenden Fragen und wehmütigen Antworten. Überall gab es die gleichen Kaffeehäuser mit den verrauchten Wölbungen, den dunklen Nischen, in denen Schachspieler wie merkwürdige Vögel hockten, mit den Buffets voll farbiger Flaschen und glitzernder Gläser, die von goldblonden und vollbusigen Kassiererinnen verwaltet wurden. Fast überall, in allen Kaffeehäusern des Reiches, schlich, die Knie schon etwas zittrig, auf aufwärts gestreckten Füßen, die Serviette im Arm, der backenbärtige Zahlkellner, fernes demütiges Abbild der alten Diener Seiner Majestät, des hohen backenbärtigen Herrn, dem alle Kronländer, all die Gendarmen, all die Finanzer, all die Tabaktrafiken, all die Schlagbäume, all die Eisenbahnen, all die Völker gehörten. Und man sang in jedem Land andere Lieder; und in jedem Land trugen die Bauern eine andere Kleidung; und in jedem Land sprach man eine andere und einige verschiedene Sprachen. Und was den Grafen so entzückte, war das feierliche und gleichzeitig fröhliche Schwarz-Gelb, das mitten unter den verschiedenen Farben traulich leuchtete; das ebenfalls feierliche und heitere «Gott erhalte», das heimisch war unter allen Volksliedern, das ganz besondere, nasale, nachlässige, weiche und an die Sprache des Mittelalters erinnernde Deutsch des Österreichers, das immer wieder hörbar wurde unter den verschiedenen Idiomen und Dialekten der Völker. Wie jeder Österreicher jener Zeit liebte Morstin das Bleibende im unaufhörlich Wandelbaren, das Gewohnte im Wechsel und das Vertraute inmitten des Ungewohnten. So wurde ihm das Fremde heimisch, ohne seine Farbe zu verlieren, und so hatte die Heimat den ewigen Zauber der Fremde.

In seinem Dorf Lopatyny war der Graf mehr als jede amtliche Instanz, die die Bauern und die Juden kannten und fürchteten, mehr als der Richter im nächsten Kreisstädtchen, mehr als der Bezirkshauptmann dortselbst, mehr als einer der höheren Offiziere, die jedes Jahr bei den Manövern die Truppen befehligten, Hütten und Häuser zu Quartieren machten und überhaupt jene besondere kriegerische Macht des Manövers repräsentierten, die imposanter ist als die kriegerische Macht im wirklichen Krieg. Es schien den Leuten in Lopatyny, daß ein «Graf» nicht etwa nur ein Adelstitel sei, sondern auch ein ganz hoher Amtstitel. Die Wirklichkeit gab ihnen auch nicht unrecht. Denn der Graf Morstin konnte, vermöge seines selbstverständlichen Ansehens, Steuern ermäßigen, die kränklichen Söhne mancher Juden vom Militärdienst befreien, Gnadengesuche befördern, unschuldig oder zu hart Verurteilten die Strafe erleichtern, Fahrpreisermäßigungen für Arme auf der Eisenbahn durchsetzen, Gendarmen, Polizisten und Beamte, die ihre Befugnisse überschritten, einer gerechten Strafe zuführen, Lehramtskandidaten, die auf eine Stellung warteten, zu Gymnasial-Supplenten machen, ausgediente Unteroffiziere zu Trafikanten, Geldbriefträgern und Telegraphisten, studierende Söhne armer Bauern und Juden zu «Stipendiaten». Wie gerne erledigte er dies alles! Er war in der Tat eine vom Staat nicht vorgesehene Instanz, die gewiß mehr beschäftigt war als die meisten staatlichen Ämter, bei denen er vorzusprechen und zu vermitteln hatte. Um seinen Pflichten zu genügen, beschäftigte er zwei Sekretäre und drei Schreiber. Außerdem, der Tradition seines Hauses getreu, übte er «herrschaftliche Wohltätigkeit» – wie man im Dorfe sagte. Seit mehr als hundert Jahren versammelten sich jeden Freitag vor dem Balkon des Hauses Morstin Landstreicher und Bettler aus der Gegend, um von den Lakaien in Papier gewickelte Kupfermünzen entgegenzunehmen. Gewöhnlich erschien der Graf auf dem Balkon und begrüßte die Armen. Und es war, als dankte er den Bettlern, die ihm dankten; als tauschten Geber und Nehmer Dankbarkeit aus.

Nebenbei gesagt: es war nicht immer die Güte des Herzens, die all diese Wohltätigkeit gebar, sondern eines jener ungeschriebenen Gesetze so mancher noblen Familien. Ihre Urahnen mochten noch vor Jahrhunderten aus purer Liebe zum Volk Wohltaten, Hilfe und Unterstützung ausgeübt haben. Allmählich aber, im Wandel der Geschlechter, war diese Güte gewissermaßen zu Pflicht und Überlieferung gefroren und erstarrt. Im übrigen war die heftige Hilfsbereitschaft des Grafen Morstin seine einzige Tätigkeit und seine Zerstreuung. Sie gab seinem ziemlich müßigen Leben eines Grandseigneurs, den, zum Unterschied von seinen Nachbarn und Standesgenossen, nicht einmal die Jagd interessierte, ein Ziel und einen Inhalt und eine ständig wohltuende Bestätigung seiner Macht. Hatte er diesem eine Tabaktrafik, jenem eine Lizenz, dem dritten einen Posten, dem vierten eine Audienz verschafft, so fühlte er sein Gewissen, aber auch seinen Stolz befriedigt. Mißlang ihm aber eine Vermittlung für den und jenen seiner Schutzbefohlenen, so war sein Gewissen unruhig und sein Stolz verletzt. Und er gab nicht nach, und er appellierte an alle Instanzen, bis er seinen Willen, das heißt: den seiner Protektionskinder, durchgesetzt hatte. Deswegen liebte und verehrte ihn die Bevölkerung. Denn das Volk hat keine richtige Vorstellung von den Beweggründen, die einen mächtigen Mann dazu führen, den Kleinen und Ohnmächtigen zu helfen. Es will einfach einen «guten Herrn» sehn – und es ist oft edelmütiger in seinem kindlichen Vertrauen zum Mächtigen als dieser, in dem es immer gläubig den Edelmütigen sieht. Es ist der tiefste und edelste Wunsch des Volkes, den Mächtigen gerecht und adelig zu wissen. Darum rächt es sich so grausam, wenn die Herren es enttäuschen – einem Kinde gleich, das zum Beispiel seine Spielzeuglokomotive vollends zerbricht, wenn sie einmal versagt hat. Deshalb gebe man dem Volk stabile Spielzeuge wie den Kindern und gerechte Mächtige.

Derlei Erwägungen hatte der Graf Morstin gewiß nicht, wenn er Protektion, Güte und Gerechtigkeit übte. Aber diese Erwägungen, die vielleicht den und jenen seiner Vorfahren zur Ausübung der Güte, Barmherzigkeit und Gerechtigkeit geführt hatten, wirkten lebendig im Blut – oder, wie man heutzutage sagt: im «Unterbewußtsein» des Enkels.

Und ebenso wie er den Schwächeren zu helfen sich verpflichtet fühlte, ebenso empfand er Hochachtung, Respekt und Gehorsam gegenüber denjenigen, die höhergestellt waren als er. Die Person Seiner kaiser- und königlichen Majestät, der er gedient hatte, war für ihn immer eine außerhalb alles Gewöhnlichen bleibende Erscheinung. Es wäre dem Grafen zum Beispiel unmöglich gewesen, den Kaiser als einen Menschen schlechthin zu sehn. Der Glaube an die überlieferte Hierarchie war so seßhaft und stark in der Seele Franz Xavers, daß er den Kaiser nicht etwa wegen seiner menschlichen, sondern wegen seiner kaiserlichen Eigenschaften liebte. Er gab jeden Verkehr mit Freunden, Bekannten und Verwandten auf, wenn sie in seiner Anwesenheit ein seiner Ansicht nach respektloses Wort über den Kaiser fallen ließen.

Vielleicht ahnte er damals schon, lange vor dem Untergang der Monarchie, daß leichtfertige Witze tödlicher sein können als die Attentate der Verbrecher und die feierlichen Reden ehrgeiziger und rebellischer Weltverbesserer. Dann hätte allerdings die Weltgeschichte den Ahnungen des Grafen Morstin recht gegeben. Denn die alte österreichisch-ungarische Monarchie starb keineswegs an dem hohlen Pathos der Revolutionäre, sondern an der ironischen Ungläubigkeit derer, die ihre gläubigen Stützen hätten sein sollen.

2

Eines Tages, es war ein paar Jahre vor dem großen Krieg, den man den «Weltkrieg» nennt, wurde dem Grafen Morstin «vertraulich» mitgeteilt, daß die nächsten Kaisermanöver in Lopatyny und Umgebung stattfinden würden. Ein paar Tage, eine Woche oder länger, sollte der Kaiser in seinem Hause wohnen. Und Morstin geriet in eine wahre Aufregung, fuhr zum Bezirkshauptmann, verhandelte mit den zivilen politischen Behörden und den Gemeindebehörden des nächsten Städtchens, ließ den Polizisten und Nachtwächtern der ganzen Umgebung neue Uniformen und Säbel anschaffen, unterhielt sich mit den Geistlichen aller drei Konfessionen, dem griechisch-katholischen und dem römisch-katholischen Pfarrer und dem Rabbiner der Juden, schrieb dem ruthenischen Bürgermeister des Städtchens eine Rede auf, die dieser nicht lesen konnte, aber mit Hilfe des Lehrers auswendig lernen mußte, kaufte weiße Kleidchen für die kleinen Mädchen des Dorfes, alarmierte die Kommandanten der umliegenden Regimenter und all das «im Vertrauen» – dermaßen, daß man im Vorfrühling schon, lange noch vor den Manövern, weit und breit in der Gegend wußte, daß der Kaiser selbst zu den Manövern kommen würde. Um jene Zeit war der Graf Morstin nicht mehr jung, früh ergraut und hager, Junggeselle, ein Hagestolz, etwas seltsam in den Augen seiner robusteren Standesgenossen, ein wenig «komisch» und «wie aus einer anderen Welt». Niemals hatte man in der Gegend eine Frau in seiner Nähe gesehn. Niemals auch hatte er den Versuch gemacht, sich zu verheiraten. Niemals hatte man ihn trinken gesehn, niemals spielen, niemals lieben. Er hatte keine andere sichtbare Leidenschaft als die, die «Nationalitätenfrage» zu bekämpfen. Um jene Zeit begann nämlich in der Monarchie diese sogenannte «Nationalitätenfrage» heftig zu werden. Alle Leute bekannten sich – ob sie wollten oder so tun mußten, als wollten sie – zu irgendeiner der vielen Nationen, die es auf dem Gebiete der alten Monarchie gab. Man hatte im neunzehnten Jahrhundert bekanntlich entdeckt, daß jedes Individuum einer bestimmten Nation oder Rasse angehören müsse, wollte es wirklich als bürgerliches Individuum anerkannt werden. «Von der Humanität durch Nationalität zur Bestialität» – hatte der österreichische Dichter Grillparzer gesagt. Man begann just damals mit der «Nationalität», der Vorstufe zu jener Bestialität, die wir heute erleben. Nationale Gesinnung: Man sah um jene Zeit deutlich, daß sie der vulgären Gemütsart all jener entsprang und entsprach, die den vulgärsten Stand einer neuzeitlichen Nation ausmachen. Es waren Fotografen gewöhnlich, im Nebenberuf bei der freiwilligen Feuerwehr, sogenannte Kunstmaler, die aus Mangel an Talent in der Akademie der bildenden Künste keine Heimat gefunden hatten und infolgedessen Schildermaler oder Tapezierer geworden waren, unzufriedene Volksschullehrer, die gerne Mittelschullehrer, Apothekergehilfen, die gerne Doktoren geworden wären, Dentisten, die nicht Zahnärzte werden konnten, niedere Post- und Eisenbahnbeamte, Bankdiener, Förster und überhaupt innerhalb jeder der österreichischen Nationen all jene, die einen vergeblichen Anspruch auf ein unbeschränktes Ansehen innerhalb der bürgerlichen Gesellschaft erhoben. Allmählich gaben auch die sogenannten höheren Stände nach. Und all die Menschen, die niemals etwas anderes gewesen waren als Österreicher, in Tarnopol, in Sarajevo, in Wien, in Brünn, in Prag, in Czernowitz, in Oderburg, in Troppau, niemals etwas anderes als Österreicher: sie begannen nun, der «Forderung der Zeit» gehorchend, sich zur polnischen, tschechischen, ukrainischen, deutschen, rumänischen, slowenischen, kroatischen «Nation» zu bekennen – und so weiter.

Um diese Zeit ungefähr wurde auch das «allgemeine, geheime und direkte Wahlrecht» in der Monarchie eingeführt. Graf Morstin haßte es, ebenso wie die moderne Auffassung von der «Nation». Dem jüdischen Schankwirt Salomon Piniowsky, dem einzigen Menschen weit und breit, dem er einigermaßen Vernunft zutraute, pflegte er zu sagen: «Hör mich an, Salomon! Dieser ekelhafte Darwin, der da sagt, die Menschen stammten von den Affen ab, scheint doch recht zu haben. Es genügt den Menschen nicht mehr, in Völker geteilt zu sein, nein! – sie wollen bestimmten Nationen angehören. National – hörst du, Salomon?! –, auf solch eine Idee kommen selbst die Affen nicht. Die Theorie von Darwin scheint mir noch unvollständig. Vielleicht stammen aber die Affen von den Nationalisten ab, denn die Affen bedeuten einen Fortschritt. Du kennst die Bibel, Salomon, du weißt, daß da geschrieben steht, daß Gott am sechsten Tag den Menschen geschaffen hat, nicht den nationalen Menschen. Nicht wahr, Salomon?»

«Ganz recht, Herr Graf!» sagte der Jude Salomon.

«Aber» – fuhr der Graf fort – «etwas anderes: Wir haben diesen Sommer den Kaiser zu erwarten. Ich werde dir Geld geben. Du wirst deinen Laden ausschmücken und das Fenster illuminieren. Du wirst das Kaiserbild säubern und es ins Fenster stellen. Ich werde dir eine schwarzgelbe Fahne mit Doppeladler schenken, die wirst du vom Dach flattern lassen. Verstanden?»

Ja, der Jude Salomon Piniowsky verstand, wie übrigens alle, mit denen der Graf von der Ankunft des Kaisers gesprochen hatte.

3

Im Sommer fanden die Kaisermanöver statt, und Seine kaiser- und königliche Apostolische Majestät nahm Aufenthalt im Schloß des Grafen Morstin. Man sah den Kaiser jeden Morgen, wenn er ausritt, die Übungen zu besichtigen, und die Bauern und die jüdischen Händler aus der Umgebung versammelten sich, um ihn zu sehn, den Alten, der sie regierte. Und sobald er mit seiner Suite erschien, riefen sie: Hoch und Hurra und niech zyje . . . jeder in seiner Sprache.

Einige Tage nach der Abreise des Kaisers meldete sich beim Grafen Morstin der Sohn eines Bauern aus der Umgebung. Dieser junge Mensch, der den Ehrgeiz besaß, ein Bildhauer zu werden, hatte eine Büste des Kaisers aus Sandstein verfertigt. Der Graf Morstin war begeistert. Er versprach, dem jungen Bildhauer eine freie Stelle an der Akademie der Künste in Wien zu verschaffen.

Die Büste des Kaisers ließ er vor dem Eingang zu seinem Schlößchen aufstellen.

Hier blieb sie jahrelang, bis zum Ausbruch des großen Krieges, den man den «Weltkrieg» nennt.

Bevor er freiwillig einrückte, alt, hager, kahlköpfig und hohläugig, wie er im Laufe der Jahre geworden war, ließ der Graf Morstin die Kaiserbüste abnehmen, in Stroh verpacken und im Keller verbergen.

Dort ruhte sie nun, bis zum Ende des Krieges und der Monarchie, der Heimkehr des Grafen Morstin und der Errichtung der neuen polnischen Republik.

4

Der Graf Franz Xaver Morstin war also heimgekehrt.

Aber, konnte man das eine Heimkehr nennen? Gewiß, es waren noch die gleichen Felder, die gleichen Wälder, die gleichen Hütten, die gleiche Art der Bauern – die gleiche Art, sagen wir –, denn viele von jenen, die der Graf noch gekannt hatte, waren gefallen.

Es war Winter, man fühlte schon die nahenden Weihnachten. Wie immer um diese Zeit, wie einst lange noch vor dem Krieg, war die Lopatinka gefroren, auf den nackten Kastanien hockten reglos die Krähen, und über die Felder, auf die die westlichen Fenster des Hauses gingen, wehte der ewige sachte Wind des östlichen Winters. Es gab (infolge des Krieges) Witwen und Waisen im Dorf: genug Material für die Wohltätigkeit des heimgekehrten Herrn. Aber statt die Heimat Lopatyny als wiedergefundene Heimat zu begrüßen, begann der Graf Morstin, sich rätselhaften und ungewohnten Überlegungen über das Problem der Heimat überhaupt hinzugeben. Nunmehr, dachte er sich, da dieses Dorf Polen gehört und nicht Österreich: Ist es noch meine Heimat? Was ist überhaupt Heimat? Ist die bestimmte Uniform des Gendarmen und des Zollwärters, der uns in unserer Kindheit begegnet ist, nicht ebenso «Heimat» wie die Fichte und die Tanne, der Sumpf und die Wiese, die Wolke und der Bach? Verändern sich aber Gendarmen und Finanzwächter und bleiben auch Fichte und Tanne und Bach und Sumpf das gleiche: ist das noch Heimat? War ich nicht – fragte sich der Graf weiter – nur deshalb heimisch in diesem Ort, weil er einem Herrn gehörte, dem ebenso viele unzählige andersartige Örter gehörten, die ich liebte? Kein Zweifel! Die unnatürliche Laune der Weltgeschichte hat auch meine private Freude an dem, was ich Heimat nannte, zerstört. Jetzt sprechen sie ringsherum und allerorten vom neuen Vaterland. In ihren Augen bin ich ein sogenannter Vaterlandsloser. Ich bin es immer gewesen. Ach! Es gab einmal ein Vaterland, ein echtes, nämlich eines für die «Vaterlandslosen», das einzig mögliche Vaterland. Das war die alte Monarchie. Nun bin ich ein Heimatloser, der die wahre Heimat der ewigen Wanderer verloren hat.

In der trügerischen Hoffnung, außerhalb des Landes diesen Zustand vergessen zu können, beschloß der Graf, ehestens zu verreisen. Doch erfuhr er zu seinem Erstaunen, daß man eines Passes und einiger sogenannter Visen bedurfte, um in die Länder zu gelangen, die er zu seinen Reisezielen erwählt hatte. Schon war er alt genug, um Paß und Visen und all die Formalitäten, welche die ehernen Gesetze des Verkehrs zwischen Mensch und Mensch nach dem Kriege geworden waren, für phantastische und kindliche Träume zu halten. Aber, ergeben in das Schicksal, den Rest seines Lebens in einem wüsten Traum zu verbringen, und dennoch in der Hoffnung, draußen, in andern Ländern, einen Teil jener alten Wirklichkeit zu finden, in der er vor dem Kriege gelebt hatte, fügte er sich den Anforderungen der gespenstischen Welt, nahm einen Paß, besorgte sich Visen und fuhr zuerst in die Schweiz, in das Land, von dem er glaubte, daß in ihm allein noch der alte Friede zu finden wäre, einfach weil es nicht den Krieg mitgemacht hatte.

Nun, er kannte die Stadt Zürich seit vielen Jahren. Wohl an die zwölf Jahre hatte er sie nicht mehr gesehn. Er glaubte, daß sie ihm nichts Besonderes zu geben haben würde, weder Gutes noch Böses. Sein Eindruck entsprach der nicht ganz unberechtigten Meinung der etwas verwöhnteren, um nicht zu sagen: abenteuersüchtigeren Welt über die braven Städte der braven Schweiz. Was sollte sich schon in ihnen ereignen können? Immerhin: für einen Mann, der aus dem Krieg und aus dem Osten der früheren österreichischen Monarchie kam, war die Friedlichkeit einer Stadt, die lediglich die vor dem Kriege Geflüchteten gekannt hatte, bereits so etwas wie ein Abenteuer. Franz Xaver Morstin ergab sich in den ersten Tagen der langentbehrten Friedlichkeit. Er aß, trank und schlief.

Eines Tages aber ereignete sich jener häßliche Vorfall in einer nächtlichen Bar in Zürich, der den Grafen Morstin in der Folge zwang, sofort das Land zu verlassen.

In jener Zeit war in den Zeitungen aller Länder oftmals die Rede von einem reichen Bankier gewesen, der nicht nur den größten Teil der habsburgischen Kronjuwelen als Pfänder gegen ein Darlehen an die kaiserliche Familie Österreichs genommen haben sollte, sondern auch die alte Krone der Habsburger. Kein Zweifel, daß diese Nachrichten den Mündern und Federn der leichtfertigen Kundschafter entstammten, die man Journalisten nennt; und mochte vielleicht auch die Nachricht, daß ein bestimmter Teil des Vermögens der kaiserlichen Familie in die Hände eines gewissenlosen Bankiers geraten sei, wahr sein, so gewiß doch nicht die alte Krone der Habsburger, wie Franz Xaver Morstin zu wissen glaubte.

Nun gelangte er eines Nachts in eine der wenigen und nur Kennern zugänglichen nächtlichen Bars der sittsamen Stadt Zürich, in der, wie man weiß, die Prostitution verboten ist, die Sittenlosigkeit verpönt und die Sünde ebenso langweilig wie kostspielig. Nicht etwa, daß der Graf nach ihr gesucht hätte! Nein: die pure Friedlichkeit hatte begonnen, ihn zu langweilen und ihm schlaflose Nächte zu bereiten, und er hatte beschlossen, die Nächte sei es wo immer zu verbringen.

Er begann zu trinken. Er saß in einem der wenigen friedlichen Winkel, die es in diesem Lokal gab. Zwar störten ihn die amerikanischen neumodischen rötlichen Lämpchen, daß hygienische Weiß des Barmixers, der an einen Operateur erinnerte, das künstliche Blondhaar der Mädchen, das die Assoziation an Apotheken unmittelbar wachrief; aber woran war er nicht schon alles gewöhnt, der arme, alte Österreicher? Immerhin schrak er aus der Ruhe auf, die er sich selbst mühsam in dieser Umgebung abgerungen hatte, als er eine knarrende

Stimme rufen hörte: «Und hier, meine Damen und Herren, ist die Krone der Habsburger!»

Franz Xaver erhob sich. Er sah in der Mitte der länglichen Bar eine größere heitere Gesellschaft. Sein erster Blick verriet ihm, daß alle Typen, die er haßte, obwohl er bis jetzt keinem einzigen ihrer Vertreter näher begegnet war, an jenem Tisch vertreten waren: blondgefärbte Frauen in kurzen Röcken und mit schamlosen (übrigens häßlichen) Knien, schlanke und biegsame Jünglinge von olivenfarbenem Teint, lächelnd mit tadellosen Zähnen wie die Propagandabüsten mancher Dentisten, gefügig, tänzerisch, feige, elegant und lauernd, eine Art tückischer Barbiere; ältere Herren mit sorgfältig, aber vergeblich verheimlichten Bäuchen und Glatzen, gutmütig, geil, jovial und krummbeinig, kurz und gut: eine Auslese jener Art von Menschen, die das Erbe der untergegangenen Welt vorläufig verwalteten, um es ein paar Jahre später an die noch moderneren und mörderischen Erben mit Gewinn abzugeben.

An jenem Tisch erhob sich nun einer der ältlichen Herren, schwenkte zuerst eine Krone in der Hand, setzte sie sich dann auf den kahlen Kopf, ging um den Tisch, trat in die Mitte der Bar, tänzelte, wackelte mit dem Kopf und mit der auf ihm sitzenden Krone und sang dabei nach der Melodie eines um jene Zeit populären Schlagers: «Die heilige Krone trägt man so!»

Franz Xaver verstand zuerst keineswegs den Sinn dieses widerlichen Spektakels. Er empfand nur, daß die Gesellschaft aus würdelosen Greisen (betört von kurzgeschürzten Mannequins) bestand, aus Stubenmädchen, die ihren freien Tag feierten, aus Bardamen, die den Erlös für den Champagner und den eigenen Körper mit den Kellnern teilten, aus nichtsnutzigen Stutzern, die mit Frauen und Devisen handelten, breit wattierte Schultern trugen und flatternde Hosen, die wie Weiberröcke aussahen, ekelhaften Maklern, die Häuser, Läden, Staatsbürgerschaften, Reisepässe, Konzessionen, gute Ehepartien, Taufscheine, Glaubensbekenntnisse, Adelstitel, Adoptionen, Bordelle und geschmuggelte Zigaretten vermittelten. Es war die Gesellschaft, die in allen Hauptstädten der allgemein besiegten europäischen Welt, unwiderruflich entschlossen, vom Leichenfraß zu leben, mit satten und dennoch unersättlichen Mäulern das Vergangene lästerte, die Gegenwart ausbeutete und das Zukünftige preisend verkündete. Dies waren nach dem Weltkrieg die Herren der Welt. Der Graf Morstin kam sich selbst wie sein eigener Leichnam vor. Auf seinem Grab tanzten jene nun. Um den Sieg dieser Menschen vorzubereiten, waren Hunderttausende unter Qualen gestorben – und Hunderte durchaus ehrlicher Sittenprediger hatten den Untergang der alten Monarchie vorbereitet, ihren Zerfall herbeigesehnt und die Befreiung der Nationen! Nun aber, siehe da: Auf dem Grabe der alten Welt und rings um die Wiegen der neugeborenen Nationen und Sezessionsstaaten tanzten die Gespenster der nächtlichen *American-Bar*.

Morstin rückte näher, um besser zu sehen. Die schattenhafte Natur dieser wohlgenährten, fleischlichen Gespenster weckte seine Neugier. Und er erkannte auf dem kahlen Schädel des krummbeinigen tänzelnden Mannes das Abbild – gewiß war es das Abbild – der Stephanskrone. Der Kellner, beflissen, seinen Gästen alles Bemerkenswerte mitzuteilen, kam zu Franz Xaver und sagte: «Das ist der Bankier Walakin, ein Russe. Er behauptet, alle Kronen der entthronten Monarchen zu besitzen. Jeden Abend kommt er mit einer anderen. Gestern war's die Zarenkrone. Heute ist es die Stephanskrone.» Der Graf Morstin fühlte sein Herz stocken, eine Sekunde nur. In dieser einzigen Sekunde aber – es schien ihm später, daß sie zumindest eine Stunde gedauert hatte – erlebte er eine völlige Verwandlung seiner selbst. Es war, als wüchse in seinem Innern ein ihm unbekannter, erschreckender, fremder Morstin, stieg und wuchs, breitete sich aus, nahm Besitz vom Körper des alten, wohlbekannten und, weiter noch, vom ganzen Raum der *American-Bar*. Nie in seinem Leben, seit seiner Kindheit nicht, hatte Franz Xaver Morstin den Zorn gekannt. Er besaß ein weiches Gemüt, und die Geborgenheit, die ihm sein Stand, seine Wohlhabenheit, der Glanz seines Namens, seine Bedeutung sicherten, hatte ihn bis jetzt gleichsam abgeschlossen von aller Roheit dieser Welt, vor jeder Begegnung mit ihrer Niedrigkeit. Gewiß hätte er sonst den Zorn früher kennengelernt. Es war, als fühlte er selbst in dieser einzigen Sekunde, in der sich seine Verwandlung vollzog, daß sich, lange schon vor ihm, die Welt verwandelt hatte. Es war, als erführe er jetzt, daß die eigene Verwandlung lediglich eine notwendige Folge der allgemeinen Verwandlung war. Viel größer noch als der ihm unbekannte Zorn, der jetzt in ihm aufstieg und wuchs und über die Grenzen seiner Persönlichkeit schäumte, mußte die Gemeinheit gewachsen sein, die Gemeinheit dieser Welt, die Niedertracht, die sich so lange geduckt hatte und verborgen unter dem Kleide der schmeichelnden «Loyalität» und der sklavischen Untertänigkeit. Es war, als erführe er, der allen Menschen, ohne sie zu prüfen, von vornherein die selbstverständliche Eigenschaft, Anstand zu besitzen, zugetraut hatte, in dieser Sekunde erst den Irrtum seines Lebens, den Irrtum jedes noblen Herzens: nämlich den, Kredit zu gewähren, schrankenlosen Kredit. Und seine plötzliche Erkenntnis erfüllte ihn mit jener vornehmen Scham, die eine treue Schwester des vornehmen Zornes ist. Im Anblick der Niedrigkeit schämt sich der Vornehme doppelt: einmal, weil allein schon ihre Existenz ihn beschämt, dann auch, weil er sofort einsieht, daß sein Herz betört wurde. Er kommt sich betrogen vor – und sein Stolz rebelliert dagegen, daß man sein Herz hatte betrügen können.

Er war nicht mehr imstande, zu messen, zu wägen und zu überlegen. Es schien ihm, daß kaum irgendeine Art der Gewalttätigkeit bestialisch genug sein könnte, die Niedrigkeit eines Mannes, der mit den Kronen auf dem kahlen Schädel eines Maklers tanzte, jeden Abend mit einer anderen, zu strafen und zu rächen. Ein Grammophon grölte das Lied vom «Hans, der was mit dem Knie macht»; der Barmann ganz in chirurgischem Weiß, klirrte mit Gläsern, Löffeln, Flaschen, schüttete und mixte, braute und zauberte aus metallenen Gefäßen die geheimnisvollen Zaubertränke der neuen Zeit, schepperte, rasselte und blickte von Zeit zu Zeit mit einem wohlwollenden Aug, das zugleich schon den Konsum kalkulierte, auf das Schauspiel des Bankiers. Die rötlichen Lämpchen zitterten bei jedem stampfenden Schritt des Glatzköpfigen. Das Licht, das Grammophon, die Geräusche, die der Mixer verursachte, das Gurren und Kreischen der Frauen versetzten den Grafen Morstin in eine verwunderliche Raserei. Es geschah das Unglaubliche: Er wurde zum erstenmal in seinem Leben lächerlich und kindisch. Er bewaffnete sich mit der halbgeleerten Sektflasche und mit einem blauen Siphon, trat nahe an die Fremden heran; während er mit der Linken das Sodawasser gegen die Tischgesellschaft verspritzte, als gälte es, einen häßlichen Brand zu löschen, hieb er mit der Rechten die Flasche gegen den Kopf des Tänzers. Der Bankier fiel zu Boden. Die Krone fiel ihm vom Kopf. Und während sich der Graf bückte, um sie aufzuheben, als gälte es, eine wirkliche Krone und alles, was sie darstellte, zu retten, stürzten sich über ihn Kellner, Mädchen und Stutzer. Betäubt von dem starken Parfüm der Mädchen, den Schlägen der jungen Männer, wurde der Graf Morstin schließlich auf die Straße gebracht. Dort, vor der Tür der *American-Bar*, präsentierte ihm der beflissene Kellner die Rechnung, auf silbernem Tablett, unter freiem Himmel, sozusagen in Anwesenheit aller gleichgültigen fernen Sterne: denn es war eine heitere Winternacht. Am nächsten Tag kehrte der Graf nach Lopatyny zurück.

5

Warum – sagte er sich unterwegs – nicht nach Lopatyny zurückkehren? Da meine Welt endgültig besiegt zu sein scheint, habe ich keine ganze Heimat mehr. Und es ist besser, ich suche noch die Trümmer meiner alten Heimat auf!

Er dachte an die Büste des Kaisers Franz Joseph, die in seinem Keller ruhte, und an den Leichnam dieses seines Kaisers, der längst in der Kapuzinergruft lag.

Ich war immer ein Sonderling – so dachte er weiter – in meinem Dorfe und in der Umgebung. Ich werde ein Sonderling bleiben.

Er telegraphierte an seinen Hausverwalter den Tag seiner Ankunft.

Und als er ankam, erwartete man ihn, wie immer, wie in früheren Zeiten, als hätte es keinen Krieg gegeben, keine Auflösung der Monarchie, keine neue polnische Republik.

Denn es ist einer der größten Irrtümer der neuen – oder, wie sie sich gerne nennen: modernen – Staatsmänner, daß das Volk (die «Nation») sich ebenso leidenschaftlich für die Weltpolitik interessiert wie sie selber.

Das Volk lebte keineswegs von der Weltpolitik – und unterscheidet sich dadurch angenehm von den Politikern. Das «Volk» lebt von der Erde, die es bebaut, vom Handel, den es treibt, vom Handwerk, das es versteht. (Es wählt trotzdem bei den öffentlichen Wahlen, es stirbt in den Kriegen, es zahlt

Steuern den Finanzämtern.) Jedenfalls war es so in dem Dorfe des Grafen Morstin, in dem Dorf Lopatyny. Und der ganze Weltkrieg und die ganze Veränderung der europäischen Landkarte hatte die Gesinnung des Volkes von Lopatyny nicht verändert. Wie? Warum? Der gesunde Menschenverstand der jüdischen Schankwirte, der ruthenischen und der polnischen Bauern wehrte sich gegen die unbegreiflichen Launen der Weltgeschichte. Ihre Launen sind abstrakt, die Neigungen und Abneigungen des Volkes aber sind konkret. Das Volk von Lopatyny zum Beispiel kannte seit Jahren die Grafen Morstin, die Vertreter des Kaisers und des Hauses Habsburg. Es kamen neue Gendarmen, und ein Steuersequester ist ein Steuersequester, und der Graf Morstin ist der Graf Morstin. Unter der Herrschaft der Habsburger waren die Menschen von Lopatyny glücklich und unglücklich gewesen – je nach dem Willen Gottes. Immer gibt es, unabhängig von allem Wechsel der Weltgeschichte, von Republik und Monarchie, von sogenannter nationaler Selbständigkeit oder sogenannter nationaler Unterdrückung, im Leben des Menschen eine gute oder eine schlechte Ernte, gesundes und faules Obst, fruchtbares und kränkliches Vieh, die satte und die magere Weide, den Regen zu Zeit und Unzeit, die fruchtbare Sonne und jene, die Dürre und Unheil brachte; für den jüdischen Händler bestand die Welt aus guten und aus schlechten Kunden; für den Schankwirt aus guten und aus schwachen Trinkern; für den Handwerker wieder war es wichtig, ob die Leute neue Dächer, neue Stiefel, neue Hosen, neue Öfen, neue Schornsteine, neue Fässer brauchten oder nicht. So war es wenigstens, wie gesagt, in Lopatyny. Und was unsere besondere Meinung betrifft, so geht sie dahin, daß sich die ganze große Welt gar nicht so sehr von dem kleinen Dörfchen Lopatyny unterscheidet, wie es die Volksführer und Politiker wissen wollen. Nachdem sie Zeitungen gelesen, Reden gehört, Abgeordnete gewählt, selber mit Freunden die Vorgänge in der Welt besprochen haben, kehren die braven Bauern, Handwerker und Kaufleute – und in den großen Städten auch die Arbeiter – in ihre Häuser und Werkstätten zurück. Und Kummer oder Glück erwarten sie zu Hause: kranke oder gesunde Kinder, zänkische oder friedliche Weiber, zahlende oder säumige Kunden, zudringliche oder geduldige

Gläubiger, ein gutes oder ein schlechtes Essen, ein sauberes oder ein schmutziges Bett. Ja, es ist unsere Überzeugung, daß sich die einfachen Menschen gar nicht um die Weltgeschichte kümmern, mögen sie auch an Sonntagen ein langes und breites von ihr reden. Aber dies mag, wie gesagt, unsere private Anschauung sein. Wir haben hier lediglich vom Dorfe Lopatyny zu berichten. Und dort war es so, wie wir es eben beschrieben haben.

Als der Graf Morstin heimgekehrt war, begab er sich sofort zu Salomon Piniowsky, dem klugen Juden, bei dem, wie bei keinem zweiten Menschen in Lopatyny, die Einfalt und die Klugheit einträchtig nebeneinander lebten, als wären sie Schwestern. Und der Graf fragte den Juden: «Salomon, was hältst du von dieser Erde?» – «Herr Graf», sagte Piniowsky, «nicht das geringste mehr. Die Welt ist zugrunde gegangen, es gibt keinen Kaiser mehr, man wählt Präsidenten, und das ist so, wie wenn ich mir einen tüchtigen Advokaten suche, wenn ich einen Prozeß habe. Das ganze Volk wählt sich also einen Advokaten, der es verteidigt. Aber – frage ich, Herr Graf, vor welchem Gericht? –, vor dem Gericht anderer Advokaten wiederum. Und hat das Volk selbst keinen Prozeß, und hat es auch nicht nötig, sich zu verteidigen, so wissen wir doch alle, daß die Existenz des Advokaten allein uns schon Prozesse an den Hals schafft. Und so wird es jetzt fortwährend Prozesse geben. Ich habe noch die schwarzgelbe Fahne, Herr Graf, die Sie mir geschenkt haben. Was soll ich mit ihr? Sie liegt auf dem Dachboden. Ich hab noch das Bild des alten Kaisers. Was soll ich nun? Ich lese Zeitungen, ich kümmere mich ein bißchen ums Geschäft, ein bißchen um die Welt, Herr Graf. Ich weiß, was sie für Dummheiten machen. Aber unsere Bauern haben keine Ahnung. Sie glauben einfach, der alte Kaiser hätte neue Uniformen eingeführt und Polen befreit. Er residiert nicht mehr in Wien, sondern in Warschau.»

«Laß sie nur», sagte der Graf Morstin.

Und er ging nach Hause und ließ die Büste des Kaisers Franz Joseph aus dem Keller holen, und er stellte sie auf, vor dem Eingang zu seinem Haus.

Und vom nächsten Tage an – als hätte es keinen Krieg gegeben, als gäbe es keine neue polnische Republik, als ruhte der alte Kaiser nicht längst schon in der Kapuzinergruft, als gehörte dieses Dorf Lopatyny noch zu dem Gebiet der alten Monarchie: zog jeder Bauer, der des Weges vorbeizog, den Hut vor der sandsteinernen Büste des alten Kaisers, und jeder Jude, der mit seinem Päckchen vorbeizog, murmelte das Gebet, das der fromme Jude zu sagen hat beim Anblick eines Kaisers. Und die unscheinbare Büste, hergestellt in billigem Sandstein, von der unbeholfenen Hand eines Bauernjungen, die Büste im alten Waffenrock des toten Kaisers, mit Sternen, Abzeichen, goldenem Vlies, festgehalten im Stein, so wie das kindliche Auge des Burschen den Kaiser gesehen und geliebt hatte, gewann mit der Zeit auch einen besonderen, einen ganz eigenen künstlerischen Wert – selbst in den Augen des Grafen Morstin. Es war, als wollte der erhabene Gegenstand, je mehr Zeit verging, das Werk, das ihn darstellte, verbessern und veredeln. Wind und Wetter arbeiteten, wie mit künstlerischem Bewußtsein, an dem naiven Stein. Es war, als arbeiteten auch Verehrung und Erinnerung an diesem Standbild und als veredelte jeder Gruß der Bauern, jedes Gebet eines gläubigen Juden bis zu künstlerischer Vollkommenheit das hilflose Werk der jungen Bauernhand.

So stand das Bild jahrelang vor dem Hause des Grafen Morstin, das einzige Denkmal, das es im Dorfe Lopatyny jemals gegeben hatte und auf das alle Einwohner des Dorfes mit Recht stolz waren.

Dem Grafen selbst aber, der das Dorf niemals mehr verließ, bedeutete dieses Denkmal mehr. Es gab ihm, verließ er das Haus, die Vorstellung, daß sich nichts geändert hatte. Allmählich – er wurde früh alt – ertappte er sich von Zeit zu Zeit auf ganz törichten Gedanken. Stundenlang verharrte er – obwohl er ja den gewaltigsten aller Kriege mitgemacht hatte – in der Vorstellung, dieser sei nur ein wüster Traum gewesen, und alle Veränderungen, die ihm gefolgt waren, seien noch wüstere Träume. Zwar sah er, jede Woche fast, daß seine Fürsprache bei Ämtern und Gerichten für seine Schutzbefohlenen nichts mehr nutzte, ja, daß sich neue Beamte über ihn lustig machten. Er war eher entsetzt als beleidigt. Schon war es allgemein bekannt in dem nächsten Städtchen wie in der Umgebung und auf den Gütern der Nachbarn, daß der «alte Morstin halb verrückt sei». Man erzählte sich, daß er zu Hause die alte Uniform eines Rittmeisters der

Dragoner trage, mit allen alten Orden und Auszeichnungen. Eines Tages fragte ihn ein Gutsbesitzer der Umgebung – ein gewisser Graf Walewski – geradeheraus, ob es wahr sei.

«Bis jetzt noch nicht», erwiderte Morstin, «aber Sie bringen mich auf eine gute Idee. Ich werde meine Uniform anziehn, und zwar nicht zu Hause. Ich werde sie auch draußen tragen.»

Und also geschah es auch.

Von nun an sah man den Grafen Morstin in der Uniform eines österreichischen Rittmeisters der Dragoner – und die Einwohner verwunderten sich durchaus nicht darüber. Trat der Rittmeister aus dem Hause, so salutierte er vor seinem allerhöchsten Kriegsherrn, vor der Büste des toten Kaisers Franz Joseph. Dann ging er den gewohnten Weg zwischen den zwei Tannenwäldchen, die sandige Straße entlang, die zum nächsten Städtchen führte. Die Bauern, die ihm begegneten, zogen die Hüte und sagten: «Gelobt sei Jesus Christus», und sie fügten noch die Anrede «Herr Graf» dazu – als glaubten sie, der Graf sei eine Art näherer Verwandter des Erlösers und zwei Titel wären besser. Ach! – seit langem nicht mehr konnte er ihnen helfen, wie er ihnen früher geholfen hatte! Zwar waren die kleinen Bauern immer noch ohnmächtig. Er aber, der Herr Graf, war kein Mächtiger mehr! – Und wie alle, die einst mächtig gewesen waren, galt er nunmehr noch weniger als die Ohnmächtigen; fast gehörte er schon zu der Kaste der Lächerlichen in den Augen der Beamten. Aber das Volk von Lopatyny und Umgebung glaubte an ihn, immer noch, wie es an den Kaiser Franz Joseph glaubte, dessen Büste es zu grüßen pflegte. Den Bauern und den Juden von Lopatyny und Umgebung erschien der Graf Morstin keineswegs lächerlich, sondern ehrfurchtsvoll. Man verehrte seine hagere, dürre Gestalt, sein graues Haar, sein aschfarbenes, verfallenes Gesicht, seine Augen, die in eine Weite ohne Grenze zu blicken schienen; kein Wunder: sie blicken nämlich in die verlorene Vergangenheit.

Da ereignete es sich eines Tages, daß der Wojewode von Lwow, das früher Lemberg hieß, eine Inspektionsreise unternahm und sich aus irgendeinem Grunde in Lopatyny aufhalten mußte. Man bezeichnete ihm das Haus des Grafen Morstin, zu dem er sich auch sofort aufmachte. Zu seinem Erstaunen erblickte er vor dem Hause des Grafen, mitten in einem Boskett, die Büste des Kaisers Franz Joseph. Er betrachtete sie lange, beschloß endlich, das Haus zu betreten und den Grafen selbst nach dem Sinn dieses Denkmals zu fragen. Aber er erstaunte noch mehr – ja, er erschrak beim Anblick des Grafen Morstin, der dem Wojewoden in der Uniform eines österreichischen Rittmeisters der Dragoner entgegenkam. Der Wojewode war selbst ein «Kleinpole», das heißt: er stammte aus dem früheren Galizien. Er selbst hatte in der österreichischen Armee gedient. Der Graf Morstin erschien ihm wie ein Gespenst aus einem für ihn, den Wojewoden, längst abgelaufenen Kapitel der Geschichte.

Er bezwang sich und fragte vorerst gar nicht. Dann aber, als sie bei Tisch saßen, begann er, sich vorsichtig nach dem Denkmal des Kaisers zu erkundigen. – «Ja», sagte der Graf, als ob es gar keine neue Welt gäbe, «Seine hochselige Majestät war acht Tage hier. Ein sehr begabter Bauernjunge hat die Büste gemacht. Sie hat immer hier gestanden. Solange ich lebe, wird sie hier stehen.»

Der Wojewode verschwieg den Entschluß, den er eben gefaßt hatte, und sagte lächelnd und wie nebenbei: «Sie tragen immer noch die alte Uniform?»

«Ja», erwiderte Morstin, «ich bin zu alt, um eine neue anzulegen. Im Zivil, wissen Sie, fühle ich mich seit dieser Veränderung der Verhältnisse nicht ganz wohl. Ich fürchte, man könnte mich dann mit manchen anderen verwechseln. – Auf Ihr Wohl», fuhr der Graf fort, hob das Glas und trank seinem Gast zu.

Der Wojewode saß noch eine Weile, verließ dann den Grafen und das Dorf Lopatyny, setzte seine Inspektionsreise fort, kam in seine Residenz zurück und gab Auftrag, die Kaiserbüste vor dem Hause des Grafen Morstin zu entfernen.

Dieser Auftrag gelangte schließlich an den Bürgermeister («Wojt» genannt) des Dörfchens Lopatyny und also unmittelbar hierauf zur Kenntnis des Grafen Morstin.

Zum erstenmal befand sich also der Graf im offenen Konflikt mit der neuen Macht, deren Dasein er bis jetzt kaum zur Kenntnis genommen hatte. Er sah ein, daß er zu schwach war, sich gegen sie aufzulehnen. Er erinnerte sich an die nächtliche Szene in der Züricher *American-Bar*. Ach! Es hatte keinen

Sinn mehr, die Augen vor der neuen Welt der neuen Republiken, der neuen Bankiers und Kronenträger, der neuen Damen und Herren, der neuen Herrscher der Welt zu schließen. Man mußte die alte Welt begraben. Aber man mußte sie würdig begraben.

Und der Graf Franz Xaver Morstin berief zehn der ältesten Einwohner des Dorfes Lopatyny in sein Haus – und darunter befand sich der kluge und zugleich einfältige Jude Salomon Piniowski. Es kamen ferner: der griechisch-katholische Pfarrer, der römisch-katholische und der Rabbiner.

Und als sie alle versammelt waren, begann der Graf Morstin folgende Rede:

«Meine lieben Mitbürger,

Ihr alle habt noch die alte Monarchie gekannt, Euer altes Vaterland. Seit Jahren ist es tot, und ich habe eingesehen, es hat keinen Sinn, nicht einzusehn, daß es tot sei. Vielleicht wird es einmal auferstehn, wir Alten werden es kaum noch erleben. Man hat uns aufgetragen, die Büste Seiner hochseligen Majestät, des Kaisers Franz Joseph des Ersten, ehestens wegzuschaffen.

Wir wollen sie nicht wegschaffen, meine Freunde! Wenn die alte Zeit tot sein soll, so wollen wir mit ihr verfahren, wie man eben mit Toten verfährt: Wir wollen sie begraben.

Infolgedessen bitte ich Euch, meine Lieben, mir zu helfen, daß wir den toten Kaiser, das heißt seine Büste, mit aller Feierlichkeit und Ehrfurcht, die einem toten Kaiser gebühren, von heute in drei Tagen auf dem Friedhof bestatten.»

6

Der ukrainische Schreiner Nikita Kolohin zimmerte einen großartigen Sarg aus Eichenholz. Drei tote Kaiser hätten in ihm Platz gefunden.

Der polnische Schmied Jaroslaw Wojciechowski schmiedete einen gewaltigen Doppeladler aus Messing, der auf den Deckel des Sarges genietet wurde.

Der jüdische Thoraschreiber Nuchim Kapturak schrieb mit seinem Gänsekiel auf eine kleine Pergamentrolle den Segen, den die gläubigen Juden zu sprechen haben beim Anblick eines gekrönten Hauptes, wickelte sie in gehämmertes Blech und legte es in den Sarg.

Am frühen Vormittag – es war ein heißer Sommertag, zahllose unsichtbare Lerchen trillerten unter dem Himmel, und zahllose unsichtbare Grillen wisperten ihnen Antwort aus den Wiesen – versammelten sich die Bewohner von Lopatyny um das Denkmal Franz Josephs des Ersten. Graf Morstin und der Bürgermeister betteten die Büste in den prachtvollen großen Sarg. In diesem Augenblick begannen die Glocken der Kirche auf dem Hügel zu läuten. Alle drei Geistlichen stellten sich an die Spitze des Zuges. Den Sarg nahmen vier alte kräftige Bauern auf die Schultern. Hinter ihm, mit gezogenem Säbel, im feldgrau verdeckten Dragonerhelm, ging der Graf Franz Xaver Morstin, in diesem Dorfe dem toten Kaiser der Nächste, ganz allein in jener Einsamkeit, welche die Trauer gebietet, und hinter ihm, mit rundem, schwarzem Käppchen auf dem silbrigen Kopf, der Jude Salomon Piniówski, den runden Samthut in der Linken, die große schwarz-gelbe Fahne mit dem Doppeladler in der erhobenen rechten Hand. Und hinter ihm das ganze Dorf, die Männer und die Frauen.

Die Kirchenglocken dröhnten, die Lerchen trillerten, die Grillen wisperten unaufhörlich.

Das Grab war bereit. Man ließ den Sarg hinab, breitete die Fahne über ihn – und Franz Xaver Morstin grüßte zum letzten Mal mit dem Säbel den Kaiser.

Da erhob sich ein Schluchzen in der Menge, als hätte man jetzt erst den Kaiser Franz Joseph begraben, die alte Monarchie und die alte Heimat. Die drei Geistlichen beteten.

Also begrub man den alten Kaiser zum zweitenmal im Dorfe Lopatyny, im ehemaligen Galizien.

Ein paar Wochen später geriet die Kunde von diesem Vorfall in die Zeitungen. Diese schrieben ein paar witzige Worte über den Vorfall, unter der Rubrik «Glossen».

7

Der Graf Morstin aber verließ das Land. Er lebt jetzt an der Riviera, ein alter, verbrauchter Mann, der am Abend mit alten russischen Generälen Schach und Skat spielt. Ein paar Stunden am Tage schreibt er an seinen Erinnerungen. Wahrscheinlich werden sie keinen bedeutenden literarischen Wert besitzen: denn der Graf Morstin hat keine literarische Übung und auch keinen schriftstellerischen Ehrgeiz. Da er aber ein Mann von besonderer Gnade und Art ist, gelingen ihm zuweilen ein paar denkwürdige Sätze, wie zum Beispiel die folgenden, die ich mit seiner Erlaubnis hierhersetze:

«Ich habe erlebt», schreibt der Graf, «daß die Klugen dumm werden können, die Weisen töricht, die echten Propheten Lügner, die Wahrheitsliebenden falsch. Keine menschliche Tugend hat in dieser Welt Bestand, außer einer einzigen: der echten Frömmigkeit. Der Glaube kann uns nicht enttäuschen, da er uns nichts auf Erden verspricht. Der wahre Gläubige enttäuscht uns nicht, weil er auf Erden keinen Vorteil sucht. Auf das Leben der Völker angewandt, heißt das: Sie suchen vergeblich nach sogenannten nationalen Tugenden, die noch fraglicher sind als die individuellen. Deshalb hasse ich Nationen und Nationalstaaten. Meine alte Heimat, die Monarchie allein, war ein großes Haus mit vielen Türen und vielen Zimmern, für viele Arten von Menschen. Man hat das Haus verteilt, gespalten, zertrümmert. Ich habe dort nichts mehr zu suchen. Ich bin gewohnt, in einem Haus zu leben, nicht in Kabinen.»

So stolz und so traurig schreibt der alte Graf. Gefaßt und friedlich wartet er auf seinen Tod. Wahrscheinlich sehnt er sich auch nach ihm. Denn er hat in seinem Testament bestimmt, daß er im Dorfe Lopatyny bestattet werde – und zwar nicht in der Familiengruft, sondern neben dem Grab, in dem der Kaiser Franz Joseph liegt, die Büste des Kaisers.

Die Legende vom heiligen Trinker

I

An einem Frühlingsabend des Jahres 1934 stieg ein Herr gesetzten Alters die steinernen Stufen hinunter, die von einer der Brücken über die Seine zu deren Ufern führen. Dort pflegen, wie fast aller Welt bekannt ist und was dennoch bei dieser Gelegenheit in das Gedächtnis der Menschen zurückgerufen zu werden verdient, die Obdachlosen von Paris zu schlafen, oder besser gesagt: zu lagern.

Einer dieser Obdachlosen nun kam dem Herrn gesetzten Alters, der übrigens wohlgekleidet war und den Eindruck eines Reisenden machte, der die Sehenswürdigkeiten fremder Städte in Augenschein zu nehmen gesonnen war, von ungefähr entgegen. Dieser Obdachlose sah zwar genauso verwahrlost und erbarmungswürdig aus wie alle die anderen, mit denen er sein Leben teilte, aber er schien dem wohlgekleideten Herrn gesetzten Alters einer besonderen Aufmerksamkeit würdig; warum, wissen wir nicht.

Es war, wie gesagt, bereits Abend, und unter den Brücken, an den Ufern des Flusses, dunkelte es stärker als oben, auf dem Kai und auf den Brücken. Der obdachlose und sichtlich verwahrloste Mann schwankte ein wenig. Er schien den älteren wohlangezogenen Herrn nicht zu bemerken. Dieser aber, der gar nicht schwankte, sondern sicher und geradewegs seine Schritte dahinlenkte, hatte schon offenbar von weitem den Schwankenden bemerkt. Der Herr gesetzten Alters vertrat geradezu dem verwahrlosten Mann den Weg. Beide blieben sie einander gegenüber stehen.

«Wohin gehen Sie, Bruder?» fragte der ältere wohlgekleidete Herr.

Der andere sah ihn einen Augenblick an, dann sagte er: «Ich wüßte nicht, daß ich einen Bruder hätte, und ich weiß nicht, wo mich der Weg hinführt.» «Ich werden versuchen,

Ihnen den Weg zu zeigen», sagte der Herr. «Aber Sie sollen mir nicht böse sein, wenn ich Sie um einen ungewöhnlichen Gefallen bitte.»

«Ich bin zu jedem Dienst bereit», antwortete der Verwahrloste.

«Ich sehe zwar, daß Sie manche Fehler haben. Aber Gott schickt Sie mir in den Weg. Gewiß brauchen Sie Geld, nehmen Sie mir diesen Satz nicht übel! Ich habe zuviel. Wollen Sie mir aufrichtig sagen, wieviel Sie brauchen? Wenigstens für den Augenblick?»

Der andere dachte ein paar Sekunden nach, dann sagte er: «Zwanzig Francs.»

«Das ist gewiß zu wenig», erwiderte der Herr. «Sie brauchen sicherlich zweihundert.»

Der Verwahrloste trat einen Schritt zurück, und es sah aus, als ob er fallen sollte, aber er blieb dennoch aufrecht, wenn auch schwankend. Dann sagte er: «Gewiß sind mir zweihundert Francs lieber als zwanzig, aber ich bin ein Mann von Ehre. Sie scheinen mich zu verkennen. Ich kann das Geld, das Sie mir anbieten, nicht annehmen, und zwar aus folgenden Gründen: erstens, weil ich nicht die Freude habe, Sie zu kennen; zweitens, weil ich nicht weiß, wie und wann ich es Ihnen zurückgeben könnte; drittens, weil Sie auch nicht die Möglichkeit haben, mich zu mahnen. Denn ich habe keine Adresse. Ich wohne fast jeden Tag unter einer anderen Brücke dieses Flusses. Dennoch bin ich, wie ich schon einmal betont habe, ein Mann von Ehre, wenn auch ohne Adresse.»

«Auch ich habe keine Adresse», antwortete der Herr gesetzten Alters, «auch ich wohne jeden Tag unter einer anderen Brücke, und ich bitte Sie dennoch, die zweihundert Francs – eine lächerliche Summe übrigens für einen Mann wie Sie – freundlich anzunehmen. Was nun die Rückzahlung betrifft, so muß ich weiter ausholen, um Ihnen erklärlich zu machen, weshalb ich Ihnen etwa keine Bank angeben kann, wo Sie das Geld zurückgeben könnten. Ich bin nämlich ein Christ geworden, weil ich die Geschichte der kleinen heiligen Therese von Lisieux gelesen habe. Und nun verehre ich insbesondere jene kleine Statue der Heiligen, die sich in der Kapelle Ste Marie des Batignolles befindet und die Sie leicht sehen werden. Sobald Sie also die armseligen zweihundert

Francs haben und Ihr Gewissen Sie zwingt, diese lächerliche Summe nicht schuldig zu bleiben, gehen Sie, bitte, in die Ste Marie des Batignolles und hinterlegen Sie dort zu Händen des Priesters, der die Messe gerade gelesen hat, dieses Geld. Wenn Sie es überhaupt jemandem schulden, so ist es die kleine heilige Therese. Aber vergessen Sie nicht: in der Ste Marie des Batignolles.»

«Ich sehe», sagte da der Verwahrloste, «daß Sie mich und meine Ehrenhaftigkeit vollkommen begriffen haben. Ich gebe Ihnen mein Wort, daß ich mein Wort halten werde. Aber ich kann nur sonntags in die Messe gehen.»

«Bitte, sonntags», sagte der ältere Herr. Er zog zweihundert Francs aus der Brieftasche, gab sie dem Schwankenden und sagte: «Ich danke Ihnen!»

«Es war mir ein Vergnügen», antwortete dieser und verschwand alsbald in der tiefen Dunkelheit.

Denn es war inzwischen unten finster geworden, indes oben, auf den Brücken und an den Kais, sich die silbernen Laternen entzündeten, um die fröhliche Nacht von Paris zu verkünden.

2

Auch der wohlgekleidete Herr verschwand in der Finsternis. Ihm war in der Tat das Wunder der Bekehrung zuteil geworden. Und er hatte beschlossen, das Leben der Ärmsten zu führen. Und er wohnte deshalb unter der Brücke.

Aber was den anderen betrifft, so war er ein Trinker, geradezu ein Säufer. Er hieß Andreas. Und er lebte von Zufällen, wie viele Trinker. Lange war es her, daß er zweihundert Francs besessen hatte. Und vielleicht deshalb, weil es so lange her war, zog er beim kümmerlichen Schein einer der seltenen Laternen unter einer der Brücken ein Stückchen Papier hervor und den Stumpf von einem Bleistift und schrieb sich die Adresse der kleinen heiligen Therese auf und die Summe von zweihundert Francs, die er ihr von dieser Stunde an schuldete. Er ging eine der Treppen hinauf, die von den Ufern der Seine zu den Kais hinaufführen. Dort, das wußte er, gab es ein Restaurant. Und er trat ein, und er aß und trank reichlich, und er gab viel Geld aus, und er nahm noch eine ganze Flasche mit, für die Nacht, die er unter der Brücke zu verbringen gedachte, wie gewöhnlich. Ja, er klaubte sich sogar noch eine Zeitung aus einem Papierkorb auf. Aber nicht, um in ihr zu lesen, sondern um sich mit ihr zuzudecken. Denn Zeitungen halten warm, das wissen alle Obdachlosen.

3

Am nächsten Morgen stand Andreas früher auf, als er gewohnt war, denn er hatte ungewöhnlich gut geschlafen. Er erinnerte sich nach langer Überlegung, daß er gestern ein Wunder erlebt hatte, ein Wunder. Und da er in dieser letzten warmen Nacht, zugedeckt von der Zeitung, besonders gut geschlafen zu haben glaubte, wie seit langem nicht, beschloß er auch, sich zu waschen, was er seit vielen Monaten, nämlich in der kälteren Jahreszeit, nicht getan hatte. Bevor er aber seine Kleider ablegte, griff er noch einmal in die innere linke Rocktasche, wo, seiner Erinnerung nach, der greifbare Rest des Wunders sich befinden mußte. Nun suchte er eine besonders abgelegene Stelle an der Böschung der Seine, um sich zumindest Gesicht und Hals zu waschen. Da es ihm aber schien, daß überall Menschen, armselige Menschen seiner Art eben (verkommen, wie er sie auf einmal selbst im stillen nannte), seiner Waschung zusehen könnten, verzichtete er schließlich auf sein Vorhaben und begnügte sich damit, nur die Hände ins Wasser zu tauchen. Hierauf zog er sich den Rock wieder an, griff noch einmal nach dem Schein in der linken inneren Tasche und kam sich vollständig gesäubert und geradezu verwandelt vor.

Er ging in den Tag hinein, in einen seiner Tage, die er seit undenklichen Zeiten zu vertun gewohnt war, entschlossen, sich auch heute in die gewohnte Rue des Quatre Vents zu begeben, wo sich das russisch-armenische Restaurant Tari-Bari befand und wo er das kärgliche Geld, das ihm der tägliche Zufall beschied, in billigen Getränken anlegte.

Allein an dem ersten Zeitungskiosk, an dem er vorbeikam, blieb er stehen, angezogen von den Illustrationen mancher Wochenschriften, aber auch plötzlich von der Neugier erfaßt, zu wissen, welcher Tag heute sei, welches Datum und welchen Namen dieser Tag trage. Er kaufte also eine Zeitung und sah, daß es ein Donnerstag war, und erinnerte sich plötzlich, daß er an einem Donnerstag geboren worden war, und ohne nach dem Datum zu sehen, beschloß er, *diesen* Donnerstag gerade für seinen Geburtstag zu halten. Und da er schon von einer kindlichen Feiertagsfreude ergriffen war, zögerte er auch nicht mehr einen Augenblick, sich guten, ja edlen Vorsätzen hinzugeben und nicht in das Tari-Bari einzutreten, sondern, die Zeitung in der Hand, in eine bessere Taverne, um dort einen Kaffee allerdings mit Rum arrosiert, zu nehmen und ein Butterbrot zu essen.

Er ging also, selbstbewußt, trotz seiner zerlumpten Kleidung, in ein bürgerliches Bistro, setzte sich an einen Tisch, er, der seit so langer Zeit nur an der Theke zu stehen gewohnt war, das heißt: an ihr zu lehnen. Er setzte sich also. Und da sich seinem Sitz gegenüber ein Spiegel befand, konnte er auch nicht umhin, sein Angesicht zu betrachten, und es war ihm, als machte er jetzt aufs neue mit sich selbst Bekanntschaft. Da erschrak er allerdings. Er wußte auch zugleich, weshalb er sich in den letzten Jahren vor Spiegeln so gefürchtet hatte. Denn es war nicht gut, die eigene Verkommenheit mit eigenen Augen zu sehen. Und solange man es nicht anschaun mußte, war es beinahe so, als hätte man entweder überhaupt kein Angesicht oder noch das alte, das herstammte aus der Zeit *vor* der Verkommenheit.

Jetzt aber erschrak er, wie gesagt, insbesondere, da er seine Physiognomie mit jenen der wohlanständigen Männer verglich, die in seiner Nachbarschaft saßen. Vor acht Tagen hatte er sich rasieren lassen, schlecht und recht, wie es eben ging, von einem seiner Schicksalsgenossen, die hie und da bereit waren, einen Bruder zu rasieren, gegen ein geringes Entgelt. Jetzt aber galt es, da man beschlossen hatte, ein neues Leben zu beginnen, sich wirklich, sich endgültig rasieren zu lassen.

Er beschloß, in einen richtigen Friseurladen zu gehen, bevor er noch etwas bestellte. Gedacht, getan – und er ging in einen Friseurladen.

Als er in die Taverne zurückkam, war der Platz, den er vorher eingenommen hatte, besetzt, und er konnte sich also nur von ferne im Spiegel sehn. Aber es reichte vollkommen, damit er erkenne, daß er verändert sei, verjüngt und verschönt. Ja, es war, als ginge von seinem Angesicht ein Glanz aus, der die Zerlumptheit der Kleider unbedeutend machte und die sichtlich zerschlissene Hemdbrust und die rot-weiß gestreifte Krawatte, geschlungen um den Kragen mit rissigem Rand.

Also setzte er sich, unser Andreas, und im Bewußtsein seiner Erneuerung bestellte er mit jener sicheren Stimme, die er dereinst besessen hatte und die ihm jetzt wieder, wie eine alte liebe Freundin, zurückgekommen schien, einen «cafè, arrosè rhum». Diesen bekam er auch, und, wie er zu bemerken glaubte, mit allem gehörigen Respekt, wie er sonst von Kellnern ehrwürdigen Gästen gegenüber bezeigt wird. Dies schmeichelte unserm Andreas besonders, es erhöhte ihn auch, und es bestätigte ihm seine Annahme, daß er gerade heute Geburtstag habe.

Ein Herr, der allein in der Nähe des Obdachlosen saß, betrachtete ihn längere Zeit, wandte sich um und sagte: «Wollen Sie Geld verdienen? Sie können bei mir arbeiten. Ich übersiedle nämlich morgen. Sie könnten meiner Frau und auch den Möbelpackern helfen. Mir scheint, Sie sind kräftig genug. Sie können doch? Sie wollen doch?»

«Gewiß will ich», antwortete Andreas.

«Und was verlangen Sie», fragte der Herr, «für eine Arbeit von zwei Tagen? Morgen und Samstag? Denn ich habe eine ziemlich große Wohnung, müssen Sie wissen, und ich beziehe eine noch größere. Und viele Möbel habe ich auch. Und ich selbst habe in meinem Geschäft zu tun.»

«Bitte, ich bin dabei!» sagte der Obdachlose.

«Trinken Sie?» fragte der Herr.

Und er bestellte zwei Pernods, und sie stießen an, der Herr und der Andreas, und sie wurden miteinander auch über den Preis einig. Er betrug zweihundert Francs.

«Trinken wir noch einen?» fragte der Herr, nachdem er den ersten Pernod geleert hatte.

«Aber jetzt werde ich zahlen», sagte der obdachlose Andreas. «Denn Sie kennen mich nicht, ich bin ein Ehrenmann. Ein ehrlicher Arbeiter. Sehen Sie meine Hände!» – Und er zeigte seine Hände her. – «Es sind schmutzige, schwielige, aber ehrliche Arbeiterhände.»

«Das hab ich gern!» sagte der Herr. Er hatte funkelnde Augen, ein rosa Kindergesicht und genau in der Mitte einen schwarzen kleinen Schnurrbart. Es war, im ganzen genommen, ein ziemlich freundlicher Mann, und Andreas gefiel er gut.

Sie tranken also zusammen, und Andreas zahlte die zweite Runde. Und als sich der Herr mit dem Kindergesicht erhob, sah Andreas, daß er sehr dick war. Er zog seine Visitenkarte aus der Brieftasche und schrieb seine Adresse darauf. Und hierauf zog er noch einen Hundertfrancsschein aus der gleichen Brieftasche, überreichte beides dem Andreas und sagte dazu: «Damit Sie auch sicher morgen kommen! Morgen früh um acht! Vergessen Sie nicht! Und den Rest bekommen Sie! Und nach der Arbeit trinken wir wieder einen Apèritif zusammen. Auf Wiedersehn! lieber Freund!» – Damit ging der Herr, der dicke, mit dem Kindergesicht, und den Andreas verwunderte nichts mehr als dies, daß der dicke Mann die Adresse aus der gleichen Tasche gezogen hatte wie das Geld. Nun, da er Geld besaß und noch Aussicht hatte, mehr zu verdienen, beschloß er, sich ebenfalls eine Brieftasche anzuschaffen. Zu diesem Zweck begab er sich auf die Suche nach einem Lederwarenladen. In dem ersten, der auf seinem Wege lag, stand eine junge Verkäuferin. Sie erschien ihm sehr hübsch, wie sie so hinter dem Ladentisch stand, in einem strengen schwarzen Kleid, ein weißes Lätzchen über der Brust, mit Löckchen am Kopf und einem schweren Goldreifen am rechten Handgelenk. Er nahm den Hut vor ihr ab und sagte heiter: «Ich suche eine Brieftasche.» Das Mädchen warf einen flüchtigen Blick auf seine schlechte Kleidung, aber es war nichts Böses in ihrem Blick, sondern sie hatte den Kunden nur einfach abschätzen wollen. Denn es befanden sich in ihrem Laden teure, mittelteure und ganz billige Brieftaschen. Um überflüssige Fragen zu ersparen, stieg sie sofort eine Leiter hinauf und holte eine Schachtel aus der höchsten Etage. Dort lagerten nämlich die Brieftaschen, die manche Kunden zurückgebracht hatten, um sie gegen andere einzutauschen. Hierbei sah Andreas, daß dieses Mädchen sehr schöne Beine und sehr schlanke Halbschuhe hatte, und er erinnerte sich jener halbvergessenen Zeiten, in denen er selbst solche Waden gestreichelt, solche Füße geküßt hatte; aber der Gesichter erinnerte er sich nicht mehr, der Gesichter der Frauen; mit Ausnahme eines einzigen, nämlich jenes, für das er im Gefängnis gesessen hatte.

Indessen stieg das Mädchen von der Leiter, öffnete die Schachtel, und er wählte eine der Brieftaschen, die zuoberst lagen, ohne sie näher anzusehen. Er zahlte und setzte den Hut wieder auf und lächelte dem Mädchen zu, und das Mädchen lächelte wieder. Zerstreut steckte er die neue Brieftasche ein, aber das Geld ließ er daneben liegen. Ohne Sinn erschien ihm plötzlich die Brieftasche. Hingegen beschäftigte er sich mit der Leiter, mit den Beinen, mit den Füßen des Mädchens. Deshalb ging er in die Richtung des Montmartre, jene Stätten zu suchen, an denen er früher Lust genossen hatte. In einem steilen und engen Gäßchen fand er auch die Taverne mit den Mädchen. Er setzte sich mit mehreren an einen Tisch, bezahlte eine Runde und wählte eines von den Mädchen, und zwar jenes, das ihm am nächsten saß. Hierauf ging er zu ihr. Und obwohl es erst Nachmittag war, schlief er bis in den grauenden Morgen – und weil die Wirte gutmütig waren, ließen sie ihn schlafen.

Am nächsten Morgen, am Freitag also, ging er zu der Arbeit, zu dem dicken Herrn. Dort galt es, der Hausfrau beim Einpacken zu helfen, und obwohl die Möbelpacker bereits ihr Werk verrichteten, blieben für Andreas noch genug schwierige und weniger harte Hilfeleistungen übrig. Doch spürte er im Laufe des Tages die Kraft in seine Muskeln zurückkehren und freute sich der Arbeit. Denn bei der Arbeit war er aufgewachsen, ein Kohlenarbeiter, wie sein Vater, und noch ein wenig ein Bauer, wie sein Großvater. Hätte ihn nur die Frau des Hauses nicht so aufgeregt, die ihm sinnlose Befehle erteilte und ihn mit einem einzigen Atemzug hierhin und dorthin beorderte, so daß er nicht wußte, wo ihm der Kopf stand. Aber sie selbst war aufgeregt, er sah es ein. Es konnte auch ihr nicht leichtfallen, so mir nichts, dir nichts zu übersiedeln, und vielleicht hatte sie auch Angst vor dem neuen Haus. Sie stand angezogen, im Mantel, mit Hut und Handschuhen, Täschchen und Regenschirm, obwohl sie doch hätte wissen müssen, daß sie noch einen Tag und eine Nacht und auch morgen noch im Hause verbleiben müsse. Von Zeit zu Zeit mußte sie sich die Lippen schminken, Andreas begriff es vortrefflich. Denn sie war eine Dame.

Andreas arbeitete den ganzen Tag. Als er fertig war, sagte die Frau des Hauses zu ihm: «Kommen Sie morgen pünktlich, um sieben Uhr früh.» Sie zog ein Beutelchen aus ihrem Täschchen, Silbermünzen lagen darin. Sie suchte lange, ergriff ein Zehnfrancsstück, ließ es aber wieder ruhen, dann entschloß sie sich, fünf Francs hervorzuziehen. «Hier ein Trinkgeld!» sagte sie. «Aber», so fügte sie hinzu, «vertrinken Sie's nicht ganz und seien Sie pünktlich morgen hier!»

Andreas dankte, ging, vertrank das Trinkgeld, aber nicht mehr. Er verschlief diese Nacht in einem kleinen Hotel.

Man weckte ihn um sechs Uhr morgens. Und er ging frisch an seine Arbeit.

4

So kam er am nächsten Morgen, früher noch als die Möbelpacker. Und wie am vorigen Tag stand die Frau des Hauses schon da, angekleidet, mit Hut und Handschuhen, als hätte sie sich gar nicht schlafen gelegt, und sagte zu ihm freundlich: «Ich sehe also, daß Sie gestern meiner Mahnung gefolgt sind und wirklich nicht alles Geld vertrunken haben.»

Nun machte sich Andreas an die Arbeit. Und er begleitete noch die Frau in das neue Haus, in das sie übersiedelten, und wartete, bis der freundliche, dicke Mann kam, und der bezahlte ihm den versprochenen Lohn.

«Ich lade Sie noch auf einen Trunk ein», sagte der dicke Herr. «Kommen Sie mit.»

Aber die Frau des Hauses verhinderte es, denn sie trat dazwischen und verstellte geradezu ihrem Mann den Weg und sagte: «Wir müssen gleich essen.» Also ging Andreas allein weg, trank allein und aß allein an diesem Abend und trat noch in zwei Tavernen ein, um an den Theken zu trinken. Er trank viel, aber er betrank sich nicht und gab acht, daß er nicht zuviel Geld ausgäbe, denn er wollte morgen, eingedenk seines Versprechens, in die Kapelle Ste Marie des Batignolles gehen, um wenigstens einen Teil seiner Schuld an die kleine heilige Therese abzustatten. Allerdings trank er gerade so viel, daß er nicht mehr mit einem ganz sicheren Auge und mit dem Instinkt, den nur die Armut verleiht, das allerbilligste Hotel jener Gegend finden konnte.

Also fand er ein etwas teureres Hotel, und auch hier zahlte er im voraus, weil er zerschlissene Kleider und kein Gepäck hatte. Aber er machte sich gar nichts daraus und schlief ruhig, ja, bis in den Tag hinein. Er erwachte durch das Dröhnen der Glocken einer nahen Kirche und wußte sofort, was heute für ein wichtiger Tag sei: ein Sonntag; und daß er zur kleinen heiligen Therese müsse, um ihr seine Schuld zurückzuzahlen. Flugs fuhr er nun in die Kleider und begab sich schnellen Schrittes zu dem Platz, wo sich die Kapelle befand. Er kam aber dennoch nicht rechtzeitig zur Zehn-Uhr-Messe an, die Leute strömten ihm gerade aus der Kirche entgegen. Er fragte, wann die nächste Messe beginne, und man sagte ihm, sie fände um zwölf Uhr statt. Er wurde ein wenig ratlos, wie er so vor dem Eingang der Kapelle stand. Er hatte noch eine Stunde Zeit, und diese wollte er keineswegs auf der Straße verbringen. Er sah sich also um, wo er am besten warten könne, und erblickte rechts schräg gegenüber der Kapelle ein Bistro, und dorthin ging er und beschloß, die Stunde, die ihm übrigblieb, abzuwarten.

Mit der Sicherheit eines Menschen, der Geld in seiner Tasche weiß, bestellte er einen Pernod, und er trank ihn auch mit der Sicherheit eines Menschen, der schon viele in seinem Leben getrunken hatte. Er trank noch einen zweiten und einen dritten, und er schüttete immer weniger Wasser in sein Glas nach. Und als gar der vierte kam, wußte er nicht mehr, ob er zwei, fünf oder sechs Gläser getrunken hatte. Auch erinnerte er sich nicht mehr, weshalb er in dieses Café und an diesen Ort geraten sei. Er wußte lediglich noch, daß er hier einer Pflicht, einer Ehrenpflicht, zu gehorchen hatte, und er zahlte, erhob sich, ging, immerhin noch sicheren Schrittes, zur Tür hinaus, erblickte die Kapelle schräg links gegenüber und wußte sofort wiederum, wo, warum und wozu er sich hier befinde. Eben wollte er den ersten Schritt in die Richtung der Kapelle lenken, als er plötzlich seinen Namen rufen hörte. «Andreas!» rief eine Stimme, eine Frauenstimme. Sie kam aus verschütteten Zeiten. Er hielt inne und wandte den Kopf nach rechts, woher die Stimme gekommen war. Und er erkannte sofort das Gesicht, dessentwegen er im Gefängnis gesessen war. Es war Karoline.

Karoline! Zwar trug sie Hut und Kleider, die er nie an ihr

gekannt hatte, aber es war doch ihr Gesicht, und also zögerte er nicht, ihr in die Arme zu fallen, die sie im Nu ausgebreitet hatte. «Welch eine Begegnung», sagte sie. Und es war wahrhaftig ihre Stimme, die Stimme der Karoline. «Bist du allein?» fragte sie.

«Ja», sagte er, «ich bin allein.»

«Komm, wir wollen uns aussprechen», sagte sie.

«Aber, aber», erwiderte er, «ich bin verabredet.»

«Mit einem Frauenzimmer?» fragte sie.

«Ja», sagte er furchtsam.

«Mit wem?»

«Mit der kleinen Therese», antwortete er.

«Sie hat nichts zu bedeuten», sagte Karoline.

In diesem Augenblick fuhr ein Taxi vorbei, und Karoline hielt es mit ihrem Regenschirm auf. Und schon sagte sie eine Adresse dem Chauffeur, und ehe sich es noch Andreas versehen hatte, saß er drinnen im Wagen neben Karoline, und schon rollten sie, schon rasten sie dahin, wie es Andreas schien, durch teils bekannte, teils unbekannte Straßen, weiß Gott in welche Gefilde!

Jetzt kamen sie in eine Gegend außerhalb der Stadt; lichtgrün, vorfrühlingsgrün war die Landschaft, in der sie hielten, das heißt der Garten, hinter dessen spärlichen Bäumen sich ein verschwiegenes Restaurant verbarg.

Karoline stieg zuerst aus; mit dem Sturmesschritt, den er an ihr gewohnt war, stieg sie zuerst aus, über seine Knie hinweg. Sie zahlte, und er folgte ihr. Und sie gingen ins Restaurant und saßen nebeneinander auf einer Banquette aus grünem Plüsch, wie einst in jungen Zeiten, vor dem Kriminal. Sie bestellte das Essen, wie immer, und sie sah ihn an, und er wagte nicht, sie anzusehen.

«Wo bist du die ganze Zeit gewesen?» fragte sie.

«Überall, nirgends», sagte er. «Ich arbeite erst seit zwei Tagen wieder. Die ganze Zeit, seitdem wir uns nicht wiedergesehen haben, habe ich getrunken, und ich habe unter den Brükken geschlafen, wie alle unsereins, und du hast wahrscheinlich ein besseres Leben geführt. – Mit Männern», fügte er nach einiger Zeit hinzu.

«Und du?» fragte sie. «Mittendrin, wo du versoffen bist und ohne Arbeit und wo du unter den Brücken schläfst, hast du noch Zeit und Gelegenheit, eine Therese kennenzulernen. Und wenn ich nicht gekommen wäre, zufällig, wärest du wirklich zu ihr hingegangen.»

Er antwortete nicht, er schwieg, bis sie beide das Fleisch gegessen hatten und der Käse kam und das Obst. Und wie er den letzten Schluck Wein aus seinem Glase getrunken hatte, überfiel ihn aufs neue jener plötzliche Schrecken, den er vor langen Jahren, während der Zeit seines Zusammenlebens mit Karoline, so oft gefühlt hatte. Und er wollte ihr wieder einmal entfliehen, und er rief: «Kellner zahlen!» Sie aber fuhr ihm dazwischen: «Das ist meine Sache, Kellner!» Der Kellner, es war ein gereifter Mann mit erfahrenen Augen, sagte: «Der Herr hat zuerst gerufen.» Andreas war es also auch, der zahlte. Bei dieser Gelegenheit hatte er das ganze Geld aus der linken inneren Rocktasche hervorgeholt, und nachdem er gezahlt hatte, sah er mit einigem, allerdings durch Weingenuß gemildertem Schrecken, daß er nicht mehr die ganze Summe besaß, die er der kleinen Heiligen schuldete. «Aber es geschehen» – sagte er sich im stillen – «mir heutzutage so viele Wunder hintereinander, daß ich wohl sicherlich die nächste Woche noch das schuldige Geld aufbringen und zurückzahlen werde.»

«Du bist also ein reicher Mann», sagte Karoline auf der Straße. «Von dieser kleinen Therese läßt du dich wohl aushalten.»

Er erwiderte nichts, und also war sie dessen sicher, daß sie recht hatte. Sie verlangte, ins Kino geführt zu werden. Und er ging mit ihr ins Kino. Nach langer Zeit sah er wieder ein Filmstück. Aber es war schon so lange her, daß er eines gesehen hatte, daß er dieses kaum mehr verstand und an der Schulter der Karoline einschlief. Hierauf gingen sie in ein Tanzlokal, wo man Ziehharmonika spielte, und es war schon so lange her, seitdem er zuletzt getanzt hatte, daß er gar nicht mehr recht tanzen konnte, als er es mit Karoline versuchte. Also nahmen sie ihm andere Tänzer weg, sie war immer noch recht frisch und begehrenswert. Er saß allein am Tisch und trank wieder Pernod, und es war ihm wie in alten Zeiten, wo Karoline auch mit anderen getanzt und er allein am Tisch getrunken hatte. Infolgedessen holte er sie auch plötzlich und gewaltsam aus den Armen eines Tänzers weg und sagte: «Wir gehen nach Hause!» Faßte sie am Nacken und ließ sie nicht mehr los, zahlte und ging mit ihr nach Hause. Sie wohnte in der Nähe. Und so war alles wie in alten Zeiten, in den Zeiten vor dem Kriminal.

5

Sehr früh am Morgen erwachte er. Karoline schlief noch. Ein einzelner Vogel zwitscherte vor dem offenen Fenster. Eine Zeitlang blieb er mit offenen Augen liegen und nicht länger als ein paar Minuten. In diesen wenigen Minuten dachte er nach. Es kam ihm vor, daß ihm seit langer Zeit nicht so viel Merkwürdiges passiert sei wie in dieser einzigen Woche. Auf einmal wandte er sein Gesicht um und sah Karoline zu seiner Rechten. Was er gestern bei der Begegnung mit ihr nicht gesehen hatte, bemerkte er jetzt: Sie war alt geworden: blaß, aufgedunsen und schwer atmend schlief sie den Morgenschlaf alternder Frauen. Er erkannte den Wandel der Zeiten, die an ihm selbst vorbeigegangen waren. Und er erkannte auch den Wandel seiner selbst, und er beschloß, sofort aufzustehen, ohne Karoline zu wecken, und ebenso zufällig, oder besser gesagt, schicksalshaft wegzugehen, so wie sie beide, Karoline und er, gestern zusammengekommen waren. Verstohlen zog er sich an und ging davon, in einen neuen Tag hinein, in einen seiner gewohnten neuen Tage.

Das heißt: eigentlich in einen seiner ungewohnten. Denn als er in die linke Brusttasche griff, wo er das erst seit einiger Zeit erworbene oder gefundene Geld aufzuheben gewohnt war, bemerkte er, daß ihm nur noch mehr ein Schein von fünfzig Francs verblieben war und ein paar kleine Münzen dazu. Und er, der schon seit langen Jahren nicht gewußt hatte, was Geld bedeute und auf dessen Bedeutung keineswegs mehr achtgegeben hatte, erschrak nunmehr, so wie einer zu erschrecken pflegt, der gewohnt ist, immer Geld in der Tasche zu haben, und auf einmal in die Verlegenheit gerät, sehr wenig noch in ihr zu finden. Auf einmal schien es ihm, inmitten der morgengrauen, verlassenen Gasse, daß er, der seit unzähligen Monaten Geldlose, plötzlich arm geworden sei, weil er nicht mehr so viele Scheine in der Tasche verspürte, wie er sie in den letzten Tagen besessen hatte. Und es kam ihm vor, daß die Zeit seiner Geldlosigkeit sehr, sehr weit hinter ihm zurückläge und daß er eigentlich den Betrag, welcher den ihm gebührenden Lebensstandard aufrechterhalten sollte, übermütiger sowie auch leichtfertiger Weise für Karoline ausgegeben hatte.

Er war also böse auf Karoline. Und auf einmal begann er, der niemals auf Geldbesitz Wert gelegt hatte, den Wert des Geldes zu schätzen. Auf einmal fand er, daß der Besitz eines Fünfzigfrancsscheines lächerlich sei für einen Mann von solchem Wert und daß er überhaupt, um auch nur über den Wert seiner Persönlichkeit sich selber klarzuwerden, es unbedingt nötig habe, über sich selbst in Ruhe bei einem Glas Pernod nachzudenken.

Nun suchte er sich unter den nächstliegenden Gaststätten eine aus, die ihm am gefälligsten schien, setzte sich dorthin und bestellte einen Pernod. Während er ihn trank, erinnerte er sich daran, daß er eigentlich ohne Aufenthaltserlaubnis in Paris lebte, und er sah seine Papiere nach. Und hierauf fand er, daß er eigentlich ausgewiesen sei, denn er war als Kohlenarbeiter nach Frankreich gekommen, und er stammte aus Olschowice, aus dem polnischen Schlesien.

6

Hierauf, während er seine halbzerfetzten Papiere vor sich auf dem Tisch ausbreitete, erinnerte er sich daran, daß er eines Tages, vor vielen Jahren, hierhergekommen war, weil man in der Zeitung kundgemacht hatte, daß man in Frankreich Kohlenarbeiter suche. Und er hatte sich sein Lebtag nach einem fernen Lande gesehnt. Und er hatte in den Gruben von Quebecque gearbeitet, und er war einquartiert gewesen bei seinen Landsleuten, dem Ehepaar Schebiec. Und er liebte die Frau, und da der Mann sie eines Tages zu Tode schlagen wollte, schlug er, Andreas, den Mann tot. Dann saß er zwei Jahre im Kriminal.

Diese Frau war eben Karoline.

Und dieses alles dachte Andreas im Betrachten seiner bereits ungültig gewordenen Papiere. Und hierauf bestellte er noch einen Pernod, denn er war ganz unglücklich.

Als er sich endlich erhob, verspürte er zwar eine Art von Hunger, aber nur jenen, von dem lediglich Trinker befallen werden können. Es ist dies nämlich eine besondere Art von Begehrlichkeit (nicht nach Nahrung), die lediglich ein paar Augenblicke dauert und sofort gestillt wird, sobald derjenige, der sie verspürt, sich ein bestimmtes Getränk vorstellt, das ihm in diesem bestimmten Moment zu behagen scheint.

Lange schon hatte Andreas vergessen, wie er mit Vatersnamen hieß. Jetzt aber, nachdem er soeben seine ungültigen Papiere noch einmal gesehen hatte, erinnerte er sich daran, daß er Kartak hieße: Andreas Kartak. Und es war ihm, als entdeckte er sich selbst erst seit langen Jahren wieder.

Immerhin grollte er einigermaßen dem Schicksal, das ihm nicht wieder, wie das letztemal, einen dicken, schnurrbärtigen, kindergesichtigen Mann in dieses Caféhaus geschickt hatte, der es ihm möglich gemacht hätte, neues Geld zu verdienen. Denn an nichts gewöhnen sich die Menschen so leicht wie an Wunder, wenn sie ihnen ein-, zwei-, dreimal widerfahren sind. Ja! Die Natur der Menschen ist derart, daß sie sogar böse werden, wenn ihnen nicht unaufhörlich all jenes zuteil wird, was ihnen ein zufälliges und vorübergehendes Geschick versprochen zu haben scheint. So sind die Menschen . . . und was wollten wir anderes von Andreas erwarten? Den Rest des Tages verbrachte er also in verschiedenen anderen Tavernen, und er gab sich bereits damit zufrieden, daß die Zeit der Wunder, die er erlebt hatte, vorbei sei, endgültig vorbei sei und seine alte Zeit nun wieder begonnen habe. Und zu jenem langsamen Untergang entschlossen, zu dem Trinker immer bereit sind – Nüchterne werden das nie erfahren!, begab sich Andreas wieder an die Ufer der Seine, unter die Brücken.

Er schlief dort, halb bei Tag und halb bei Nacht, so wie er es gewohnt gewesen war seit einem Jahr, hier und dort eine Flasche Schnaps ausleihend bei dem und jenem seiner Schicksalsgenossen . . . bis zur Nacht des Donnerstags auf Freitag.

In jener Nacht nämlich träumte ihm, daß die kleine Therese in der Gestalt eines blondgelockten Mädchens zu ihm käme und ihm sagte: «Warum bist du letzten Sonntag nicht bei mir gewesen?» Und die kleine Heilige sah genauso aus, wie er sich vor vielen Jahren seine eigene Tochter vorgestellt hatte. Und er hatte gar keine Tochter! Und im Traum sagte er zu der kleinen Therese: «Wie sprichst du zu mir? Hast du vergessen, daß ich dein Vater bin?» Die Kleine antwortete: «Verzeih, Vater, aber tu mir den Gefallen und komm übermorgen, Sonntag, zu mir in die Ste Marie des Batignolles.»

Nach dieser Nacht, in der er diesen Traum geträumt hatte, erhob er sich erfrischt und, wie vor einer Woche, als ihm noch die Wunder geschehen waren, so, als nähme er den Traum für ein wahres Wunder. Noch einmal wollte er sich am Flusse waschen. Aber bevor er seinen Rock zu diesem Zweck ablegte, griff er in die linke Brusttasche, in der vagen Hoffnung, es könnte sich dort noch irgend etwas Geld vorfinden, von dem er vielleicht gar nicht gewußt hätte. Er griff in die linke innere Brusttasche seines Rockes, und seine Hand fand dort zwar keinen Geldschein, wohl aber jene lederne Brieftasche, die er vor ein paar Tagen gekauft hatte. Diese zog er hervor. Es war eine äußerst billige, bereits verbrauchte, umgetauschte, wie nicht anders zu erwarten. Spaltleder, Rindsleder. Er betrachtete sie, weil er sich nicht mehr erinnerte, daß, wo und wann er sie gekauft hatte. Wie kommt das zu mir? fragte er sich. Schließlich öffnete er das Ding und sah, daß es zwei Fächer hatte. Neugierig sah er in beide hinein, und in einem von ihnen war ein Geldschein. Und er zog ihn hervor, es war ein Tausendfrancsschein.

Hierauf steckte er die tausend Francs in die Hosentasche und ging an das Ufer der Seine, und ohne sich um seine Unheilsgenossen zu kümmern, wusch er sich Gesicht und den Hals sogar, und dies beinahe fröhlich. Hierauf zog er sich den Rock wieder an und ging in den Tag hinein, und er begann den Tag damit, daß er in ein Tabac eintrat, um Zigaretten zu kaufen. Nun hatte er zwar Kleingeld genug, um die Zigaretten bezahlen zu können, aber er wußte nicht, bei welcher Gelegenheit er den Tausendfrancsschein, den er so wunderbarerweise in der Brieftasche gefunden hatte, wechseln könnte. Denn so viel Welterfahrung besaß er schon, daß er ahnte, es bestünde in den Augen der Welt, das heißt: in den Augen der maßgebenden Welt, ein bedeutender Gegensatz zwischen seiner Kleidung, seinem Aussehen und einem Schein von tausend Francs. Immerhin beschloß er, mutig, wie er durch das erneuerte Wunder geworden war, die Banknote zu zeigen. Allerdings, den Rest der Klugheit noch gebrauchend, der ihm verblieben war, um dem Herrn an der Kasse des Tabacs zu sagen: «Bitte, wenn Sie tausend Francs nicht wechseln können, gebe ich Ihnen auch Kleingeld. Ich möchte sie aber gerne gewechselt haben.»

Zum Erstaunen Andreas' sagte der Herr vom Tabac: «Im Gegenteil! Ich brauche einen Tausendfrancsschein, Sie kommen mir sehr gelegen.» Und der Besitzer wechselte den Tausendfrancsschein. Hierauf blieb Andreas ein wenig an der Theke stehen und trank drei Gläser Weißwein; gewissermaßen aus Dankbarkeit gegenüber dem Schicksal.

7

Indes er so an der Theke stand, fiel ihm eine eingerahmte Zeichnung auf, die hinter dem breiten Rücken des Wirtes an der Wand hing, und diese Zeichnung erinnerte ihn an einen alten Schulkameraden aus Olschowice. Er fragte den Wirt: «Wer ist das? Den kenne ich, glaube ich.» Darauf brachen sowohl der Wirt als auch sämtliche Gäste, die an der Theke standen, in ein ungeheures Gelächter aus. Und sie riefen alle: «Wie, er kennt ihn nicht!»

Denn es war in der Tat der große Fußballspieler Kanjak, schlesischer Abkunft, allen normalen Menschen wohlbekannt. Aber woher sollten ihn Alkoholiker, die unter den Seinebrücken schliefen, kennen, und wie, zum Beispiel, unser Andreas? Da er sich aber schämte, und insbesondere deshalb, weil er soeben einen Tausendfrancsschein gewechselt hatte, sagte Andreas: «Oh, natürlich kenne ich ihn, und es ist sogar mein Freund. Aber die Zeichnung schien mir mißraten.» Hierauf, und damit man ihn nicht weiter frage, zahlte er schnell und ging.

Jetzt verspürte er Hunger. Er suchte also das nächste Gasthaus auf und aß und trank einen roten Wein und nach dem Käse einen Kaffee und beschloß, den Nachmittag in einem Kino zu verbringen. Er wußte nur noch nicht, in welchem. Er begab sich also im Bewußtsein dessen, daß er im Augenblick so viel Geld besäße, wie jeder der wohlhabenden Männer, die ihm auf der Straße entgegenkommen mochten, auf die großen Boulevards. Zwischen der Oper und dem Boulevard des

Capucines suchte er nach einem Film, der ihm wohl gefallen möchte, und schließlich fand er einen. Das Plakat, das diesen Film ankündigte, stellte nämlich einen Mann dar, der in einem fernen Abenteuer offenbar unterzugehen gedachte. Er schlich, wie das Plakat vorgab, durch eine erbarmungslose, sonnverbrannte Wüste! In dieses Kino trat nun Andreas ein. Er sah den Film vom Mann, der durch die sonnverbrannte Wüste geht. Und schon war Andreas im Begriffe, den Helden des Films sympathisch und ihn sich selbst verwandt zu fühlen, als plötzlich das Kinostück eine unerwartet glückliche Wendung nahm und der Mann in der Wüste von einer vorbeiziehenden, wissenschaftlichen Karawane gerettet und in den Schoß der europäischen Zivilisation zurückgeführt wurde. Hierauf verlor Andreas jede Sympathie für den Helden des Films. Und schon war er im Begriff, sich zu erheben, als auf der Leinwand das Bild jenes Schulkameraden erschien, dessen Zeichnung er vor einer Weile, an der Theke stehend, hinter dem Rücken des Wirtes der Taverne gesehen hatte. Es war der große Fußballspieler Kanjak. Hierauf erinnerte sich Andreas, daß er einmal, vor zwanzig Jahren, mit Kanjak zusammen in der gleichen Schulbank gesessen hatte, und er beschloß, sich morgen sofort zu erkundigen, ob sein alter Schulkollege sich in Paris aufhielte.

Denn er hatte, unser Andreas, nicht weniger als neunhundertachtzig Francs in der Tasche. Und dies ist nicht wenig.

8

Bevor er aber das Kino verließ, fiel es ihm ein, daß er es gar nicht nötig hätte, bis morgen früh auf die Adresse seines Freundes und Schulkameraden zu warten; insbesondere in Anbetracht der ziemlich hohen Summe, die er in der Tasche liegen hatte. Er war jetzt, in Anbetracht des Geldes, das ihm verblieb, so mutig geworden, daß er beschloß, sich an der Kasse nach der Adresse seines Freundes zu erkundigen, des berühmten Fußballspielers Kanjak. Er hatte gedacht, man müßte zu diesem Zweck den Direktor des Kinos persönlich fragen. Aber nein! Wer war in ganz Paris so bekannt wie der Fußballspieler Kanjak? Der Türsteher schon kannte seine Adresse. Er wohnte in einem Hotel in den Champs-Élysées.

Der Türsteher sagte ihm auch den Namen des Hotels; und sofort begab sich unser Andreas auf den Weg dorthin. Es war ein vornehmes, kleines und stilles Hotel, gerade eines jener Hotels, in denen Fußballspieler und Boxer, die Elite unserer Zeit, zu wohnen pflegen. Andreas kam sich in der Vorhalle etwas fremd vor, und auch den Angestellten des Hotels kam er etwas fremd vor. Immerhin sagten sie, der berühmte Fußballspieler Kanjak sei zu Hause und bereit, jeden Moment in die Vorhalle zu kommen.

Nach ein paar Minuten kam er auch herunter, und sie erkannten sich beide sofort. Und sie tauschten im Stehen noch alte Schulerinnerungen aus, und hierauf gingen sie zusammen essen, und es herrschte große Fröhlichkeit zwischen beiden. Sie gingen zusammen essen, und es ergab sich also infolgedessen, daß der berühmte Fußballspieler seinen verkommenen Freund folgendes fragte:

«Warum schaust du so verkommen aus, was trägst du überhaupt für Lumpen an deinem Leib?»

«Es wäre schrecklich», antwortete Andreas, «wenn ich erzählen wollte, wie das alles gekommen ist. Und es würde auch die Freude an unserem glücklichen Zusammentreffen bedeutsam stören. Laß uns darüber lieber kein Wort verlieren. Reden wir von was Heiterem.»

«Ich habe viele Anzüge», sagte der berühmte Fußballspieler Kanjak. «Und es wird mir eine Freude sein, dir den einen oder den anderen davon abzugeben. Du hast neben mir in der Schulbank gesessen, und du hast mich abschreiben lassen. Was bedeutet schon ein Anzug für mich! Wo soll ich ihn dir hinschicken?»

«Das kannst du nicht», erwiderte Andreas, «und zwar einfach deshalb, weil ich keine Adresse habe. Ich wohne nämlich seit einiger Zeit unter den Brücken an der Seine.»

«So werde ich dir also», sagte der Fußballspieler Kanjak, «ein Zimmer mieten, einfach zu dem Zweck, dir einen Anzug schenken zu können. Komm!»

Nachdem sie gegessen hatten, gingen sie hin, und der Fußballspieler Kanjak mietete ein Zimmer, und dieses kostete fünfundzwanzig Francs pro Tag und war gelegen in der Nähe der großartigen Kirche von Paris, die unter dem Namen «Madeleine» bekannt ist.

9

Das Zimmer war im fünften Stock gelegen, und Andreas und der Fußballspieler mußten den Lift benützen. Andreas besaß selbstverständlich kein Gepäck. Aber weder der Portier noch der Liftboy noch sonst irgendeiner von dem Personal des Hotels verwunderte sich darüber. Denn es war einfach ein Wunder, und innerhalb des Wunders gibt es nichts Verwunderliches. Als sie beide im Zimmer oben standen, sagte der Fußballspieler Kanjak zu seinem Schulbankgenossen Andreas: «Du brauchst wahrscheinlich eine Seife.»

«Unsereins», erwiderte Andreas, «kann auch ohne Seife leben. Ich gedenke hier acht Tage ohne Seife zu wohnen, und ich werde mich trotzdem waschen. Ich möchte aber, daß wir uns zur Ehre dieses Zimmers sofort etwas zum Trinken bestellen.»

Und der Fußballspieler bestellte eine Flasche Kognak. Diese tranken sie bis zur Neige. Hierauf verließen sie das Zimmer und nahmen ein Taxi und fuhren auf den Montmartre, und zwar in jenes Café, wo die Mädchen saßen und wo Andreas erst ein paar Tage vorher gewesen war. Nachdem sie dort zwei Stunden gesessen und Erinnerungen aus der Schulzeit ausgetauscht hatten, führte der Fußballspieler Andreas nach Hause, das heißt in das Hotelzimmer, das er ihm gemietet hatte, und sagte zu ihm: «Jetzt ist es spät. Ich lasse dich allein. Ich schicke dir morgen zwei Anzüge. Und – brauchst du Geld?»

«Nein», sagte Andreas, «ich habe neunhundertachtzig Francs, und das ist nicht wenig. Geh nach Hause!»

«Ich komme in zwei oder drei Tagen», sagte der Freund, der Fußballspieler.

10

Das Hotelzimmer, in dem Andreas nunmehr wohnte, hatte die Nummer neunundachtzig. Sobald Andreas sich allein in diesem Zimmer befand, setzte er sich in den bequemen Lehnstuhl, der mit rosa Rips überzogen war, und begann, sich umzusehen. Er sah zuerst die rotseidene Tapete, unterbrochen von zartgoldenen Papageienköpfen, an den Wänden drei elfenbeinerne Knöpfe, rechts an der Türleiste und in der Nähe des Bettes den Nachttisch und die Lampen darüber mit dunkelgrünem Schirm und ferner eine Tür mit einem weißen Knauf, hinter der sich etwas Geheimnisvolles, jedenfalls für Andreas Geheimnisvolles, zu verbergen schien. Ferner gab es in der Nähe des Bettes ein schwarzes Telefon, dermaßen angebracht, daß auch ein im Bett Liegender das Hörrohr ganz leicht mit der rechten Hand erfassen kann.

Andreas, nachdem er lange das Zimmer betrachtet hatte und darauf bedacht gewesen war, sich auch mit ihm vertraut zu machen, wurde plötzlich neugierig. Denn die Tür mit dem weißen Knauf irritierte ihn, und trotz seiner Angst und obwohl er der Hotelzimmer ungewohnt war, erhob er sich und beschloß nachzusehen, wohin die Tür führe. Er hatte gedacht, sie sei selbstverständlich verschlossen. Aber wie groß war sein Erstaunen, als sie sich freiwillig, beinahe zuvorkommend, öffnete!

Er sah nunmehr, daß es ein Badezimmer war, mit glänzenden Kacheln und mit einer Badewanne, schimmernd und weiß, und mit einer Toilette, und kurz und gut das, was man in seinen Kreisen eine Bedürfnisanstalt hätte nennen können.

In diesem Augenblick auch verspürte er das Bedürfnis, sich zu waschen, und er ließ heißes und kaltes Wasser aus den beiden Hähnen in die Wanne rinnen. Und wie er sich auszog, um in sie hineinzusteigen, bedauerte er auch, daß er keine Hemden habe, denn wie er sich das Hemd auszog, sah er, daß es sehr schmutzig war, und von vornherein schon hatte er Angst vor dem Augenblick, in dem er wieder aus dem Bad gestiegen und dieses Hemd anziehen müßte.

Er stieg in das Bad, er wußte wohl, daß es eine lange Zeit her war, seitdem er sich gewaschen hatte. Er badete geradezu mit Wollust, erhob sich, zog sich wieder an und wußte nun nicht mehr, was er mit sich anfangen sollte.

Mehr aus Ratlosigkeit als aus Neugier öffnete er die Tür des Zimmers, trat in den Korridor und erblickte hier eine junge Frau, die aus ihrem Zimmer gerade herauskam, wie er eben selbst. Sie war schön und jung, wie ihm schien. Ja, sie erinnerte ihn an die Verkäuferin in dem Laden, wo er die Brieftasche erstanden hatte, und ein bißchen auch an Karoline, nfolgedessen verneigte er sich leicht vor ihr und grüßte und da sie ihm antwortete, mit einem Kopfnicken, faßte er h ein Herz und sagte ihr geradewegs: «Sie sind schön.»

«Auch Sie gefallen mir», antwortete sie, «einen Augenblick! Vielleicht sehen wir uns morgen.»

Und sie ging dahin im Dunkel des Korridors. Er aber, liebesbedürftig, wie er plötzlich geworden war, sah nach der Nummer ihrer Tür, hinter der sie wohnte.

Und es war die Nummer siebenundachtzig. Diese merkte er sich in seinem Herzen.

II

Er kehrte wieder in sein Zimmer zurück, wartete, lauschte und war schon entschlossen, nicht erst den Morgen abzuwarten, um mit dem schönen Mädchen zusammenzukommen. Denn obwohl er durch die fast ununterbrochene Reihe der Wunder in den letzten Tagen bereits überzeugt war, daß sich die Gnade auf ihn niedergelassen hatte, glaubte er doch gerade deswegen, zu einer Art Übermut berechtigt zu sein, und er nahm an, daß er gewissermaßen aus Höflichkeit der Gnade noch zuvorkommen müßte, ohne sie im geringsten zu kränken. Wie er nun also die leisen Schritte des Mädchens von Nummer siebenundachtzig zu vernehmen glaubte, öffnete er vorsichtig die Tür seines Zimmers einen Spaltbreit und sah, daß sie es wirklich war, die in ihr Zimmer zurückkehrte. Was er aber freilich infolge seiner langjährigen Unerfahrenheit nicht bemerkte, war der nicht geringzuschätzende Umstand, daß auch das schöne Mädchen sein Spähen bemerkt hatte. Infolgedessen machte sie, wie sie es Beruf und Gewohnheit gelehrt hatten, hastig und hurtig eine scheinbare Ordnung in ihrem Zimmer und löschte die Deckenlampe aus und legte sich aufs Bett und nahm beim Schein der Nachttischlampe ein Buch in die Hand und las darin; aber es war ein Buch, das sie bereits längst gelesen hatte.

Eine Weile später klopfte er auch zage an ihrer Tür, wie sie es auch erwartet hatte, und Andreas trat ein. Er blieb an der Schwelle stehen, obwohl er bereits die Gewißheit hatte, daß er im nächsten Augenblick die Einladung bekommen würde, näherzutreten. Denn das hübsche Mädchen rührte sich nicht aus ihrer Stellung, sie legte nicht einmal das Buch aus der Hand, sie fragte nur: «Und was wünschen Sie?»

Andreas, sicher geworden durch Bad, Seife, Lehnstuhl, Tapete, Papageienköpfe und Anzug, erwiderte: «Ich kann nicht bis morgen warten, Gnädige.» Das Mädchen schwieg.

Andreas trat näher an sie heran, fragte sie, was sie lese, und sagte aufrichtig: «Ich interessiere mich nicht für Bücher.»

«Ich bin nur vorübergehend hier», sagte das Mädchen auf dem Bett, «ich bleibe nur bis Sonntag hier. Am Montag muß ich nämlich in Cannes wieder auftreten.»

«Als was?» fragte Andreas.

«Ich tanze im Kasino. Ich heiße Gabby. Haben Sie den Namen noch nie gehört?»

«Gewiß, ich kenne ihn aus den Zeitungen», log Andreas, und er wollte hinzufügen: «. . . mit denen ich mich zudecke.» Aber er vermied es.

Er setzte sich an den Rand des Bettes, und das schöne Mädchen hatte nichts dagegen. Sie legte sogar das Buch aus der Hand, und Andreas blieb bis zum Morgen im Zimmer siebenundachtzig.

12

Am Samstagmorgen erwachte er mit dem festen Entschluß, sich von dem schönen Mädchen bis zu ihrer Abreise nicht mehr zu trennen. Ja, in ihm blühte sogar der zarte Gedanke an eine Reise mit der jungen Frau nach Cannes, denn er war, wie alle armen Menschen, geneigt, kleine Summen, die er in der Tasche hatte (und insbesondere die trinkenden armen Menschen neigen dazu), für große zu halten. Er zählte also am Morgen seine neunhundertachtzig Francs noch einmal nach. Und da sie in einer Brieftasche lagen und da diese Brieftasche in einem neuen Anzug steckte, hielt er die Summe um das Zehnfache vergrößert. Infolgedessen war er auch keineswegs erregt, als eine Stunde später, nachdem er es verlassen hatte, das schöne Mädchen bei ihm eintrat, ohne anzuklopfen; und da sie ihn fragte, wie sie beide den Samstag zu verbringen hätten, vor ihrer Abreise nach Cannes, sagte er aufs Geratewohl: «Fontainebleau.» Irgendwo, halb im Traum, hatte er es vielleicht gehört. Er wußte jedenfalls nicht mehr, n und wieso ihm dieser Ortsname auf die Zunge gekom- war. Sie mieteten also ein Taxi, und sie fuhren nach Fon- ebleau, und dort erwies es sich, daß das schöne Mädchen n gutes Restaurant kannte, in dem man gute Speisen speisen nd guten Trank trinken könnte. Und auch den Kellner kannte sie, und sie nannte ihn beim Vornamen. Und wenn unser Andreas eifersüchtig von Natur gewesen wäre, so hätte er wohl auch böse werden können. Aber er war nicht eifersüchtig, und also wurde er auch nicht böse. Sie verbrachten eine Zeitlang beim Essen und Trinken und fuhren hierauf, noch einmal im Taxi, zurück nach Paris, und auf einmal lag der strahlende Abend von Paris vor ihnen, und sie wußten nichts mit ihm anzufangen, eben wie Menschen nicht wissen, die nicht zueinander gehören und die nur zufällig zueinander gestoßen sind. Die Nacht breitete sich vor ihnen aus wie eine allzu lichte Wüste. Und sie wußten nicht mehr, was miteinander anzufangen, nachdem sie leichtfertigerweise das wesentliche Erlebnis vergeudet hatten, das Mann und Frau gegeben ist. Also beschlossen sie, was den Menschen in unserer Zeit vorbehalten bleibt, sobald sie nicht wissen, was anzufangen, ins Kino zu gehen. Und sie saßen da, und es war keine Finsternis, nicht einmal ein Dunkel, und knapp konnte man es noch ein Halbdunkel nennen. Und sie drückten einander die Hände, das Mädchen und unser Freund Andreas. Aber sein Händedruck war gleichgültig, und er litt selber darunter. Er selbst. Hierauf, als die Pause kam, beschloß er, mit dem schönen Mädchen in die Halle zu gehen und zu trinken, und sie gingen auch beide hin, und sie tranken. Und das Kino interessierte ihn keineswegs mehr. Sie gingen in einer ziemlichen Beklommenheit ins Hotel.

Am nächsten Morgen, es war Sonntag, erwachte Andreas in dem Bewußtsein seiner Pflicht, daß er das Geld zurückzahlen müsse. Er erhob sich schneller als am letzten Tag und so schnell, daß das schöne Mädchen aus dem Schlaf aufschrak und ihn fragte: «Warum so schnell, Andreas?»

«Ich muß eine Schuld bezahlen», sagte Andreas.

«Wie? Heute am Sonntag?» fragte das schöne Mädchen.

«Ja, heute am Sonntag», erwiderte Andreas.

«Ist es eine Frau oder ein Mann, dem du Geld schuldig bist?»

«Eine Frau», sagte Andreas zögernd.

«Wie heißt sie?»

«Therese.»

Daraufhin sprang das schöne Mädchen aus dem Bett, ballte die Fäuste und schlug sie auch beide Andreas ins Gesicht.

Und daraufhin floh er aus dem Zimmer, und er verließ das Hotel. Und ohne sich weiter umzusehn, ging er in die Richtung der Ste Marie des Batignolles in dem sicheren Bewußtsein, daß er heute endlich der kleinen Therese die zweihundert Francs zurückzahlen könnte.

13

Nun wollte es die Vorsehung – oder wie weniger gläubige Menschen sagen würden: der Zufall –, daß Andreas wieder einmal knapp nach der Zehn-Uhr-Messe ankam. Und es war selbstverständlich, daß er in der Nähe der Kirche das Bistro erblickte, in dem er zuletzt getrunken hatte, und dort trat er auch wieder ein.

Er bestellte also zu trinken. Aber vorsichtig, wie er war und wie es alle Armen dieser Welt sind, selbst wenn sie Wunder über Wunder erlebt haben, sah er zuerst nach, ob er wirklich auch Geld genug besäße, und er zog seine Brieftasche heraus. Und da sah er, daß von seinen neunhundertachtzig Francs kaum noch mehr etwas übrig war.

Es blieben ihm nämlich nur zweihundertfünfzig. Er dachte nach und erkannte, daß ihm das schöne Mädchen im Hotel das Geld genommen hatte. Aber unser Andreas machte sich gar nichts daraus. Er sagte sich, daß er für jede Lust zu zahlen habe, und er hatte also auch zu bezahlen.

Er wollte hier abwarten, so lange, bis die Glocken läuteten, die Glocken der nahen Kapelle, um zur Messe zu gehen und um dort endlich die Schuld der kleinen Heiligen abzustatten. Inzwischen wollte er trinken, und er bestellte zu trinken. Er trank. Die Glocken, die zur Messe riefen, begannen zu dröhnen, und er rief: «Zahlen, Kellner!», zahlte, erhob sich, ging hinaus und stieß knapp vor der Tür mit einem sehr großen breitschultrigen Mann zusammen. Den nannte er sofort: «Woitech.» Und dieser rief zu gleicher Zeit: «Andreas!» Sie sanken einander in die Arme, denn sie waren beide zusammen Kohlenarbeiter gewesen in Quebecque, zusammen beide in einer Grube.

«Wenn du mich hier erwarten willst», sagte Andreas, «zwanzig Minuten nur, so lange, wie die Messe dauert, nicht einen Moment länger!»

«Grad nicht», sagte Woitech. «Seit wann gehst du überhaupt in die Messe? Ich kann die Pfaffen nicht leiden und noch weniger die Leute, die zu den Pfaffen gehn.»

«Aber ich gehe zur kleinen Therese», sagte Andreas, «ich bin ihr Geld schuldig.»

«Meinst du die kleine heilige Therese?» fragte Woitech.

«Ja, die meine ich», erwiderte Andreas.

«Wieviel schuldest du ihr?» fragte Woitech.

«Zweihundert Francs!» sagte Andreas.

«Dann begleite ich dich!» sagte Woitech.

Die Glocken dröhnten immer noch. Sie gingen in die Kirche, und wie sie drinnen standen und die Messe gerade begonnen hatte, sagte Woitech mit flüsternder Stimme: «Gib mir sofort hundert Francs! Ich erinnere mich eben, daß mich drüben einer erwartet, ich komme sonst ins Kriminal!»

Unverzüglich gab ihm Andreas die ganzen zwei Hundertfrancsscheine, die er noch besaß, und sagte: «Ich komme sofort nach.»

Und wie er nun einsah, daß er kein Geld mehr hatte, um es der Therese zurückzuzahlen, hielt er es auch für sinnlos, noch länger der Messe beizuwohnen. Nur aus Anstand wartete er noch fünf Minuten und ging dann hinüber in das Bistro, wo Woitech auf ihn wartete.

Von nun ab blieben sie Kumpane, denn das versprachen sie einander gegenseitig.

Freilich hatte Woitech keinen Freund gehabt, dem er Geld schuldig gewesen wäre. Den einen Hundertfrancsschein, den ihm Andreas geborgt hatte, verbarg er sorgfältig im Taschentuch und machte einen Knoten darum. Für die anderen hundert Francs lud er Andreas ein zu trinken und noch einmal zu trinken und noch einmal zu trinken, und in der Nacht gingen sie in jenes Haus, wo die gefälligen Mädchen saßen, und dort blieben sie auch alle beide drei Tage, und als sie wieder herauskamen, war es Dienstag, und Woitech trennte sich von

Andreas mit den Worten: «Sonntag sehen wir uns wieder, um dieselbe Zeit und an der gleichen Stelle und am selben Ort.»

«Servus!» sagte Andreas.

«Servus!» sagte Woitech und verschwand.

14

Es war ein regnerischer Dienstagnachmittag, und es regnete so dicht, daß Woitech im nächsten Augenblick tatsächlich verschwunden war. Jedenfalls schien es Andreas also.

Es schien ihm, daß sein Freund verlorengegangen war im Regen, genauso, wie er ihn zufällig getroffen hatte, und da er kein Geld mehr in der Tasche besaß, ausgenommen fünfunddreißig Francs, und verwöhnt vom Schicksal, wie er sich glaubte, und der Wunder sicher, die ihm gewiß noch geschehen würden, beschloß er, wie alle Armen und des Trunkes gewohnten es tun, sich wieder dem Gott anzuvertrauen, dem einzigen, an den er glaubte. Also ging er zur Seine und die gewohnte Treppe hinunter, die zu der Heimstätte der Obdachlosen führt.

Hier stieß er auf einen Mann, der eben im Begriffe war, die Treppe hinaufzusteigen, und der ihm sehr bekannt vorkam. Infolgedessen grüßte Andreas ihn höflich. Es war ein etwas älterer, gepflegt aussehender Herr, der stehenblieb, Andreas genau betrachtete und sachlich fragte: «Brauchen Sie Geld, lieber Herr?»

An der Stimme erkannte Andreas, daß es jener Herr war, den er drei Wochen vorher getroffen hatte. Also sagte er: «Ich erinnere mich wohl, daß ich Ihnen noch Geld schuldig bin, ich sollte es der heiligen Therese zurückbringen. Aber es ist allerhand dazwischengekommen, wissen Sie. Und ich bin schon das dritte Mal daran verhindert gewesen, das Geld zurückzugeben.»

«Sie irren sich», sagte der ältere, wohlangezogene Herr, «ich habe nicht die Ehre, Sie zu kennen. Sie verwechseln mich offenbar, aber es scheint mir, daß Sie in einer Verlegenheit sind. Und was die heilige Therese betrifft, von der Sie eben gesprochen haben, bin ich ihr dermaßen menschlich verbunden, daß ich selbstverständlich bereit bin, Ihnen das Geld vorzustrecken, das Sie ihr schuldig sind. Wieviel macht es denn?»

«Zweihundert Francs», erwiderte Andreas, «aber verzeihen Sie, Sie kennen mich ja nicht! Ich bin ein Ehrenmann, und Sie können mich kaum mahnen. Ich habe nämlich wohl meine Ehre, aber keine Adresse. Ich schlafe unter einer dieser Brükken.»

«Oh, das macht nichts!» sagte der Herr. «Auch ich pflege da zu schlafen. Und Sie erweisen mir geradezu einen Gefallen, für den ich nicht genug dankbar sein kann, wenn Sie mir das Geld abnehmen. Denn auch ich bin der kleinen Therese so viel schuldig!»

«Dann», sagte Andreas, «allerdings stehe ich zu Ihrer Verfügung.»

Er nahm das Geld, wartete eine Weile, bis der Herr die Stufen hinaufgeschritten war, und ging dann selber die gleichen Stufen hinauf und geradewegs in die Rue des Quatre Vents in sein altes Restaurant, in das russisch-armenische Tari-Bari, und dort blieb er bis zum Samstagabend. Und da erinnerte er sich, daß morgen Sonntag sei und daß er in der Kapelle Ste Marie des Batignolles zu gehen habe.

15

Im Tari-Bari waren viele Leute, denn manche schliefen dort, die kein Obdach hatten, tagelang, nächtelang, des Tags hinter der Theke und des Nachts auf den Banquetten. Andreas erhob sich am Sonntag sehr früh, nicht sosehr wegen der Messe, die er zu versäumen gefürchtet hätte, wie aus Angst vor dem Wirt, der ihn mahnen würde, Trank und Speise und Quartier für so viele Tage zu bezahlen.

Er irrte sich aber, denn der Wirt war bereits viel früher aufgestanden als er. Denn der Wirt kannte ihn schon seit langem und wußte, daß unser Andreas dazu neigte, jede Gelegenheit wahrzunehmen, um Zahlungen auszuweichen. Infolgedessen mußte unser Andreas bezahlen, von Dienstag bis Sonntag, reichlich Speise und Getränke und viel mehr noch, als er gegessen und getrunken hatte. Denn der Wirt vom Tari-Bari wußte zu unterscheiden, welche von seinen Kunden rechnen konnten und welche nicht. Aber unser Andreas gehörte zu jenen, die nicht rechnen konnten, wie viele Trinker. Andreas zahlte also einen großen Teil des Geldes, das er bei sich hatte, und begab sich dennoch in die Richtung der Kapelle Ste Marie des Batignolles. Aber er wußte wohl schon, daß er nicht mehr genügend Geld hatte, um der heiligen Therese alles zurückzuzahlen. Und er dachte ebenso an seinen Freund Woitech, mit dem er sich verabredet hatte, genau in dem gleichen Maße wie an seine kleine Gläubigerin.

Nun also kam er in der Nähe der Kapelle an, und es war wieder leider nach der Zehn-Uhr-Messe, und noch einmal strömten ihm die Menschen entgegen, und wie er so gewohnt den Weg zum Bistro einschlug, hörte er hinter sich rufen, und plötzlich fühlte er eine derbe Hand auf seiner Schulter. Und wie er sich umwandte, war es ein Polizist.

Unser Andreas, der, wie wir wissen, keine Papiere hatte, wie so viele seinesgleichen, erschrak und griff schon in die Tasche, einfach um sich den Anschein zu geben, er hätte etwelche Papiere, die richtig seien. Der Polizist aber sagte: «Ich weiß schon, was Sie suchen. In der Tasche suchen Sie es vergeblich! Ihre Brieftasche haben Sie eben verloren. Hier ist sie, und» – so fügte er noch scherzhaft hinzu – «das kommt davon, wenn man Sonntag am frühen Vormittag schon so viele Aperitifs getrunken hat! . . .»

Andreas ergriff schnell die Brieftasche, hatte kaum Gelassenheit genug, den Hut zu lüften, und ging stracks ins Bistro hinüber.

Dort fand er den Woitech bereits vor und erkannte ihn nicht auf den ersten Blick, sondern erst nach einer längeren Weile. Dann aber begrüßte ihn unser Andreas um so herzlicher. Und sie konnten gar nicht aufhören, beide einander wechselseitig einzuladen, und Woitech, höflich, wie die meisten Menschen es sind, stand von der Banquette auf und bot Andreas den Ehrenplatz an und ging, so schwankend er auch war, um den Tisch herum, setzte sich gegenüber auf einen Stuhl und redete Höflichkeiten. Sie tranken lediglich Pernod.

«Mir ist wieder etwas Merkwürdiges geschehen», sagte Andreas. «Wie ich da zu unserem Rendezvous herübergehen will, faßt mich ein Polizist an der Schulter und sagte: ‹Sie haben Ihre Brieftasche verloren.› Und gibt mir eine, die mir gar nicht gehört, und ich stecke sie ein, und jetzt will ich nachschauen, was es eigentlich ist.»

Und damit zieht er die Brieftasche heraus und sieht nach, und es liegen darin mancherlei Papiere, die ihn nicht das geringste angehen, und er sieht auch Geld darin und zählt die Scheine, und es sind genau zweihundert Francs. Und da sagt Andreas: «Siehst du! Das ist ein Zeichen Gottes. Jetzt gehe ich hinüber und zahle endlich mein Geld!»

«Dazu», antwortete Woitech, «hast du ja Zeit, bis die Messe zu Ende ist. Wozu brauchst du denn die Messe? Während der Messe kannst du nichts zurückzahlen. Nach der Messe gehst du in die Sakristei, und inzwischen trinken wir!»

«Natürlich, wie du willst», antwortete Andreas.

In diesem Augenblick tat sich die Tür auf, und während Andreas ein unheimliches Herzweh verspürte und eine große Schwäche im Kopf, sah er, daß ein junges Mädchen hereinkam und sich genau ihm gegenüber auf die Banquette setzte. Sie war sehr jung, so jung, wie er noch nie ein Mädchen gesehen zu haben glaubte, und sie war ganz himmelblau angezogen. Sie war nämlich blau, wie nur der Himmel blau sein kann an manchen Tagen, und auch nur an gesegneten.

So schwankte er also hinüber, verbeugte sich und sagte zu dem jungen Kind: «Was machen Sie hier?»

«Ich warte auf meine Eltern, die eben aus der Messe kommen; die wollen mich hier abholen. Jeden vierten Sonntag», sagte sie und war ganz verschüchtert vor dem älteren Mann, der sie so plötzlich angesprochen hatte. Sie fürchtete sich ein wenig vor ihm.

Andreas fragte darauf: «Wie heißen Sie?»

«Therese», sagte sie.

«Ah», rief Andreas darauf, «das ist reizend! Ich habe nicht gedacht, daß eine so große, eine so kleine Heilige, eine so große und so kleine Gläubigerin mir die Ehre erweist, mich aufzusuchen, nachdem ich so lange nicht zu ihr gekommen war.»

«Ich verstehe nicht, was Sie reden», sagte das kleine Fräulein ziemlich verwirrt.

«Das ist nur Ihre Feinheit», erwiderte hier Andreas. «Das ist nur Ihre Feinheit, aber ich weiß sie zu schätzen. Ich bin Ihnen seit langem zweihundert Francs schuldig, und ich bin nicht mehr dazu gekommen, sie Ihnen zurückzugeben, heiliges Fräulein!»

«Sie sind mir kein Geld schuldig, aber ich habe welches im Täschchen, hier, nehmen Sie und gehen Sie. Denn meine Eltern kommen bald.»

Und somit gab sie ihm einen Hundertfrancsschein aus ihrem Täschchen.

All dies sah Woitech im Spiegel, und er schwankte auf aus seinem Sessel und bestellte zwei Pernods und wollte eben unseren Andreas an die Theke schleppen, damit er mittrinke. Aber, wie Andreas sich eben anschickt, an die Theke zu treten, fällt er um wie ein Sack, und alle Menschen im Bistro erschrecken und Woitech auch. Und am meisten das Mädchen, das Therese heißt. Und man schleppt ihn, weil in der Nähe kein Arzt und keine Apotheke ist, in die Kapelle, und zwar in die Sakristei, weil Priester doch etwas von Sterben und Tod verstehen, wie die ungläubigen Kellner trotzdem glaubten; und das Fräulein, das Therese heißt, kann nicht umhin und geht mit.

Man bringt also unsern armen Andreas in die Sakristei, und er kann leider nichts mehr reden, er macht nur eine Bewegung, als wollte er in die linke innere Rocktasche greifen, wo das Geld, das er der kleinen Gläubigerin schuldig ist, liegt, und er sagt: «Fräulein Therese!» – und tut seinen letzten Seufzer und stirbt.

Gebe Gott uns allen, uns Trinkern, einen so leichten und so schönen Tod!

Nachwort

Schon die frühen Erzählungen und Romane, die das literarische Terrain sondieren, haben Menschen im Blickpunkt, denen sich Joseph Roth lebenslang verpflichtet fühlen wird. Es sind Leidende, Heimatlose, es sind Menschen, die an ihr Schicksal ausgeliefert sind und scheitern, besonders sind es *kleine Leute*. In einem seiner meisterhaften Feuilletons über das Leben im Hotel hat Roth seine Neigung charakterisiert: «Aber mein privates Herz schlägt in einer sentimentalen (und jüngst wieder etwas unmodern gewordenen) Weise für die kleinen Wesen, denen man befiehlt und die gehorchen, gehorchen, gehorchen, und läßt mich selten zu der Objektivität für die großen gelangen, die befehlen, befehlen, befehlen . . .»

Von solchen Menschen, die, vom Schicksal geplagt, sich mehr oder weniger redlich durchschlagen, wird mit Liebe gesprochen. Die Rothsche Erzählweise ist im Grunde melancholisch, behutsam, zart und auch wieder kräftig, oft ironisch, nicht ohne satirische Anflüge, aber niemals wird sie kalt sezierend. Stets bleibt sie vorbildlich prägnant, durchschaubar, denn er versucht, Leben mit Leidenschaft realistisch einzufangen.

«Das falsche Gewicht» (1937), eine der späten Erzählungen des Autors, zeigt die Reife solcher Literatur. Der einsame Eichmeister Anselm Eibenschütz, dessen Glück kurz ist und einen tragischen Ausgang nimmt, wird als ein Mann gezeichnet, der zwar scheitert, aber im Scheitern begreift, wer er ist. – Wo man die Begebenheit vom Eichmeister anrührt, wo man die Geschichte aufschlägt, findet man sie mit großer Liebe zu Menschen und Dingen geschrieben. Selbst die Sonderlinge, die Leute im Schatten und auch die «Bösewichter» besitzen etwas ungemein Lebensvolles. Der Schmerz als «Vater der Kunst» – in Joseph Roths Erzählung wie in vielen anderen seiner Arbeiten gewinnt die oft mißbrauchte Formel Leben, Bedeutung, wird sie belangvoll.

Das Schicksal und das Schreiben von Joseph Roth scheinen schon durch geographische und familiäre Herkunft, durch Historie und Begabung festgelegt. In vielerlei Varianten bestimmt Autobiographisches seine Bücher, prägt es seine Erzählungen, Novellen und Romane, Skizzen, Feuilletons, Reportagen und wird auch in mannigfachen Zeugnissen des Briefschreibers sichtbar. Schlägt man Atlanten aus der Zeit vor 1914 auf, so findet man im äußersten Nordosten der ehemaligen k. u. k. Monarchie das «Kronland» Galizien. Joseph Roth wird dort am 2. September 1894, unweit der Grenze zu Rußland, in Schwabendorf bei Brody geboren. Er ist der Sohn jüdischer Eltern, wird aber später katholisch getauft.

Das Bild der Kleinstadt, in der er aufwächst, und das Land Wolhynien, aus dem er kommt, wirken immer wieder in sein Erzählen hinein. Die «große Ebene», das Land an der Grenze, das Kindheitsland erscheint so anschaulich, als ob der Autor es erst gestern verlassen hätte. Vom «Hotel Savoy», seinem ersten Roman, bis zum «Hiob», vom großen Gesellschaftsroman «Radetzkymarsch» bis zu den Erzählungen «Die Büste des Kaisers» und «Das falsche Gewicht» – in allen Geschichten wirkt die Landschaft der Wälder und Sümpfe, der stillen Dörfer und armseligen Städtchen, und das bunte Gemisch der vielsprachigen Bewohner, als ob sie noch heute in alter Gestalt existierten.

Joseph Roth verläßt die Heimat bereits vor dem Krieg. Nach Absolvierung des humanistischen Gymnasiums in Brody studiert er in Lemberg, dem heutigen Lwow, und später in Wien Germanistik und Philosophie; schon damals veröffentlicht er in Zeitungen und Zeitschriften Gedichte und kleine Prosaarbeiten. Von 1916 bis 1918 ist er Soldat in der österreichisch-ungarischen Armee. Aus Krieg und Gefangenschaft kehrt er in dem Bewußtsein zurück, heimatlos zu sein. Die Monarchie ist zerfallen, und jenes Land an der Grenze ist «verloren». Wien wird Ersatz-Heimat. Roth beginnt dort berufsmäßig für Zeitungen zu schreiben.

Er heiratet 1922 und geht nach Berlin, wo er vielfältig journalistisch wirkt. Ab 1923 ist Roth ständiger Mitarbeiter der «Frankfurter Zeitung», für die er durch Europa reist und in

Hunderten von Skizzen, Reportagen und Feuilletons aus fremden Ländern, aber auch aus dem Nachkriegsdeutschland berichtet. Bis 1932 ist er für das Frankfurter Blatt tätig, zeitweise lebt er in Paris und in Südfrankreich und berichtet vornehmlich über französische Zustände. Er schreibt auch für «Das Tage-Buch», die «Literarische Welt» und die «Neue Rundschau».

Am 30. Januar 1933 verläßt Roth Deutschland endgültig. Er geht zunächst nach Österreich, dann ins französische Exil. Der seit jeher von materiellen Sorgen bedrängte Schriftsteller stemmt sich mit Arbeitswut dem Untergang entgegen. Von einem Manuskript hetzt er zum nächsten, verzweifelt kämpft er gegen Krankheit und familiäres Unglück, gegen Geldnot und Alkoholismus an. Er arbeitet für Zeitungen und Zeitschriften in Österreich und vorzugsweise für Blätter der literarischen Emigration in Frankreich. Seine Bücher erscheinen während des Exils vor allem in holländischen Verlagen. Am 27. Mai 1939 stirbt Joseph Roth, noch nicht fünfundvierzig Jahre alt, in einem Armenhospital in Paris.

Der Held des frühen Romans «Hotel Savoy» (1924), der aus dem großen Krieg kommt, ist wie Roth selber ohne Heimat, Fallmerayer wird es, Eibenschütz ist es geworden, und sogar der alte Graf Morstin verläßt den angestammten Sitz in Lopatyny. Sie sind «Verlierer», sie scheitern – jedenfalls nach der Auffassung bürgerlicher Erfolgsmoral. Für Roth sind sie keineswegs «Versager». Er hebt sie auf, er trägt sie mittels der Erzählung, der Legende und legt sie uns ans Herz; unserer Anteilnahme können sie gewiß sein. Nicht nach allgemein bürgerlicher Moral, eher im goetheschen Sinn erscheinen sie «gerettet». Auch in ihrem Untergang – vielleicht am sinnfälligsten in «Die Legende vom heiligen Trinker» dargestellt – erhebt sich über der Verzweiflung ein humaner Trost. Selbst in der melancholischen Verklärung bleibt ihr Ende folgerichtig und überzeugend.

Im legendenhaften Erzählen erreicht Roths Kunst eine Glaubwürdigkeit, wie er sie bereits im Roman «Hiob» (1930) glänzend demonstriert hatte. Es triumphiert eine Liebe zur Schöpfung, die sich auch am «Unwürdigsten» beweist. Roths Menschenliebe ist immer «größer» als sein Glaube an die Vernunft. Sie durchdringt alles. Sogar den «Ungläubigen», den

«Ketzer» mißachtet sie nicht. Legenden vom Diesseits sind es, die Roth erzählt, und es erhebt sich auch nicht ein Quentchen an Widerspruch in uns, wenn er schreibt: «. . . es war einfach ein Wunder, und innerhalb des Wunders gibt es nichts Verwunderliches.» – Die seltsam hellsichtige Melancholie eines gefaßt Abschiednehmenden spricht aus der «Legende vom heiligen Trinker»; sie ist nahezu ein *letztes Wort* des Autors geworden, dessen Schicksal hier modifiziert verhandelt wird: «Gebe Gott uns allen, uns Trinkern, einen so leichten und so schönen Tod!»

Ein gänzlich «unbürgerlicher» Mensch wollte dieser Joseph Roth sein, aber Zeit seines Lebens bleibt er in wirtschaftlicher Abhängigkeit gefangen. Sein Kampf gegen duckmäuserische Anpassung im Zeitungsbetrieb, gegen materielles Erfolgsstreben in der «guten» bürgerlichen Gesellschaft, sein Versuch, trotz Abhängigkeit mit den Arbeiten für die Presse «das Gesicht der Zeit» zu zeichnen, der Zwang, bei der Zeitung Geld zu verdienen, um sich der geliebten «Canaille Literatur» wieder in die Arme werfen zu können, zermürben ihn. Vor dem «wohlanständigen» flüchtet er in das Hotel-Leben: «Seit meinem achtzehnten Lebensjahr habe ich in keiner Privatwohnung gelebt, höchstens eine Woche als Gast bei Freunden. Alles, was ich besitze, sind 3 Koffer. Das erscheint mir gar nicht merkwürdig. Sondern merkwürdig und sogar ‹romantisch› kommt mir ein Haus vor, mit Bildern und so weiter . . .»

Niemals findet der Schriftsteller «die Möglichkeit, einen einzigen Monat ohne finanzielle Sorgen zu leben». Durch die Bedingungen des Exils wird er noch tiefer in Schwierigkeiten gestürzt. Immer verbitterter, bizarrer und «ungerechter» wird sein Urteil über Zeit und Zeitgenossen. Eines aber erkennt er sicher und bezeichnet es mit seinen Mitteln und nach seinen Maßstäben genau: von wo die todbringende Gefahr für Europa und die Welt ausgeht. Sein unablässiger, erbitterter Kampf gilt daher dem faschistischen Deutschland. Roths moralischer Rigorismus mündet in einen stark gefühlsbetonten, darum nicht minder heftigen Antifaschismus, mit dem er sich – oft sogar wider Willen – so manchem ehedem befehdeten Schriftstellerkollegen des Exils als Bundesgenosse an die Seite stellt. Bis zu seinem bitteren Ende hat Roth in diesem tapferen Kampf nicht nachgelassen.

Die harschen Urteile über Zeitgenossen lassen die Bundesgenossenschaft mit Roth nicht eben leicht werden. In einer «unnützen Revolte» gegen jedermann, wie Stefan Zweig es einmal bezeichnet hat, erschwert er es sogar seinen Freunden, ihn zu ertragen. Die Verstiegenheiten und politischen Don Quichotterien des Verzweifelten gipfeln in den Jahren des Exils in krampfhaften Bemühungen um die Wiederaufrichtung des Hauses Habsburg in Österreich. Die Perspektivlosigkeit seiner Position verführt Roth zu dem historisch verfehlten Versuch, auf diese Weise eine Barrikade gegen den Faschismus bauen zu wollen, läßt ihn auf das k. u. k. «Flickenimperium» zurückgreifen, ein idealisiertes österreichisches Vaterland, das es so nicht gegeben hat.

Gegenüber der großen literarischen Leistung, die Joseph Roth im Zeitraum von zwei Jahrzehnten in einem vielseitigen Werk an Romanen, Erzählungen, Essays, Reportagen und Feuilletons als Abgesang auf eine Epoche vorgelegt hat, erscheinen jene verzweifelten Annäherungen an den österreichischen Legitimismus nahezu bedeutungslos. Gerade die gültige Fixierung der untergehenden monarchistischen Welt bleibt die unverrückbare literarische Leistung des Autors. In seinem gesamten Werk wird das Thema, wenn auch mit unterschiedlicher Intensität und Akzentuierung, angeschlagen. Nur wenige österreichische Schriftsteller haben es mit solcher Differenziertheit und Überzeugungskraft darzustellen gewußt. Die Rothsche Wehmut, mit der die verlorene Welt betrachtet wird, steht aber keineswegs isoliert. Sie ist nicht gleichzusetzen mit der wirklichen Hoffnung auf Wiederkehr, nicht einmal mit der Neigung zur Apotheose jener Welt. Dazu war Roth zu klug und zu skeptisch, dazu war er zu sehr Betroffener der Zeitereignisse. Die Monarchie wird von ihm zwar als «die kalte Sonne der Habsburger» apostrophiert, aber ihr Untergang wird immer wieder als unausweichlich, fast als Naturereignis dargestellt.

Innerhalb dieses historischen Rahmens hat Joseph Roth mit untrüglichem Instinkt tragfähige Geschichten gefunden, deren Thematik auf das Innigste mit seinem Leben verwoben ist. Niemals haftet seiner Prosa Gekünsteltes an. Bis in das sicher behandelte Detail sind die Erzählungen prall von Lebensstoff und genau im Sozialen. Das kritische, das skeptische Element dieser Prosa verbindet sich unlösbar mit einem starken humanistischen Bekenntnis und einer meisterhaften poetischen Erzählweise, die Joseph Roth als einen der bedeutendsten österreichischen Schriftsteller der ersten Hälfte unseres Jahrhunderts erkennen lassen.

Joachim Schreck